KB023192

헤르만 헤세

내 영혼의 문을 열고

헤르만 헤세

내 영혼의 문을 열고

초판	1988년 2월 20일
5 판	1988년 12월 20일
	⋮
재편집수정판	2018년 11월 15일

지 은 이	헤르만 헤세
엮 은 이	박 근 영
펴 낸 이	이 창 식
펴 낸 곳	안암문화사
등 록	1978. 5. 24.(제2-565호)
	135-200 서울시 강남구 밤고개로 21길 25
	래미안 포레APT 311동 807호
	전화 (02)2238-0491
	Fax (02)2252-4334

Copyright© 2018 by An Am Publishing co.
Printed in Seoul, Korea.

ISBN 978-89-7235-062-0 03850

심금을 울리는 영혼의 소리

헤르만 헤세는 독일이 낳은 금세기 최고의 시인이며 소설가로서 삶에 대한 그의 진솔한 메시지는 우리들의 마음 밑바닥에까지 와 닿아서 영혼에 잔잔한 파문을 일으키게 한다.

헤세는 17세 때 부모의 권유로 신학교에 입학하였으나 시인이 되려는 꿈을 버리지 못하여 신학교를 도망쳐 나와 서점 점원으로 전전하면서 문학 수업을 닦아 22세의 젊은 나이에 처녀시집 《낭만적인 시》를 발표한 후 1962년 84세 때 뇌출혈로 몬타놀라에서 죽기까지 「데미안」 「싯달타」 등 수많은 걸작을 발표하였으며 문학인으로서 세계 최고의 명예인 노벨문학상을 수상하였다.

헤세의 문학작품들은 그 자신이 말한대로 거의 모두가 영혼의 자서전이다. 그의 영혼은 두 개의 대립적 자아로 분열되어 있다. 하나는 눈에 보이는 물질적 현상에 집착하는 외면적 자아이고, 또 다른 하나는 이것을 넘어선 정신적 본질을 추구하는 내면적 자아이다.

헤세에게 있어서 인간이란 완성된 모범적 피조물이 아니라 자연과 정신 사이를 무수히 오고 가면서 방황과 고뇌와 좌절과 투쟁을 통하여 현실의 갈등과 대립을 극복하여 인생의 의미를 찾아가는 구도자(求道者)이다.

여기에 수록된 글은 그의 주옥같은 산문 중에서 삶의 의미와 가치, 사랑의 기쁨과 고통과 같은 인생의 본질을 다룬 글이다.

끊임없이 고뇌하고 방황하던 헤르만 헤세, 영혼의 순례자인 그는 오늘날 삶의 참된 의미를 몰라 고뇌하고 방황하는 우리들에게 많은 위안과 기쁨을 선사하고 삶의 진실된 방향을 제시하리라 믿는다.

이 책은 이전에 같은 제목으로 출간되어 많은 독자들의 사랑을 받아 꾸준히 판을 거듭했으나 워낙 오래된 책이라 처음의 체제를 계속 유지하기에는 편집체제나 당시의 옛 활판인쇄 책으로는 시대에 맞지도 않고 지금의 독자들에게는 읽기에 불편할 것 같아 이번에 재출간하면서 새로 편집하였다.

독자들의 변함없는 사랑과 성원을 부탁드린다.

2018. 11. 20일
엮은이

차례

生의 여울목에서

두 골짜기에서

종이 울린다.
멀리 골짜기에서
새로운 무덤을
알리며.

동시에
다른 골짜기에서
바람에 실려
라오테의 소리가 들린다.

방랑하는 나에게는
노래와 만가가
하나로 들리는 게
어울리리라. 그러나

다른 누군가가, 이 두 소리를
하나로 들을는지는 의심스럽다.

작은 기쁨과 삶의 향기

매일 가능한 한, 조그마한 기쁨을 많이
체험하고 보다 크고 긴장감을 주는 향락을
절약 하였다가 휴가동안이나
행복한 시기에 즐기도록 하자.

우리 시대의 많은 사람들은 기쁨도 없고 사랑도 없는 무감
각 속에서 살아가고 있다. 섬세한 정신을 가진 사람들은 비
예술적인 생활 형식을 답답하고 마음 아프게 느껴서 일상 생
활로 부터 뒤로 물러나게 된다. 사실주의의 짧은 시대가 지난
후 예술과 문학 어디에서나 불충분한 점을 느낄 수 있다.

이러한 징조를 분명하게 느끼게 되는 것은 르네상스에 대
한 향수와 신낭만주의의 출현부터이다.

「여러분에겐 신앙이 없습니다!」 라고 교회는 외치고, 「여러
분에겐 예술이 없습니다!」 라고 예술가들은 외친다. 나로서
는 아무래도 좋다. 나는 우리들의 삶에서 기쁨이 없다고 생각
한다. 생활의 감동과 즐거운 일로서, 축제로서의 인생관, 이

것이 르네상스가 그다지도 눈부시게 우리의 마음을 끄는 이유이다. 우리 생활 형식의 아주 중요한 근거로서 순간을 높이 평가하는 것, 즉 초조함이란 의심할 여지도 없이 기쁨에 대한 가장 위험한 적이다.

그리움에 가득 찬 미소를 지으며 우리는 지나간 시대의 전원시나 감상적인 여행기를 읽는다.

오늘날 우리 생활에 깃든 조급함이, 최초의 교육이 시작된 때부터 우리를 압박해 왔으며 나쁜 영향을 주었다는 것은 슬프지만 필요한 현상이다.

그러나 유감스럽게도 현대 생활의 성급함이 오래 전부터 우리의 얼마 안 되는 한가한 틈마저 점령해 버렸다.

우리가 즐기는 방법도 우리 노동의 활기찬 움직임과 거의 마찬가지로 신경을 자극하고 정력을 소모시킨다. 「가능한 한 많이, 그리고 가능한 한 빨리」라는 것이 구호이다. 여기에서는 쾌락은 점점 많아지지만 기쁨은 점점 적어지는 결과가 된다.

언제고 대도시에서 벌어지는 거대한 축제를, 아니면 현대 도시의 쾌락상을 본 사람이라면 마비된 듯한 눈초리와 열에 들떠서 일그러진 저들의 얼굴들을 고통스럽고 구역질나게도 기억하게 된다.

이 병적이고 영원한 불만족에 자극을 받으면서도 영원히 지쳐버린 쾌락의 방법은 극장이나 오페라 하우스에도, 심지

어는 콘서트 홀이나 화랑에까지도 깃들어 있다. 현대 미술전
람회를 구경하는 것이 만족감을 주는 일은 확실히 드물다.

부유한 사람도 이러한 불행을 모면하지 못하고 있다. 모면
할 수도 있을 텐데 그럴 수가 없다. 사람들은 모든 일에 한덩
어리가 되어 현상(現狀)을 잘 알아야 하고, 그 꼭대기 자리를
유지해야만 하는 것이다.

다른 사람들이나 마찬가지로 나도 세계적인 이 피해에 대
한 지방을 별로 알지 못하고 있다. 다만 나는 유감스럽게도
아주 비현대적인 옛날의 사사로운 방법을 회상시켜 주고자
한다. 즉 중용(中庸)을 지키는 것이 향락을 배가시킨다는 점이
다. 그리고 조그마한 기쁨을 결코 무시하지 말아라!

중용을 지켜라. 어떤 부류에서는 연극의 초연(初演)을 구경
하지 않으려면 상당한 용기를 필요로 한다. 또 보다 광범위한
부류에서는 신간 서적을 그것이 출판되고 몇 주일이 지나서
도 알지 못하고 있기에는 상당한 용기가 필요하다.

가장 광범위한 부류에서는 오늘의 신문을 읽지 않았을 경
우에는 웃음거리가 되고 만다. 그러나 나는 이러한 용기를 가
졌다는 데 대해 후회하지 않는 몇몇 사람을 알고 있다.

극장의 정기 관람권을 가진 사람은 그가 주일에 한 번씩
그걸 사용한다 할지라도 무엇인가를 잃었다고 생각하지 말아
라. 내가 보증하건대 그는 득을 보게 될 것이다.

작은 기쁨과 삶의 향기

그림을 대량으로 구경하는 데 습관이 된 사람은, 그럴만한 사정이 허락되는 경우에 한 시간이나 그 이상을 단 한 점의 걸작품 앞에 머물러 구경하고, 그것으로 그날을 만족하도록 시도해 보아라. 그때에 그는 무엇인가를 얻게 될 것이다.

　　다독가(多讀家)도 한번 이와 같이 시도해 보아라. 그는 어떤 새로운 것에 관해 함께 이야기할 수 없음을 몇 번이고 불쾌하게 여길 것이다. 그는 몇 번 억지로 웃음을 자아낼 것이다.

　　그러나 곧 그는 스스로 미소를 짓고 그것을 더 잘 알게 되리라. 어떤 다른 제안에도 동의할 수 없는 사람은 최소한 일주일에 한 번만이라도 열 시에 잠을 자는 습관을 시도해 보아라. 시간과 향락에 대한 이 조그마한 손실이 얼마나 찬란하게 보상되는가를 보고 그는 놀랄 것이다.

　　'작은 기쁨'에 대한 향락 능력이란 중용을 지키는 습관과 밀접한 관계를 맺고 있다. 본래부터 모든 인간이 타고난 이 능력이란 현대의 일상 생활에 있어서 다방면으로 지지당하고 사라져 버린 일들, 즉 쾌활함과 사랑과 시에 대한 일정한 도(度)를 전제로 하기 때문이다.

　　특히 가난한 사람들에게 주어진 이런 작은 기쁨들은 전혀 눈에 뜨이지도 않고 일상생활 속에 수 없이 흩어져 있으므로 수 많은 노동자들의 둔탁한 감각은 그로 인해 거의 감동되지도 않고 있다. 그런 기쁨은 주의를 끌지도 않고 찬양되지도 않으며 돈도 들지 않는다(이상 야릇하게도 가난한 사람들까지도 가장 아름다운 기쁨이란 언제나 돈이 들지 않는 기쁨이란 점을 모르고 있다).

이러한 기쁨들 중에서 매일매일 자연과 접촉함으로써 생겨나는 기쁨이 최상의 것이다. 무엇보다도 우리의 눈은, 즉 남용되고 초긴장된 현대 인간의 눈은 원하기만 한다면 완전히 지칠줄 모르는 향락의 능력을 지니고 있다.

아침에 일터로 갈 때면 나와 같이, 또는 나와 반대로 매일매일 수많은 다른 노동자들이 성급히 걸어간다. 그들은 방금 잠에서 깨어나 침대에서 기어나왔으며 바삐 그리고, 몸을 움츠리고서 거리를 지나간다. 대개의 사람들은 재빨리 걸어가며 눈은 길 위나, 아니면 기껏해야 지나가는 사람들의 옷과 얼굴을 향하고 있다.

고개를 높이 쳐들어라, 사랑하는 친구들이여! 한 번 그렇게 해 보아라.

한 그루의 나무나 최소한 한 조각의 하늘은 어디에서나 볼 수 있다. 철두철미 파란 하늘일 필요는 없다. 어떠한 방법으로든 태양빛은 언제나 느껴지고 있다. 매일 아침 한 순간이라도 하늘을 쳐다보는 습관을 길러라. 그러면 갑자기 너의 주위에 있는 대기를 느끼고, 수면과 노동 사이에 너희에게 주어지는 신선한 아침의 숨결을 느끼게 될 것이다.

작은 기쁨과 삶의 향기

너희는 매일 매일 지붕 꼭대기가 모두 그 나름대로의 독특한 모습을 띠고 특별한 광채를 지닌다는 점을 알게 될 것이다. 약간이나마 그것에 주의를 기울여라. 그러면 너희는 하루 종일 만족감과 여운과 자연과의 조그마한 공동생활을 가지게 될 것이다.

점차적으로 눈은 스스로가 힘들이지 않고 여러 가지 조그마한 매력의 중매자가 되고, 자연과 거리를 관찰하며 조그만 생활의 무진장한 웃음거리를 파악하도록 길들여진다.

여기서부터 예술적으로 길들여진 관찰에 이르기까지는 보다 짧은 절반의 길이 남아 있다. 중요한 것은 시작, 즉 눈을 뜨는 것이다.

한 조각의 하늘, 푸른 가지가 드리워진 정원 담, 숙련된 말(馬), 예쁜 개, 어린아이들의 무리, 아름다운 여인의 머리, 이 모든 것을 도둑당하지 않도록 하자. 일단 시작한 사람은 한 거리에서도 단 일 분의 시간이라도 잃지 않고 유쾌한 것들을 볼 수 있다.

이때에 보는 것은 결코 피로하지 않고 우리를 강하게 하고 생기를 북돋아 준다. 모든 사물은 관조적인 면을 지니고, 또한 관심이 없거나 추악한 면도 지닌다. 우리는 그저 보려고 해야 할 따름이다.

그러면 보는 것과 함께 쾌활함과 사랑과 시가 생겨난다. 처음으로 조그마한 꽃을 꺾어서 일하는 동안 자기 옆에 꽂아 놓는 사람은 삶의 기쁨에 있어서 일보 전진한 것이다.

내가 오랫동안 일을 했던 집 맞은 편에 여학교가 있었다. 열살짜리 소녀들은 이쪽에 그 놀이터가 있었다. 나는 열심히 일을 해야만 했고 때때로 놀고 있는 소녀들이 소음 때문에 괴로와도 했지만, 이 놀이터를 단 한 번 바라보는 것에 내게 얼마나 큰 기쁨과 생활의 재미를 부여해 주었는가는 말할 수 없을 정도다.

그 화려한 옷들, 그 활기있고 즐거운 눈망울, 그리고 그 날씬하고 힘찬 율동들이 내 마음속에서 생명에 대한 욕망을 고조시켜 주었다.

승마학교나 양계장이라도 내게 그와 비슷한 작용을 했을 것이다. 예를 들어 집의 벽과 같은 단색의 평면위에 비친 빛의 작용을 한번이라도 관찰해 본 사람은 눈이 얼마나 분수에 알맞게 향락을 할 수 있는지를 알고 있다.

이러한 예로서 만족하도록 하자. 틀림없이 많은 독자에게는 다른 여러 가지의 작은 기쁨이 생겨났을 것이다. 이를테면 꽃이나 과일의 냄새를 맡는 기쁨, 자기 자신이나 다른 사람의 목소리를 듣는 것, 그리고 어린아이들의 대화에 귀를 기울이는 훌륭한 기쁨 말이다.

하나의 멜로디를 흥얼거리거나 휘파람을 부는 것도 여기에 속하고, 일련의 밝고 작은 즐거움을 자기 생활 속에 짜 넣을 수 있는 수천 가지의 다른 사소한 일도 이에 속한다.

매일 가능한 한, 많은 조그마한 기쁨을 체험하고 보다 크고 긴장감을 주는 향락을 절약하였다가 휴가 동안이나 행복스런 시기에 즐기도록 분배하자는 것, 이것이 내가 시간의 결핍과 불만족으로 괴로와하는 모든 사람에게 권하고 싶은 것이다. 무엇보다도 기분전환을 하고 매일 매일의 구원과 균형을 위해서 우리에게 커다란 기쁨이 아니라, 작은 기쁨들이 주어진 것이다.

生의 첫 모험

우리들의 입술은 소리없이 그러나 뜨겁게
마주 닿았다. 다음 순간 다시 또 한 번 나는
그녀를 휘감았다. 아름다운 부인을
그녀가 아플 정도로 세게 껴안았다.

한 사람에게 있어 자기의 체험이 낯설게 느껴지고 기억에서 없어지기도 한다는 것은 참으로 이상한 일이다! 수많은 체험과 더불어 여러 해가 아예 잊혀질 수도 있다.

나는 이따금 어린이들이 학교로 달려가는 것을 보지만 내 자신의 학교시절은 잘 생각나지 않는다. 고등학교 학생들을 보기도 하지만, 내 자신이 그들과 같은 시절이었던 때의 일은 거의 모른다.

기계공들이 작업장으로 가고 또 날렵하게 차린 점원들이 그들의 사무실로 가는 것을 보면서도 나는 옛날에 그들과 같은 길을 걸었으며, 푸른 작업복과 팔꿈치가 반질반질한 사무복을 입고 있었다는 사실을 까맣게 잊어버렸다. 나는 서점에서 드레스덴의 피에르손 출판사에서 간행된, 주목받았던 18세 소년의 작은 시집을 바라보면서도 나 자신 옛날에 그같은 시를 쓰고, 그후 작가의 대열에 끼여왔다는 사실을 생각하려 들지 않는다.

그리하여 산책을 하다가, 기차 여행길에서, 또는 잠 안오는 밤에 완전히 잊혔던 인생의 한 단면이 되살아나 마치 무대 광경처럼 내 눈앞에 드러난다. 작은 일 하나하나, 모든 것의 이름과 장소, 떠들썩함과 한때 익숙했던 냄새가 되살아나는 것이다.

그런 일이 어젯밤에 있었다. 그 당시에는 절대로 잊지 못하리라고 확신했던, 그러나 수년간 흔적조차 없이 잊어버렸던 한 가지 체험이 다시 내 앞에 나타난 것이다. 그것은 마치 아끼던 책이나 주머니칼을 잃어버려 섭섭한 마음이다가 아예 그 사실조차 까맣게 잊어버리고 있던 어느날, 서랍 속 옛잡동사니 사이에서 그것을 되찾았을 때와 같은 기분이다.

나는 그때 열여덟 살로서 기계자물쇠 공장에서 수습기가 끝나갈 즈음이었다. 그 무렵 나는 내가 이 방면에서 별로 잘되지 못하리라는 것을 알게 되어, 직업을 다시 한 번 바꿀 작정을 하였다. 이런 결심을 아버지에게 말할 기회가 주어질 때까지 기다리며 그대로 일을 하고 있었는데, 일을 해도 반쯤은 시큰둥하고 반쯤은 즐거운 그런 식이었다. 아뭏든 그때의 나는 그만두겠다고 벌써부터 알려놓고 거리마다 일거리가 있다고 생각하는 사람처럼 거의 태평스럽기조차 했다.

　그때 우리 공장에는 그가 이웃 소도시에 사는 어느 부유한 부인과 친척이기 때문에 각별한 대우를 받고 있는 한 무급 견습생이 있었다. 이 부인은 공장주의 젊은 미망인으로서 작은 별장에 살면서 멋진 자가용과 승마용 말을 갖고 있었다. 게다가 오만하고 괴팍하다고 소문이 나 있었다.

　그녀는 커피를 마시는 조촐한 모임보다는 승마를 하고 낚시질을 하며 튜울립을 재배하고 베른하르트산(産)의 개를 기르는 것을 취미로 삼았다. 사람들은 시샘으로 좋지 않은 감정으로 그녀 이야기를 했지만 그녀가 자주 가는 시투트가르트와 뮌헨에서는 그녀의 사교적인 명성은 매우 높다는 것이었다.

　그녀의 조카인지 사촌인지 되는 청년이 우리 공장에 있게 된 뒤로 벌써 세 번이나 이 이상한 여인이 나타나서 자기의 친척을 만나고 기계를 돌아보았다.

　언제나 멋진 차림의 그녀는 내게 강렬한 인상을 주었다. 화사하게 화장을 한 그녀는 호기심에 가득 찬 눈으로 이상한 질문을 하면서 그을린 공장 내부를 돌아다녔다.

　그녀는 어린 소녀처럼 신선하고 천진한 용모였으며, 키가 크고 밝은 금발의 여인이었다. 우리는 기름묻은 작업복에 검은 손과 얼굴을 하고 있었는데, 꼭 공주님이라도 대하는 것

生의 첫 모험

같은 느낌이었다. 그러나 그뒤 우리가 보게 된 것은 거의 언제나 우리가 생각했던 것과는 다른 모습이었다.

어느 날 중간 휴식시간, 그 견습공이 내게 와서 물었다.

「일요일에 우리 아주머니 집에 같이 가지 않을래? 너를 초대했어.」

「날 초대했다구? 바보 같은 농담 마. 누가 그 농담을 믿을 것 같애.」

그러나 그것은 농담이 아니었다. 그녀는 일요일 저녁에 나를 초대했던 것이다. 10시 기차로 우리는 집에 돌아올 수 있을 것이고, 더 머무르게 되면, 그녀가 어쩌면 우리를 자동차로 바래다줄지도 몰랐다.

호화로운 자가용을 가진 여주인, 한 명의 하인과 두 명의 하녀, 그리고 마부와 정원사를 데리고 사는 여주인과 교제를 한다는 것은 그 당시 내 생각으로는 무조건 기적같은 일이었다. 그러나 그것은 벌써 허겁지겁 초대에 응낙을 해놓은 다음 노란색깔의 일요일 외출복이 어울릴 것인지 물어보았을 때, 비로소 떠오른 생각이었다.

토요일까지 나는 주체할 길 없는 흥분과 희열에 휩싸여 싸돌아다녔다. 그러자 불안이 엄습해 왔다. 거기 가서 무슨 말을 할 것이며, 어떻게 처신할 것인가, 어떤 말을 그녀와 나눌 것인가. 항상 뽐내었던 내 옷은 느닷없이 주름과 얼룩투성이가 되어 버렸다. 더욱 난처한 것은 옷깃 가장자리에 술까지 달려 있었다. 뿐만 아니라 모자는 낡고 초라했다.

이 모든 것은 나의 세 개의 물건, 끝이 뾰족한 반장화와 반짝거리며 빛을 내는 붉은색의 비단 넥타이, 그리고 니켈 테를 두른 코안경으로도 상쇄되지 못했다.

일요일 저녁 나는 그 견습공과 함께 흥분과 당황한 마음을 억누르지 못한 채 도보로 제트링겐에 갔다. 벨장이 눈에 들어왔다. 우리는 외국산 소나무와 실측백나무가 무성한 문 앞에 섰다. 개짖는 소리가 초인종 소리와 뒤섞였다. 하인이 나와서 말없이 우리를 안내했는데, 우리를 맞는 그의 태도는 시큰둥했다.

그는 바짓가랑이에 달려드는 커다란 베른하르트 산 개로부터 나를 막아주었다. 나는 불안한 마음으로 몇 달 이래 그렇듯 깨끗해 본 일이 없는 내 손을 바라보았다. 저녁 전에 나는 한 시간 동안이나 휘발유와 연성비누로 손을 씻었던 것이다.

소박한, 밝은 청색의 여름 옷을 입은 부인이 응접실에서 우리를 맞았다. 우리 두 사람에게 손을 내민 그녀는 자리를 권하면서 저녁식사가 곧 준비되리라고 했다.

「눈이 나쁜 모양이지요?」

그녀가 나에게 물었다.

「네, 조금.」

生의 첫 모험

「코안경이 전혀 어울리지 않는데요. 그렇잖아요?」

나는 탐탁잖은 얼굴로 안경을 벗어 집어넣었다.

「당신도 소찌(Sozi)인가요?」

계속해서 그녀가 말했다.

「사회민주주의자란 말씀인가요? 네, 그렇습니다만…」

「그 이유는?」

「신념 때문이죠.」

「아, 그래요. 그런데 넥타이가 정말 멋지군요. 자, 이제 식사를 합시다. 시장들 하시죠?」

옆 방에 세 사람 분의 식사가 놓여 있었다. 세 개의 유리잔이 아니라면, 나를 당황하게 할 아무런 것도 없었다. 기대와는 딴판이었다. 쇠골수프, 허리살구이, 야채, 샐러드와 케이크 등은 내가 당황해 하지 않고도 먹을 수 있는, 너무나 익숙한 것들이었다. 여주인이 포도주를 손수 따라주었다.

식사를 하는 동안 그녀는 거의 그 견습공하고만 이야기를 했다. 맛있는 음식과 술이 어울려 나를 안락하게 해주었으므로 나는 금방 편안한 마음으로 자신을 얻을 수 있었다.

식사가 끝나자 술자리는 응접실로 옮겨졌다. 고급담배가 내게 제공되고 놀랍도록 붉은, 금빛나는 촛불이 켜지자 나의 기분은 사뭇 들떴다. 이제 나는 부인을 똑바로 쳐다볼 수 있었다. 여인은 얼마나 섬세하고 아름다웠던지 나는 몇 개의 장편 소설과 문예란 기사로부터 비롯된 막연한 그리움인 상류세계의 축복받은 영역으로 들어선 느낌이었다.

우리는 생기있는 대화를 나누었다. 나는 사회민주주의와 빨간 넥타이에 대한 조금전 부인의 언급에 대해 농담을 할만큼 대담해졌다.

「당신 말이 맞아요.」

그녀는 웃으면서 말했다.

「신념이란 지켜야죠. 하지만 넥타이는 비뚤어지게 매지 말아요. 이것 보세요, 자….」

여인은 내 앞에 서서 몸을 구부리고 두 손으로 내 넥타이를 잡더니 이리저리 움직였다. 그때 나는 그녀가 내 내복이 떨어진 틈 사이로 손가락 두 개를 밀어넣어 내 가슴을 살살 만지는 바람에 갑자기 심한 놀라움을 느꼈다 당황하여 내가 그녀를 쳐다보았을 때, 그녀는 다시 한 번 그녀의 두 손가락에 힘을 주어 누르면서 내 눈을 뚫어지게 바라보았다.

하느님 맙소사, 하고 나는 생각했다. 가슴은 말할 수 없이 두근거렸다. 그러는 사이 그녀는 물러서서 그저 넥타이를 바라보는 것처럼 하고 있었다. 그녀는 다시 내 얼굴을 찬찬히 바라보더니 진지한 표정으로 몇 번 천천히 고개를 끄덕였다.

「너 저쪽 구석방에 가 장난감 상자 좀 가셔다줄래?」

그녀는 잡지를 뒤적거리고 있는 청년에게 말했다.

「그렇게 해줬으면 고맙겠어.」

그가 나가자 그녀는 내게로 천천히 다가와서 눈을 크게 떴다.

「아! 너는」 그녀가 나지막하고, 부드럽게 말했다. 「정말 사랑스러워.」

그러면서 그녀는 얼굴을 내게 가까이 대었다. 이어 우리들의 입술은 소리 없이, 그러나 뜨겁게 마주닿았다. 다음 순간 다시 또 한 번 나는 그녀를 휘감아 안았다. 크고 아름다운 부인을 그녀가 아플 정도로 세게 껴안았다. 그녀는 다시 내 입술을 찾았는데, 키스를 하는 동안 그녀의 눈은 촉촉하게 젖어서 소녀의 눈처럼 빛났다.

그가 장난감을 가지고 돌아오자, 우리는 앉아서 사탕 먹기 주사위놀이를 했다. 그녀는 다시 생기 발랄하게 이야기를 하면서 주사위를 던질 때마다 농담을 하기도 했다.

하지만 나는 말을 하기는커녕 숨이 막힐 지경이었다. 그녀는 이따금 테이블 아래로 손을 내밀어 내 손을 붙잡거나 내 무릎 위에 자기 손을 얹기도 했다.

10시쯤 되어 그가 이제 돌아갈 시간이라고 했다.

「너도 가겠니?」

그녀는 내게 그렇게 묻더니, 나를 말끄러미 바라보았다. 나는 경험이 없었으므로 이러한 때 어떻게 해야 좋을지 몰랐다.

갈 시간이 되었다고 우물거리면서 일어날 수밖에 없었다.

「그러면….」

그녀가 이렇게 말하면서 일어서자 견습공도 따라 일어섰다. 나는 그를 따라서 문께로 갔다. 그러나 그가 문지방을 넘어섰을 때, 그녀는 내 팔을 뒤로 젖히면서 살그머니 끌어냉겼다. 그리고는 밖으로 나오면서 그녀는 내게 소곤거렸다.

「꾀 좀 부려봐요, 꾀 좀!」

하지만 그 말 역시 나는 이해할 수 없었다.

부인과 헤어진 뒤 우리는 정거장으로 달려갔다. 차표를 끊고 그와 나는 기차를 탔다. 그러나 이제 내게는 어떤 벗도 필요없었다. 나는 무심결에 기차의 첫계단에 올라섰다가 기차가 기적을 울리자마자 뛰어내려 뒤에 홀로 남았다. 어두운 밤이었다.

슬픈 마음으로 멍해진 나는 흡사 도둑처럼 어둠 속에 그녀의 정원과 울타리를 기웃거리다가 긴 시골길을 따라 집으로 왔다. 고상한 그 부인이 나를 좋아하다니! 마술의 나라가 내 눈앞에 열린 듯했다. 주머니 속에서 문득 니켈테 코안경이 만져졌을 때 나는 그것을 꺼내 길가 웅덩이에 던져버렸다.

다음 일요일, 견습공은 다시 부인의 점심식사에 초대되었다. 그러나 나는 빠졌다. 뿐만 아니라 그후로 부인은 작업장에도 다시는 나타나지 않았다.

生의 첫 모험

세 달 동안이나 나는 일없이 제트링겐에를 갔다. 일요일, 혹은 저녁 늦게 울타리 밖에서 귀를 기울이며 서 있거나, 정원주위를 맴돌면서 베른하르트 산 개의 짖는 소리나 외국산 나무에 스치는 바람소리를 듣곤 했다. 방에서 새어나오는 불빛을 보면서 홀로 생각에 잠기기도 했다.

어쩌면 그녀는 먼발치로나마 나를 한번 보았을 것이라고, 그녀는 아직도 나를 좋아하고 있을 것이라고. 언젠가 한 번 나는 그집에서 부드럽게 파도치듯 흘러 나오는 그녀의 소리를 들었다. 나는 담에 기대서서 눈물을 흘렸다.

그러나 그후로 그 집 하인은 나를 다시 맞아들이지도, 개로부터 보호해 주지도 않았다. 그리고 더 이상 그녀의 손이 내손에, 그리고 그녀의 입술이 내 입술에 닿지도 않았다. 꿈속에서 그런 일은 몇 번 일어났다, 꿈 속에서만. 그해 늦가을에 나는 자물쇠공장을 그만두고 항상 입던 푸른 웃옷을 벗어버리고 다른 도시로 멀리 떠나갔다.

잠 못 이루는 밤을 위하여

인생은 잠자는 사람의 몸짓 같고
한 작은 파랑 같고,
반쯤 잠에서 깨어난 사람이
흥얼거리는 소리 같다는 것을

바치는 말

그대는 잠 안 드는 밤의 신(神), 뮤우즈를 아는가? 고독한 침대에 앉아서 백납같이 커가는 그 뮤우즈를 아는가?

고독한 내 침대 옆에서 그는 수많은 밤을 오랫동안 지키고 앉아 있다. 그는 연약하고, 병든 손을 내 이마에 얹는다. 그는 나에게 피곤한 목소리로 노래를 불러주는데, 그 곡목은 무수하다. 고향의 노래, 어린 시절의 노래, 사랑의 노래, 향수의 노래, 그리고 멜랑콜리한 노래를 불러준다.

날아간 잠 대신에 그는 내 피곤한 눈에 추억과 환상의 엷고 화려한 면사포를 덮어준다.

오, 이 긴 면사포 같은 밤이여, 거기서 우리를 가장 진실된 삶은 매일매일의 더러운 옷을 벗고 질문과 기원, 그리고 반성을 마치 병든 아이처럼 엎치락뒷치락 하는 것이 아닌가!

오, 우리들 삶의 모든 순간순간에 대한 추억을 슬프게도 또렷또렷하게 떠올려 주는 밤이여, 우리는 거기서 우리 스스로에게 반하여, 그리고 삶의 은밀한 법칙에 반하여 죄를 지은 것이 아닌가! 맹목과 무자비 그리고 오해의 쇠사슬, 우리는 이 쇠사슬로써 이 불안한 시간과 우리 스스로를 뗄 수 없는 고통으로 묶어 단련한다.

단 하룻밤이라도 무수한 반성과 자기 고통을, 희생을 꺾지 않고서 그의 영혼을 진실에 반짝이는 어린이의 눈망울로써 바라볼 수 있는 그러한 순수한 인간이 이 세상에 있을까?

나는 그것을 모른다. 나는 그러한 사람이 없다고 생각한다. 그럼에도 불구하고 나는 이러한 시간에서 빠져나와 이 시간을 축복할 수 있게 되었으며, 그 은밀한 어두움속에 절망이 잠복해 있는 것을 보았다. 밤의 그 독살맞은 숨소리에 손가락 하나 닿지 않고서 말이다.

이것이 바로 부드러운 손으로 나를 나락(奈落)으로부터 다시 밀려 올려주는 백납처럼 창백하게 커가는 무우즈인 것이다. 나는 그대, 이방(異邦)의 것, 환상적인 것에 감사한다. 나는 그대에게 꿈꾸듯 깨어 있는 우리들 밤의 추억을 바친다.

제I부 **生의 여울목에서**

그대 내 열병을 앓는 눈동자에 어여쁜 여인의 얼굴이 되어 몸을 굽히니 그대는 얼마나 아름다운 존재였는가!

그대 옛노래의 기억을 살려 내게 속삭여줄 때, 그 모습은 얼마나 멋졌든가! 조용히 고개를 숙이고 깊은 눈을 밤으로 던질 때 맑은 이마에 동화속의 곱슬머리 금발이 몇 가닥 흘러내려 있는 그대 모습이라니!

눈물을 흘릴 때, 그대 모습은 얼마나 아름다왔으며 두 눈을 아래로 내려감고 말 없이 그대의 가녀린 왼손으로 내 손을 잡아 흰 침대로 이끌 때의 모습은 얼마나 황홀했었는가!

그대 진지한 모습의 얼굴에 잃어버린 사랑, 꿈이 마치 가벼운 고통의 그림자처럼 스쳐 지나갈 때의 모습 또한 얼마나 매혹적이었던가!

그대, 아름다왔던 그대여!

첫째 날 밤

비가 오는 고요한 한밤중. 그대의 이름은 무엇인가? 창백한 얼굴의 미인이여! 당신은 웃고 있군. 당신은 내 침대 가장자리에 손을 놓고 있군. 마치 당신은 내 누이 같다. 나는 당신을 마리아라 부르겠소.

어떻게 당신은 나를 찾았는가? 오래동안 보지 못했던 신통한 누이여. 그 때문에 당신의 호의를 져버리고만 바로 그 소설을 내가 당신에게 읽어주었던 것이 벌써 여러 해 전의 일이다. 당신은 그후 더욱 아름다와졌다. ―아, 그때 당신이 내 소설의 끝맺음을 기다려 주었던들, 우리는 그대로 젊은 채 남아 있었을 것이며, 당신은 내 곁에 앉아서 한밤중부터 아침까지의 긴 시간을 참고 있을 필요가 없었을 텐데.

그러나 당신은 내 이야기를 진지하게 받아들였으며, 그로써 우리들 자신을 진지하게 만들어 버리고 말았다. 그 읽혀지지 않은 소설의 끝부분은 동화의 샘으로 후회했다. 우리의 착한 요정들이 눈물을 흘리는데 그 눈물은 오늘도 흐르고 있다.

당신은 그 마지막 밤을 기억하는가. 오랑캐꽃 가득한 정원에서 지빠귀란 놈들을 때려잡던 일 말이다. 우리는 할아버지의 푸른 벤치 위에 앉아서 우리들의 미래를 마치 한 권의 커다란 동화책을 보듯 펼쳐 보았지.

나는 당신에게 단풍나무가 살랑 거리는 소리를 내는 그 책을 읽어 줬지. 하늘의 대기며 내 이야기며 온통 오랑캐꽃 향기로 가득했었지. 나는 당신에게 바로 그 슬픈 장면까지 읽어 줬지. ―지금도 생각나는가, 거의 어둑해질 무렵이었지. 황금 같은 비가 뿌리는 덤불속에서 밤꾀꼬리가 울기 시작했었지.

아, 그 소설을 끝까지 읽었더라면! 그러나 당신은 눈물을 흘리고 말았으며, 그 책은 당신의 품속에서 떨어져 미끌어지고 말았던 것이다. 바로 그 밤, 밤이 이슥하기까지 밤꾀꼬리는 어찌도 그리 울었던가.

이제 나는 밤꾀꼬리의 비밀을 알게 되었다. 내 스스로 벌써 오래동안 그와 똑같은 방법으로 노래해 왔었다. 이 노래는 사람들이 좋아할 만한 것으로서 부드립고, 유쾌한 음향으로 가득차 있다.

그러나 그 가사는 슬프기 짝이 없으며, 비통하고 저속하기까지 한 아! 가장 아름다운 노래는 당신이 그렇게 용기없이 덮어버렸던 내 젊은 시절의 그 책, 그 페이지에 담겨 있습니다. 그 노래는 그후 나를 괴롭혀 왔고, 비웃어 왔으며, 자꾸 불려지려고 하였으나 이미 그 시간은 지나간 것이다. 그 시간은 아예 없었던 것이다.

내 젊은 날의 책 중 가장 아름다운 페이지를 그날 저녁 오랑캐 꽃향기 가득한 정원에서 당신이 덮어버리고 말았기 때문이지. 그 장(章)은 당신에게 바쳐진 것이었다. ─왜 당신은 더 읽으려 하지 않았는가?

이제 그 장(章)은 내게 없고, 당신에게는 마치 하프의 현을 튕기는 것과 같은 모습이 되어 있을 것이다. 하프는 멜로디가 부러진 현 위에서 튕겨질 때에만 이전 같은 소리를 낼 뿐이다. 텅 빈 침묵이 가슴을 답답하게 하고 노래가 절정에 이르면 가슴이 찢기는 듯하다.

잠 못 이루는 밤을 위하여

당신은 어느 한 줄의 현이 없는 하프 뜯는 소리를 들은 일이 있는가? 당신은 매번 일순간 음(音)이 끊겨 텅 빈 침묵이 마치 지금의 노래에 결핍되어 있는 것과 같은 달콤하게 이완된 톤처럼 일어나는 일이 없다는 말인가? 달콤한 것, 구제받은 것, 갈증나는 것이라 함은 언제나 당신에게도, 내게도 그 순간에 없었던 바로 그것이 아니겠는가?

당신을 내가 슬프게 했는가? 용서해주오. 마리아! 나는 그렇게 하려고 했던 것이 아니다. 당신에게 뭐라고 할 마음은 하나도 없었던 것이다.

나는 단지 당신에게 기억을 상기시키고 싶었을 뿐이며, 당신에게 묻고 싶었을 뿐이다. 당신이 아직도 그 아득한 봄날 저녁의 화사함을 기억하고 있는지, 물어보고 싶었을 뿐이다. 나는 당신에게 기억을 상기시키고 싶었을 뿐이며, 당신에게 묻고 싶었을 뿐이다.

그리고 당신이 고개를 끄덕이는 것을 다시 보고 싶었으며 그 슬프면서도 우아한 동작, 내 어린 가슴을 황홀하게 했던 당신의 그 동작을 다시 보고 싶었을 뿐이다.

당신에게 감사하오. 그날 밤이 오늘 다시 올 수 있다면! 당신은 그저 눈을 감고 웃기만 하면 된다. 당신의 손으로 내 손을 잡아주기만 하면 된다.

그 거대한 단풍나무가 살랑거리는 소리를 내는 것이 들리지 않는가? 그 오랑캐 꽃다발과 붉은 나무 덩굴의 울타리가 보이지 않는가? 그 바스락거리는 요람의 소리가 들리지 않는가? 밝은 빛깔의 커다란 단풍잎이 높은 가지에서 춤을 추며 떨어지면서 따뜻한 공기에 말려 돌고 돌면서 어디론가 날아가 버리고 있다. 어쩌면 풍경 그대로인지 그때 그 광경과 똑같다.

오 마리아! 당신은 왜 눈을 뜨지 않는가? 왜 그렇게 슬프고 쓰디쓰고, 놀란 눈초리로 나를 바라보는 것인가! 꿈은 지나가 버렸다.

그리고 커다란 단풍나무 잎이 공기 중에서 선회하다가 떨어져 버리고 있다. 내 창문 처마 위에 누워 있다. 낙엽이다. 나는 그 떨어지는 소리를 듣고 고개를 옆으로 돌린다. 밖에는 비가 오고 있다. 정적, 그리고 한밤중이다.

둘째 날 밤

당신, 오늘은 잠잠하군. 내 아름다운 뮤우즈여! 이리 와서 나와 함께 놀자구나. 밤은 이렇듯 길다. 무얼하고 놀까?

내 뮤우즈는 말 없이 나의 팔을 잡고, 눈처럼 흰 우리 밤의 성으로 나와 함께 올라간다. 성주(城主)의 넓은 계단을 올라가서 참을성 있게 버티고 있는 사자상(獅子像)을 지나서, 반(半) 아치형의 열린 문을 통해 흑백색의 우단이 깔린 복도를 넘어

섰다. 그리하여 흔들거리는 육중한 계단에 이르렀다.

이 계단을 타고 가면 용의 모습을 한 사자상(像) 옆을 지나서 커다란 홀에 이르게 된다. 그곳에서는 번쩍거리는 바위 기둥 사이에서 찬 분수가 세상을 잊은 듯 용솟음치고 있는 소리가 들린다. 우리는 거기 촬촬 소리를 내는 검은 분수밑에 앉는다. 열려진 창문으로는 흰 달빛이 스며든다. 거품을 이는 물줄기가 뽀얀 은빛으로 빛나고 있다. 분수 맞은편, 검은 삼각형의 피라밋 위에서는 에메랄드로 된 헤르메스 신(神)의 주상(柱像)이 빛나고 있군.

「저걸 치워야 했을 걸 그랬군요.」

내 뮤우즈가 말했다.

당신 말이 옳다. 그것은 공연히 불안할 뿐이니까.

「그리고 우리는 그렇듯 잊을 수 없는 수많은 달밤에 함께 그 책을 읽었지요.」

물론이지— 그때 그랬었다.

「아니지요! 그것은 우리를 슬프게 해요.」

당신은 그럼 기쁘려고 하는가?

「이 홀에서야 그런 걸 할 수 없지요.」

안 된다구? 우리는 그렇게 했었다. 얼마 오래된 일도 아니다.

「그건 나로서는 따분한 일이에요. 이 입상(立像)들은 졸렬해요. 이 시끄러운 분수소리며, 이 사라질 줄 모르는 돌고래며 모두 신통찮아요.」

　우리는 다른 홀을 지어야 한다. 무성한 호수와 플라타너스
가 우거진 숲이 있는 곳으로 말이다. 붉은 홀을 지어야지—

　「붉다니요?」

　당신 이야기는 그것이 아니었는가?

　「좋아요. 붉은 빛깔의 홀이라구요. 그 다음 우리는 벽을 황
금의 종려나무로 장식합시다. 그리고나서 모짜르트의 음악 가
보테에 맞추어서 춤을 춥시다. 창문으로부터는 검은 숲이 내
다보이는군. 그러면 우리는 비감해져서 바위로 된 옛날 홀로
돌아가서 분수의 물소리를 듣게 될 겁니다. 이미 그런 것들을
우리는 갖고 있는 셈이지요. 그러면 우리는 마음껏 비감해질
수 있는 두 개의 홀을 갖게 되는 것이지요.」

　그러면 여기 머물러 있는 것이 낫겠군.

　「슬픈 채 말이지요.」

　당신에게 이제 부족한 것은 무엇인가?

　「모르겠습니다. —있으면 내게 좀 주시오!」

　당신이 가지고 싶어하는 것. 첼리니(이태리의 금속공인)의 소
금통을 당신에게 줘야할까?

　「넵툰(海神)이 들어 있는 것입니까? 싫습니다. 싫어요.」

　그렇잖으면 정원을? 어느 섬엔가에 있는 한 정원을 알고 있
지—.

잠 못 이루는 밤을 위하여

「벌써 알고 있어요. 그래서 내게 어쨌단말입니까?」

혹은 당신이 그림을 그리도록 할 수도 있다. 로제티가 그린 그러한 방법으로서는 아니. 당신의 그 나르시스 의상을 입고 플로라(꽃과 봄의 여신)로서— 내가 아는 화가가 한 명 있다. 프랑스인인데—.

「그렇거나 스페인 사람, 혹은 러시아 사람요. 싫습니다. 싫어요.」

그러면 당신에게는 하프 한 대를 선사하겠소(삼나무로 된 삼발이 하프로서 보고(寶庫)에서 나온 것이다).

「난 하프가 필요 없다오.」

그렇다면—. 대체 당신은 무엇을 갖고 싶지? 내가 노래를 불러 줘야 할까.

「그렇지요. 아는 게 있다면 내 기다리리라.」

그러나 난 당신밖에는 아는 것이 없는데—.

「그러면 무얼 하시겠소?」

욕심도 많군. 내 당신에게 무얼 하였단말인가?

「묻지 마시오! 묻지 마시오.」

그러면 당신에게 이런 이야기를 하겠소. 듣겠는가?

「공주에 대한 것인가요?」

아니다. 한 작은 소년이 한 작은 소녀와 더불어 푸른 라일락나무 아래 앉아있는 숲속의 한 정원에 대한 이야기다. 소년은 그 소녀를 좋아했단다. 두 소년 소녀가 후에 자랐을 때이지, 따뜻한 6월 어느 저녁이었다. 그들은 붉고 뜨거운 입술을 서로서로 나누었다―.

「그래서요! 그 다음엔?―」

그러자 검고 커다란 눈동자의 날씬한 낯선 여인이 왔다. 그녀는 멋지게 노래를 불렀다. 이국적인 냄새를 풍기며 매력적이었기 때문에, 소년은 그만 옆에 있는 사랑하는 소녀를 잊어버리고 말았다.

그는 낯선 여인과 함께 더 큰 별들이 반짝이고, 더욱 푸른 달이 뜨는 다른 나라로 가버렸다. 그들은 밝은 성을 짓기 시작했다. 거기엔 바위 기둥이 있는 홀이 있고, 청동으로 된 조개 입에서 물을 뿜어 내는 영원한 분수가 있다.

그들은 분수 옆에 앉아서 물에 비치는 달을 보고 있었다. 차가운 손을 마주잡고 그들은 각자 향수에 젖은 게 아닌가 한다. 그 사이에 늙어서 다른 모습이 되어 버린 소년은 적어도 그랬을 것이다.

나는 그가 고향 생각을 하고 있다는 것을 알고 있다. 일생을 통해 지나간 날의 치기어린 불충(不忠)이 맑은 글라스를 튕기는 섬세한 음향처럼 스치고 지나갔음을 알고 있다.

「슬픈 이야기이군요. 끝났어요?」

그것뿐이다. 그리고 내 생각으로는 그 결말이란 더욱 슬픈

잠 못 이루는 밤을 위하여

것이 되었으리라고 본다. 당신도 그렇게 생각하지 않는가요?

「모르겠습니다. 나는 또 그 소년이 그 낯선 여인을 지금도 사랑하고 있는지 어떤지도 모르겠습니다.」

아무도 그것에 대한 소식을 모른다. 그렇잖으면 내가 그걸 말해야 하나?

셋째 날 밤

당신의 그 금빛 머리를 내 어깨에 기대구려, 내 불쌍한 뮤우즈여! 당신의 그 어여쁜 이마에서 나는 우울한, 가는 선을 본다. 당신이 구부릴 때면 그 동작에 어린 피곤함, 병색, 또렷또렷한 당신의 잠자는 모습에서 나는 또한 피가 뛰노는 고운 모습을 읽을 수 있다오.

이리 와서, 눈물이나 흘리지! 가을이다. 머물지 않는 젊은 시절의 둔주(遁走)에 대한 마지막 떨리는 경고이다. 당신은 내 눈에서 또한 그것을 읽을 수 있을 것이다. 내 이마에, 그리고 내 손에 그 경고장은 당신의 이마, 당신의 손에서 보다 더욱 깊게 새겨져 있다. 내게는 또한 살을 에는 듯한 비통한 감정이 울먹거리고 있다. 너무 이르군, 너무 이르다니까!

이리 와서 눈물이나 흘리지! 우리가 아직 더 울 수 있다면 우린 아직 끝장이 난 것이 아니다. 우리는 사랑의 온갖 질투심이 섞인 이 눈물, 이 슬픔을 똑바로 지켜보려고 한다. 아마도 이 눈물의 뒤에 우리들의 보석 우리들의 시, 우리가 기다리고 있는 노래가 숨어있는지 모른다.

　장미빛처럼 빨간 우리들 사랑의 시절은 지나갔다. 그러나 그 사랑의 시절은 아직도 수많은 부드러운 실로서 우리를 건드리고 있지―. 그 실들이 풀어지면서 가슴 아프게 되살려내는 아름다운 과거! 우리는 그 실들을 애칭으로서, 그리고 노래로서 부르려고 한다. 우리는 그 많은 추억을 마치 부끄러운 손님을 알뜰하게 모시듯이 다져 놓으려고 한다.

　이제 또한 우리는 얼마나 많은 봄날을 우리 스스로의 손으로 열었는지 말하지 말자. 다만 그런 날이 있었음만을 생각하자. 우리 스스로를 단장해서 더욱 기다리는 마음만은 그치지 말자―. 우리들의 노래여.

　우리들의 노래여! 당신은 아는가? 우리들이 처음 사랑하던 무렵 내가 얼마나 그대의 꿈을 꾸었었던가를. 그것은 예의 그 황홀한 분수대가 있는 수도원에서의 일이었다. 떨어지는 물소리가 조용하기 이를 데 없는 수도원의 고립식 십자로(十字路) 복도로 부드럽게 번져갔다.

　알고 있는가? 그 밤을 말이다. 그 늦가을의 달빛 밝은 서늘한 저녁, 수도원의 지붕에는 꿈에 취한 밤의 사자(使者)가 서서히 내리고 있었다.

잠 못 이루는 밤을 위하여

황량한 정원에도 김이 서린 서늘한 산에도 밤은 내리고 있었지! 바람은 창문에 놓인 꽃을 스쳐 들어와서 어두운 십자로 복도에서 윙윙 소리를 울렸다. 넓은 처마밑으로 달빛이 달려 왔으며 달빛은 흰 예배실 마루 위에까지 비쳤다.

　나는 수도원이며 커다란 돔 같은 것이 땅속에서 불쑥불쑥 솟아날 것 같은 어두운 밤에 친구 빌헬름에게 수도원의 창설자, 기사, 건축가, 승려들에 대한 이야기를 해주었다.

　상상적으로 단장된 이들 인물의 묘석(墓石)은 저 아래 십자로 복도에서 아주 낯선 모습으로, 유령 같은 꼴로서 흰 달빛 아래 놓여 있었거든. 그 당시 나는 친구들이 많았는데 그중 빌헬름이 가장 친한 놈이었었다.

　당신은 나와 함께 있는 그를 자주 볼 수 있었지. 이따금 그 때와 같은 달밤에, 또 다른 때라도 나처럼 마르고, 격정적인 소년이었다. 지금은 어디에 그들 친구들이 있으며, 우리들의 우정은 그 후 어떻게 되었는지 묻지 말라! 이제 내게는 둘, 셋—의 친구가 있다.

　그때의 친구들은 그중에 하나도 없습니다. 그러나 당신은 여전히 거기 그렇게 있고 나를 사랑하는군요. 조만간 친구들이 오늘 죽거나 혹은 사이가 틀어진다 하더라도 또 내 젊었을 때의 어느 누구와도 말을 나눌 수 없게된다 하더라도 당신은 언제나 내 곁에 있을 것이며 이따금 나로 하여금 아름다왔던 지난 날을 이야기해 달라고 조를 것이다.

그러면 우리는 오늘에 대해서 생각하겠지. 이 슬픈 오늘이 아득하게 되어 버리고 차라리 아주 먼 어린 시절의 아이처럼 나타나 주기를 바라겠지. 그리고 아마도 아득하게 된, 기억에 의해 떠오르게 되는 오늘에서부터 우리의 노래는 올라올 것이다. 우리들의 노래여!

그 노래는 마력과 영혼으로 가득한 부드럽고, 향훈 높은 하나의 모습이 아닌가. 마력과 영혼은 우리들 인간들에 있어서의 음울한 바닥과 같은 것으로서 윤곽이 흐릿한 꿈처럼 부드럽게 떠오른다. 잠 못이루는 시인은 뜨거운 손으로 흥분한 이마를 괴이고 있다.

시인의 어깨에는 그에게 무릎 꿇은 뮤우즈의 아름다운 금발의 머리가 피곤하게 기대고 있고, 그리고 이 부드러운 모습만이 휴식 없는 내 삶의 여생에 남아 있을 것이다. 내가 죽은 뒤 오래까지도 나중에 남은 친구들이라도 그것을 지켜보고 사랑하리라.

「불쌍한 시인!」

그들은 이렇게 말하면서 불쌍한 시인이 남긴 불멸의 상(像)을 그리고 말로 형언할 수 없는 그 금빛 뮤우즈를 부러워하리라.

당신은 그래도 웃는가? 내게 키스를 해주오. 금빛 내 뮤우즈여! 내게 키스해 주고 나를 용서해 주오. 우리들의 노래를 위하여 우리가 함께 겪은 모든 고통과, 함께 저지른 모든 젊은날의 우행(愚行)을 위하여!

넷째 날 밤

무엇 때문에 당신은 옛날 이야기를 다시 들으려고 하는가? 나는 벌써 그것을 거의 모두 잊어버렸다. 그것은 내게 있어서 그리고 이야기에 있어서도 가장 걸작이 되겠지.

죽은 시인 헤르만 라우셔가 아직도 살아서 베른 시의 옛 거리를 이리저리 방황하고 있었다. 바람이 불고 곧 비가 올 듯한 11월의 어느날이었다. 고독한 이 시인의 모습은 온통 고향을 잃고 객지에서 떠도는 냄새로 가득 차 있어 보였다.

음울한 옛거리의 집들은 산덩이처럼 버티고 있었으며, 이따금 밖으로 뛰어나와 있는 주막이며 어둠에 젖어있는 아치의 슬픈 풍경이 이 병든 시인의 감수성에 쓰디쓴 느낌을 고조시켰다. 게다가 날씨마저 궂어서 이 가련한 실향민의 마음은 병든 영혼의 분열과 이렇다 할 것 없이 지나가버린 인생에 대한 추억에 겹쳐 비통하기 그지 없었다.

그가 뒤에 내게 말한 바에 따르면 그 좁고 검은 거리의 아치를 우울한 기분으로 바라보았을 때 그의 환상은 수백 가지의 상상으로 가득찼었다.

제Ⅰ부 **生의 여울목에서**

오랫동안 못 만난 친구, 잃어버린 사랑에 대한 생각도 생각이었지만 그 생각에 따라 자기의 행복에 있어서 가장 중요한 결정이 매달려 있는 것 같았다는 것이다. 그 거리는 열 발짝만 걸으면 다음번 아치의 그림자가 숨어있는 거리였다.

내가 그의 어깨를 별안간 두드리자 그는 깜짝 놀랐다. 이 순간 나는 처음으로 그의 눈에서 어떤 슬픈 미망(迷妄)이 번득이는 것을 볼 수 있었다. 우리는 함께 거리를 걸으면서 수도원탑에도 올라가고, 거기서 역사적 박물을 구경하면서 갖가지 황홀한 인상을 옷짜듯 짤 수 있었다.

그리고 아아레 강(스위스의 강)의 커다란 다리 아래 식당에 들어가서 구운 송어를 먹었었다. 다시 그 집에서 나와 산책을 한 다음엔 방앗간집 지하 술집으로 들어가 버렸던 것이다.

불쌍한 라우셔는 말년에 가서 불행하게도 아주 심한 알콜 중독자가 되었던 것을 당신은 알고 있겠지. 우리는 곧장 두 병, 세 병 마셔버렸다.

거품이 이는 노이엔부르거 산 맥주였는데, 이 술은 내가 제일 견디기 힘든 술이었으므로 곧 머리가 멍해졌었다. 그래서 그가 뭐라고 지껄여대든지 그냥 내버려 두었다.

그는 예의 그 아치에 대한 환상을 말하기 시작했다. 나는 크게 웃어 주었다. 그리고 그 중요한 순간을 나 역시 포착한 것과 베른에서 정말 만나고 싶지 않았던 그를 발견해 낸 것을

잠 못 이루는 밤을 위하여

뽐내 보았지. 그러자 그는 텅 빈 웃음을 웃으며 이렇게 말하지 않겠는가.

「증거가 없잖나, 이 친구야! 불운이란 도처에 있거든. 그러나 자네는 자네가 나를 그렇게 떫게 한 바로 그 순간에만 그런것인지, 아니면 자네가 몇년동안 찾고 있던 사람, 몇년 안으로는 만나리라고 생각되지 않는 사람이 우리들 뒤로 바로 이 순간에 지나갔다고 해도 그렇게 생각하는가?」

나는 이상한 기분이 되었다.

「자네는 그러면서 도대체 누굴 생각하는 것인가?」

나는 거의 기가 죽어서 물어보았다. 그는 웃었다.

「참.」

하면서 그는 이렇게 말하더군.

「누구라도 특별히 생각하는 것이 아니라 하나의 가설이지, 그러나 가령 그것은 금발의 마리아일수도 있겠지.」

마리아라는 이름을 듣는 순간 이미 늙은 가슴이건만, 그리고 사랑이건만 제 박자를 잃고, 얼마나 심한 고통을 일으켰던가, 당신에게 일일이 그것을 말할 수 없군.

「자네 어디서 그걸 알았나?」

나는 라우셔에게 숨차게 물어보았다.

「마리아 이야기를 한 것이 아닐세. 내 자신 그녀도, 그녀의 이름도 잊었지. 자네 그녀를 잘 아는가? 아직 살아있나? 이 베른 시에 있나?」

라우셔는 다시 웃음을 흘리더니 담배를 새로 펴 물더군.

「그녀가 아직도 살아있는지, 어떤지 나도 모르네. 오랫동안
그녀를 못 보았으니까.」

「언제 본 것이 마지막이었지?」

나는 숨을 죽이고 물어보았다.

「자네한테 이야기하지 않았던가?」

그는 침을 꿀꺽 삼켰다.

「그때만 해도 아름답더라구! 오랑캐꽃 만발한 정원의 푸른
벤치에 나와 함께 앉아 있었지. 밤꾀꼬리 우는 소리를 그날 그
해 처음으로 들었다네. 우리는 함께 두꺼운 책을 읽었는데─.」

「잠깐만.」

나는 창백해지고 말았다. 소리를 쳤다.

「그만, 그렇지 않으면 자넬 죽이겠네. 그 사람은 나였어. 마
리아와 함께 푸른 벤치에 앉았던 사람은 나였단 말이야. 그리
고 그 책도─.」

「그렇게 소리 지르지 말게.」

라우셔는 그러면서 내 술잔을 가득 채웠다.

「라우셔, 제발─.」

나는 거의 호소하다시피 했다.

「자, 자네의 행복을!」

45

그는 다시 웃으면서 잔을 부딪쳤다.

「이야기를 더 계속해야 하겠나? 그 책은 아름다운 청춘의 이야기였는데 아주 재미 있었다네. 문장의 글자 하나하나 사이로 마리아와 나는 갖가지 기화요초에 묻혀 있는 아라비아의 작은 인물들처럼 떠올라왔단 말일세.」

「마리아와 나야!」

나는 소리지르지 않을 수 없었다.

「자, 내 이야기대로.」

라우셔는 말을 이었다.

「마리아는 그러나 침착하게 책 읽기에 미쳐버렸다네. 그리고 이야기의 결론이 슬프게 되자, 책을 손으로 꽉 부둥켜 안고, 내동댕이쳐 버렸다네—.」

「그리고 숲으로 달아났지. 밤꾀꼬리는 다시 슬피 울고 오— 라우셔!」

「조용히.」

라우셔가 말했지요.

나는 무거운 머리를 두 손으로 감싸고 마음껏 소리쳐 흐느끼고 싶었다. 잠시 후 내가 일어섰을 때, 라우셔는 간곳이 없어졌다. 고통으로 짓이긴 이마, 반쯤 나간 정신으로 나는 술집을 빠져나왔다. 라우셔가 죽기 바로 얼마 전의 일이지.

제 I 부 生의 여울목에서

다섯째 날 밤

도대체 모든 잘못은 오랑캐꽃에 있다. 그리고 봄에게도 있다. 오랑캐꽃과 봄이 아니었던들, 이후 내 인생에 피어났던 온갖 달콤한 고통은 여전히 낯설은 채 남아있었을 게 아닌가.

정원의 그 오랑캐꽃들은 즐거웠던 어린 시절의 영혼이 자라는 데에 있어서 향기와 더불어 어두운 그림자를 던져 준 데에 대한 책임이 있다. 그 향기의 책임이란 우리들 책에 있어서 봄 이야기가 그렇게 답답하게, 슬프게, 아련한 그리움으로 되어버린 것에 대해서다. 또한 그 책임이란 아름다운 마리아가 거기서 떠나버린 데 대한 것이기도 하며, 어두운 밤 숲에서 꾀꼬리가 그렇듯 불안할 정도로 달콤하게 가슴을 짓누르면서 울어대는 데에 대한 것일수도 있다.

오, 이 밤꾀꼬리 울음소리를 듣지 않았다면! 사랑의 노래가 끊임없이 나를 즐겁게 하지도 않았을 것이며, 음험한 그리움의 마음이 내 속에서 커가지도 않았을 것이다.

그랬었던들, 인생의 뒤안길 어딘가에 마치 저주받은 악마가 잠을 자듯 도사리고 있는 것과 같은 행복이란 것에 대해서도 꿈꾸기 시작하지 않았을 것이다. 그랬었던들 비참한 꿈 역시 꾸어지지 않았겠지.

내 인생의 가장 행복했던 대목도 그 책에서 읽혀지지 않은 채 남았지. 그랬었던들 나는 시인이 될 리도 없었을 터이고 고통을 슬프게 이야기하고 절망적인 언어를 쓰는 일도 내게는 전혀 남의 일로 되어 버렸겠지.

그러나 꿈을 꾼다는 것은 부끄러운 일이 아니다. 일그러진 불협화음을 내는 밤꾀꼬리의 마지막 노랫소리가 내게는 아름답게 여운을 남겼으며 자기 구제를 향한 갈망으로 들렸다. 그리고 그것은 내 사랑의 꿈속에서 노래로 바뀌었지. 그 노래는 불려지지 않았고, 하나하나의 음으로 나누어진 박자가 되어 나의 피와 나의 인생을 지나쳐 갔으며, 매시간마다 섬세한, 그러나 구제되지 못한 불협화음으로서 나를 아프게 했다. 나는 소위 그 머리에서 마치 완벽한 여신처럼 완성된 시가 튀어나온다는 식의 시인은 없다고 생각한다.

나는 얼마나 많은 자기 심장에서 나오는 삶, 얼마나 많은 붉은 심장의 피가 시 한 줄에 술취하듯이 취해 있는 것이 틀림없다는 걸 알고 있다.

그렇게 된 다음에서야 시는 제자리에 서고, 또 변용될 수 있겠지. 그것은 견디기에 쉬운 일일지도 모른다.

그러나 머뭇머뭇하면서 항상 이그러진 감정을 지니고 있다면 그 시는 깊은 시가 되지 못하고, 언제나 불협화음을 지닐 것이며 시인의 거울이 되지 못할 뿐 아니라, 불꽃 튀는 꿈, 아름다운 그리움에 취한 꿈의 거울이 되지 못하는 것이 아닌가!

그러므로 시는 우리 일생에 깊은 양분을 주는 것이고 많은 심장의 피를 요구하는 것이다!

아, 사람들이 늙어서 이제 그 인생의 한계를 알게 될 때, 조급한 마음을 죽음에 대한 급박한 불안으로 인해 이러한 절약과 낭비를 번갈아 하게 된다. 그리하여 마침내 긴 생애에 걸친 기다림과 준비 끝에 아무런 성취도 못하고 죽음에 즈음한 꿈의 소리를 울리는 것이 아닌가!

게다가 새로운 모든 토대와 절망을 맞이해서 불만에 가득 찬 영혼을 어떤 거대한 불멸의 언어가 지니는 측량할 수 없는 행복을 통해서나 겨우 벌거벗은 몸을 들어내어 화해되고 구제되는 것이 아닌가! 아, 사람들은 시인에 대해서 이렇듯 모욕적인 말을 했지만 그 사람들 스스로가 가장 모욕적인 것을 알았었고 또 알고 있다. 그리고 불안한 듯 슬며시 그것을 붙잡고 있다 — 심지어는 제 눈 앞에서까지!

여섯째 날 밤

어둠, 정전, 고독 생각하기 두려운 밤들이 내 똑딱거리는 시계의 분침과 더불어 끝없이 계속되고 있다. 뜬 눈으로 새고 있는 내 열병 앓는 죄와 함께 계속되고 있다. 모든 부드러운 것, 그리고 다정한 것에 대해서 나는 생각하려고 노력한다. 온갖 부드러운 추억, 사념(思念)의 다정한 모든 별들, 시(詩)의 따뜻한 모든 별들, 온화한 모든 비유를 생각해 본다.

그러나 헛일이더군. 어떠한 생각도 꽉 막힌 듯한 시간 앞에서는 별 수가 없군. 지금 우리 어머니가 내 옆에 앉아 있다면. 그리고 사랑과 추억의 갖가지 따뜻한 보살핌을 베풀어 준다면 —나는 웃을 것이고 조금은 덜 고통스러우리라.

아, 잠 안오는 밤이여! 나라는 존재와 인생을 지니고 있는 모든 힘과 관계가 이 밤의 흐릿한 표면에 매달려 아무 힘없이 피곤한 자기 관찰을 하고 있다! 내가 존경하는 어느 신(神)도 내게 연민을 보내 주지 않는가? 멀리 있는 어느 친구의 기념품도, 기도도 이렇듯 생명을 지니지 않는 것인가?

내 사랑스러운 추억도 이 말할 수 없는 고통의 사슬을 끊을 만한 진실을 지니지 못했단 말인가?

언젠가 나를 기쁘게 하고 시간이 지날수록 더욱 더 생생하게 되던 모든 것들이 그 눈초리와 온기를 잃어버렸다. 나의 신(神)들은 돌이 되어버렸고, 나의 인생은 그 모습이 한갓 낯선 그림자와도 같이 내 내부의 눈을 건드리는 창백한 꿈이었다.

내 친구중의 어느 누군가 아마도 지금쯤 먼 어느 도시에서 침대에 누워 잠을 못 이루고 내 생각을 하고 있을까?

아, 그가 이제 자는군! 그러면 나는 내 위로 받고자 하는 생각을 어디로 돌려야 할지 모르겠군.

함께 아픔을 할 수 있는 사람을 찾아야겠지. 잠 못 이루는 창백한, 피곤한 동료, 참을성 있는 사람, 나처럼 휴식도 잊고 눈을 부릅뜬채 아픔을 견디는 사람이면 누구나 좋다.

여기서 멀리 떨어져 있으나 피차 고독하고 어두운 침실에 누워 있는 슬픈 형제여, 내 그대들에게 인사한다. 그대들은 나처럼 고통스럽다. 당신들은 눈을 크게 뜨고 어둠 속에서 보이지 않는 모습을 찾고 있군. 굳어버린 눈꺼풀을 감자마자 고통이 밀어닥치는군. 그대들은 당신들의 형제를 생각하고 있는가? 그대들은 나를 생각하고 있나?

아, 우리가 서로서로 생각하면서 이 보이지 않는 침묵의 유대감을 지니고 있다면! 나는 우리들이 서로 이해하고 있다고 생각한다. 우리들이 섬세한, 휴식을 모르는 신경은 전달과 응답의 능력이 있다고 믿는다. 우리는 말 한 마디 없더라도 조용한 이 밤, 몇 마일의 거리든 뛰어 넘어서 우리의 고통과 희망을 이야기할 수 있을 것이다.

우리는 아마도 서로 낯선 운명에 대해 눈물을 흘릴 수도 있을 것이고, 각자의 운명은 서로 주고 받는 사이에 다시금 새로와지고 사랑스러워질 수도 있겠지.

우리는 서로 맺어져 있다. 우리는 각자의 인생에서 표출된 예감을 서로 다른 사람에게서 다시 발견하게 될 것이며 그 범위는 넓어질 것이다. 우리는 실의 끝과 마지막이 우리들 손

잠 못 이루는 밤을 위하여

안에 있다고 생각되는 바 그 실을 짤 수 있다.

여기서는 지역이나 세대를 뛰어넘을 수 있지. 이 실을 마치 커다란 하프의 현(絃) 하나하나처럼 만지면서 우리는 공통의 맑은 인생을 더욱 노래할 수 있으리라. 그리고 우리 혼자서는 할 수 없는 영원에 대한 앎을 깨우쳐 나가리라.

나는 그러나 당신들을 부를 수 없구나. 형제들이여, 그러나 매일 밤 나는 당신들을 생각하고 싶으며 함께 고통하는 그대들에게 인사를 드리고 싶다오.

이런 생각을 하는 동안, 부드러운 한 손이 나를 잡는군. 나의 뮤우즈! 오 얼마나 애타게 그리던 나의 뮤우즈이던가! 뮤우즈는 나 영혼이 혼자 남을 때까지 기다린 것이지.

밤이 따뜻해지고 있다. 부드럽고 다정해진다. 별들은 아름답게 빛나고, 내 영혼 앞에서는 한 아는 모습이 어둠속에서 풀려 나오기 시작한다. 나는 당신을 알고 있답니다! 그것은 공원이지. 그것은 반쯤 둥근 모습의 꿈의 벤치이지요. 그것은 내가 첫 노래를 짓던 때의 아침향기다.

나의 첫 노래! 봄날의 어린 너도밤나무가 그 노래 위에 섰군. 너도밤나무는 그 황금빛의 붉은 그림자 속으로 나를 감추어 준다. 오, 그 달콤했던, 시와 문학으로 수줍게 젖어 있던 시간이여! 내 뮤우즈여! 내 그대에게 감사하노라.

일곱째 날 밤

그렇게 많이 묻지 말라! B공원의 너도밤나무 벤치 말이다. 당신에게 말해야 할까? 죽은 엘리자에 대해서도? 그리고 또 마리아에 대해서도, 다른 사람에 대해도-그저 사랑의 이야기나 말하라고?

너무 많다! 나를 사랑한 여인들도 그렇고 나를 사랑하지 않은 아름답고 사랑스러운, 훌륭한 다른 여인들도 그렇다. 어느 편의 여인들이 더 내게 괴로웠는지 나는 알 수 없다.

내 청춘과 내 문학의 하늘에 밝은 빛을 비치며 떠 있는 셋의 첫 큰 별들. 마리아, 엘리제, 릴리아-그녀들은 나를 사랑하지 않았다. 그러나 이들 세 명의 여인에게서 나는 엘레온오르에게서 받은 것과 같은 고통을 받지는 않았다.

양성적인 엘레온오르, 그녀는 나를 사랑한 여인이었다. 엘레온오르! 아직도 그 이름이 생각나다니! 귀족적이며, 아름답고, 서늘한 그녀. 자신에 차 있고, 감미로우면서도 적개심에 차 있는 모습을 그 이름과 더불어 연상할 수 있다.

아, 언젠가 그녀에 대한 노래를 부르리라-. 저녁녘, 늦여름, 짙은 우단빛 청색의 하늘, 별들은 저 높고 따사로운 대기에서 떨어지고 있다.

우리 두 사람은 늦장미 잎새에 둘러싸여 있다. 나와 엘레온오르, 지극히 행복한 비참함, 우리는 서로서로 상대방 마음 속 깊은 곳에 무엇이 비어 있는가를 알고 있다. 엘레온오르! 미리 예측했던 대로 우리의 사랑은 끝났다.

높은 스타일의 비극, 엄청난 몸짓, 그리고 시작부터 끝까지 어느 순간이건 감추어진 것 하나 없이 끝나버렸던 것이다! 마지막 빛깔의 장미와 붉은 포도잎 사이에 반짝이고 있던 어느 늦여름날 밤, 아픔을 웃음으로 감추면서 우리의 이별은 이루어졌던 것이다. 정열의 씁쓸한 찌꺼기는 깨진 잔속에서 밤의 어둠속으로 부어졌던 것이다.

나는 더 이상 이 이야기를 하고 싶지 않군. 인생에 대해서 알게 된 것은 그 밤 이후이다. 인생은 잠자는 사람의 몸짓 같고 한 작은 파랑(波浪) 같고, 반쯤 잠에서 깬 사람이 흥얼거리는 소리 같다는 것을 알게 된 것도 그 이후이며, 삶을 살아간다는 것이 그렇게 가치있는 일이 아니라는 것을 알게 된 것도 그 밤 이후이다−. 차라리 다른 여인들 이야기를 하고 싶군!

그 여인들은 나를 사랑하지 않았고 나에게는 다만 연민을 가졌던 사람들이지. 그 연민이란 커다랗고 착한 여인들의 눈에 아름답게 그러나 쓸쓸하게 보이는 것이다. 그중 어느 한 여인은 내 사랑의 아름다움을 이해하였으며, 포옹하지 않고 조용히 있는 마음을 알아주었다.

시인의 사랑! 당신은 사람들이 그것을 높이 평가하지 않는 줄 알고 있겠지. 노래의 고통이나 아름다움보다 훨씬 덜 말이다. -그것은 물론 한 곡의 노래일 뿐이지.

한 사람이 사랑을 하는데 그 사랑의 첫 날부터 사랑의 즐거움을 포기하고, 별자리 속의 그림움과 꿈으로 꽃다발지워 올려버린다면-어떻게 그녀들은 그것을 이해할 수 있었는가?

그녀들은 물론 인생이 무엇인지 모른다. 그녀들은 시간이라는 강물속에서 일어나는 한 작은 파도처럼 떠올라왔다가 다시 밀려간다. 여인들은 영원성이라는 문제에 대해서는 한 가닥의 실이나마 그녀들의 존재에 매어두기를 원하지 않는다.

여인들은 모든 시인들이 일생동안 이따금 거의 반쯤은 무의식중에 베아트리체의 아름다운 모습을 시로 짓고 있다는 사살을 모르고 있다.

시간의 혼탁한 강물이 재빨리 한 번 소용돌이치면서 출생과 죽음 사이를 난파된 채 헤엄치는 인간-우리는 그 애타는 시선으로서 우리들 속에 비친 영원의 모습을 어디서 찾을 수 있을까? 그 별무리에서가 아니라면 말이지? 별무리에 대해서 우리는 그것이 고향을 잃고 방황하던 밤의 은둔자 오딧세이의 총명한 슬픈 눈동자에 이미 걸려 있던 바로 그것, 똑같은 별무리임을 알고 있다.

오, 내 뮤우즈여! 아름다운 그대 눈이 그렇게 동정하듯이 내게 머물지 않도록 해주오. 잠 못 이루고 있는 창백한 내 이마 뒤로 불가사의 한 육체로서의 인생이 세차게 타오르는 불꽃과 함께 얼마나 시들어가고 있는지 그대는 아는가? 그대는 내가 지금처럼 그대 앞에 창백하게, 그리고 조용히 눕게 될 밤을 이미 알고 있나? 내 이마 뒤에서 마지막 절망의 불꽃이 튕기게 될 그 밤이 오고 있는 것을 알고 있는가?

단연코 모르리라! 당신은 거기에 대해 생각하지 않겠지. 이제 나는 당신을 알 수 있을 것 같군요. 당신의 시선은 나에게 들켜 버렸습니다. 당신은 당신이 내 마직막 사랑인 줄을 알고 있군. 당신의 이름은 마리아, 엘리제, 릴리아이자 엘레온오르가 된다.

당신이 베아트리체가 되는 줄도 압니다그려! 나는 그것을 벌써 알고 있었지만 날씬한 플로렌스의 당신 육체에서, 당신의 단테식 모습에서 그것을 읽어낼 필요가 없었지.

감미롭게도 당신이 가까이 오기 전에 내 어린 시절의 가슴은 너도밤나무 아래에서 두근거린 일이 있었지. 후덥지근한 늦여름날 밤 그렇듯 많은 사랑과 고통을 내가 읽어낸 것은 바로 그대 눈동자였던 것이다.

당신의 시선은 내게 들켜버렸다. 당신은 내가 당신의 것이며 당신이 내 목덜미에 발이라도 얹을 수 있다는 걸 알고 있겠지. 그것은 그 여인들의 눈에 비친 연민의 시선이다. 그 앞에서 떳떳하게 태어난 한 남성이 무릎을 꿇고 반쯤 고개를 떨구고 노예가 되는 기쁨을 나타낼 때 보여주는 그 여인들의 눈에 비친 동정이다—. 그 뒤에서 조롱하듯 슬픈 질문이 들린다. 그것이 전부인가? 그것이 사랑인가?

내게서 시선을 돌리오! 나는 그것을 참을 수 없군. 그 숨어 있는 질문, 그 끔찍한 슬픔을 참을 수 없어. 아, 어떻게 당신에게 비난 섞인 대답을 할 수 있을까! 그러나 나는 당신을 잘 알고 있다. 당신은 내 말을 잘 듣고 있군. 당신을 통해서 내 인생에 끼어들게 된 쓰디쓴 고통을 당신에게 상기시켜 주고 있는데 고개까지 끄덕이는군. 내 말을 듣고 있는 그대, 웃고 있는 그대, 고개까지 끄덕이고 있는 그대, 그대는 결국 이렇게 묻는군.

「더 계속해야 할까요?」

당신은 그가 「예」 하고 말하지 않을 줄 알고 있군.

여덟째 날 밤

오늘도 또 이 조용한 피의 들끓음, 양탄자뒤의 이 속삭임 소리, 바람의 오랜 이 숨소리! 일초, 일분, 다시 또 일초, 일분 이렇게 내 짧은 인생의 물방울이 다른 사람의 물방울 주위를 돌며 낯선 표정으로 끊임없이 내 옆을 지나 떨어지고 있다. 얼마나 많은 시간이 열이 들뜬 내 손 아래로 그 물방울들은 녹

아없어져 갔는가?

아마도 수천 방울, 어쩌면 수만 방울이나 되겠지! 그 물방울들은 없어져 버렸다. 더 이상 고통도, 행복도 주지 않고 살아서 나에게 어떤 결정의 힘을 보여주지도 않았다.

그렇다면 나는 아무 말없이 하얀 모습이 되어 누어 있을 것이다! 무미건조한 나무 상자속에 꼼짝없이 묶여 그 좁고 축축한 땅속에 눕게 될 것이 아닌가! 매일매일의 일상사를 지껄이는 가운데 내 죽음은 사람들에게 알려지게 되겠지.

한 사람의 목사가 아마도 무덤 옆에서 근사한 말로서 여호와를 되뇌는 가운데 세월이라는 것, 영생(永生)이라는 것에 대해서 설법하리라. 한 시인의 무덤 곁에서!

아, 웃어 주오, 나의 뮤우즈여! 나는 그대가 목사 뒤에 서서 감미로우면서도 아이러니컬한 모습으로 놀란 눈동자를 뜨고 있으리라는 걸 알고 있다오. 하기야 당신은 벌써 수많은 무덤 옆에 지켜 서 있어 보았겠지. 목사가 내 영혼이 불멸하리라고 말한다면, 당신은 어떻게 그 말을 듣고 있을 것인지! 이 영혼이란 물론 당신을 말하는 것이며, 적어도 당신의 일부분임은 확실하다.

영혼은 살아서 영원히 당신의 몸짓, 당신의 방식대로 웃을 것이다. 굴곡진 특유의 당신 목소리, 곱슬머리 흘러내리는 당신의 뉘앙스 그대로가 아닌지. 얼마나 많은 죽은 시인, 잊혀진 시인들이 당신에 관해 시를 지었던가!

그리하여 마침내 당신은 내게 와서 아름다운 몸매, 날씬하고 선이 드러난 그대 육체를 보여주게 된 것이 아닌가! 이제 당신은 내 것이다. 한 개의 단어, 한 개의 운(韻)이라도 오래 견뎌내지 못한다 하더라도 당신은 내 모습을 불멸의 것으로 간직해 나갈 것이다. 내 이름을 모르고, 존경하지 않을 뿐더러, 이해하지 못하는 사람들이 내 뒤를 따를 것이다.

그들 가운데 한 사람이 완성할 불멸의 작품에 의해서 내 삶은 영생을 누리게 될 것이다. 그것이 한 마디의 말이든, 하나의 톤이든, 어떤 부드러운 형태의 것이라 하더라도 그렇지. 아무리 사소한 아름다움이라 하더라도 내가 없이는 불가능할 불멸의 작품속에 스며들어 있을 것이다.

구제되지 못한 내 인생의 여운이 영원한 조화의 수평(水平)에서 그럴 듯한 음조로 첨가될 것이라니까. 영원함! 그런데 죽음이며, 묘지이며, 목사란 도대체 무어란 말인가? 이 생에 수천번 존재하는 불쾌한 우연이라고나 할까.

나는 일을 할 때 작품을 인식하며 민중을 인식하지만, 지상과 우주는 무의식적으로 더불어 만들어지게 된다. 도대체 세기(世紀)란 무엇을 말하는 건가? 한 뼘의 시간이지요. 영원함이라는 관점에서 보면 한 줌의 먼지일 따름이지.

까마득한 옛날 바닷가를 방황했던 젊고 아름다운 여인 나

잠 못 이루는 밤을 위하여

우시카(오뎃세이 중의 인물)도 그런 관점에서 생각될 수 있는 것. 그녀는 오늘날에도 여전히 아름답고 여전히 젊으며 여전히 생기발랄하다. 수천년의 시간이 흘러갔음에도 불구하고—.

당신은 또 웃는군? 내 아름다운 뮤우즈여, 그대는 한 사람의 여인이라 할 만하다. 그대 여성은 영원함을 방불시키기 때문에 우리들이 손을 뻗고 싶어하는 마음, 저 너머를 그리워하는 마음을 이해하지 못한다. 그대가 이해하지 못하는 것에 대해서 그대는 웃어버린다.

「얼마나 우스운 일인가!」하면서—. 당신이 알 수 없는 고통스러운 광경이 벌어지면 당신은 그렇게 말할 수 있을 것이다.

당신이 좋아하는 것을 언젠가 나도 한번 시도해 보아야 하겠지. 우아하게 죽는 것 말이다!

나는 당신을 부러워한다. 내 뮤우즈여! 아, 당신으로 볼 때엔 내 인생이란 전부 하나의 에피소드에 지나지 않을 테지. 한편의 가을이야기, 시들하고 병든 밤일테지요! 이 다음에 당신은 다시금 아무 일도 없었다는 듯이 늠름하게 웃을 것이다.

신경질적이며 유쾌하지 못한 세월이었다고 생각지는 않겠지. '이 다음에'라고 말한 것은 내가 죽은 다음을 말하는 거지. '불쾌한 세월'이라고 말한 것은 내 인생의 처음부터 끝까지 시끄러웠던 것, 환희의 소리도 질러 보았다.

절망도 했다고 하는 세상살이를 말하는 것이지, 그것이 모두 헛것이라는 말은 아니다. 그러나 영원이라는 평면에서 이 작은 깜빡이란 대체 무엇이란 말인가?

위대한 인물들의 죽음, 가령 알렉산더 대왕이며, 나폴레옹의 그것이라 하더라도 그것은 무슨 의미가 있는 것일까? 배고픈 사람에게는 한 조각의 빵이 알렉산더 대왕보다 중요하다. 그런데 배고프지 않은 사람은 누구인가? 그 사람에게는 알렉산더 대왕보다 중요한 수천 가지의 비참한 요구에 둘러싸이지 않는 사람이 누가 있는가?

내가 지금 잠을 잘 수 있다면 이마와 아픈 눈망울 뒤에 숨어있는 이 꼼짝달싹할 수 없는 사념의 지독한 열병을 안정시킬 수 있다면, 나는 그대에게 나의 불멸성 가운데 얼마쯤 내주어야 하는가? 4분의 1쯤, 절반쯤 아주 전부를!

오, 그대 나를 보고 있구려! 내가 고통스러워하고 있는 모습을 보고 있구려! 모든 것은 한 여인, 모든 것은 당신을 위한 것이다. 내 가슴 속의 침통한 고동소리, 내 눈꺼풀의 고통스러운 떨림, 내 입에 짓눌려 메마른 숨소리, 이 모든 것들은 당신을 위하여, 당신의 모습을 새기는 조각 끌, 당신의 모습을 그리는 한 자루 붓을 위한, 내 삶의 한 방울이다.

나를 나무라지 말라! 나로 하여금 온갖 고통을 참아내는 것이 당신을 위한 것이 아니라는 듯이, 아무 것도 아닌 것을 위한 것이라는 듯이 생각케 하지 말아 주오. 내게 동화 한 편

잠 못 이루는 밤을 위하여

을 읽어주구려! 나를 사랑한다고 말해 주오. 그리하여 영원(永遠)히 내 사다리에 앉아서 나와 함께 고통을 나누게끔 해 주오.

당신의 손은 얼마나 부드럽던가! 나는 그 손의 역사 모두를 알고 있다. 그 손놀림, 제스츄어 하나하나에 얽힌 귀족적인 문화를 알고 있다오. 그것은 벌써 일찌기 플로렌스의 화가가 그린 바 있는 것으로서 그 화가는 날카롭게 펴진, 욕심 많은 예술가의 이마를 그려 유명해진 사람이다.

천성이 우아한 그 애인이 그렇듯 기품있는 손을 가진 그 귀족은 지금 어디 있는가? 내 손이건, 내 이마건 당신의 오른손이 어루만지면 달래지지.

인생의 가벼운 폭풍이 스쳐 지나간다. 당신의 손은 아무도 내게 대해서 더 이상 알지 못할 때 다른 사람의 이마를 짚을 것이며 다른 사람의 어깨를 건드릴 것이다. 당신의 손이 닿는 곳이면 그것이 어느 다른 수천 사람의 경우이건 나의 아름다움, 나의 병, 나의 예술은 영생(永生)하게 될 것이다.

단테와 도나텔로가 아름다운 그 모습을 나타내었던 삶의 이 문화성(文化性), 보이지 않는 잔잔한 강의 끊임없는 흐름 ─ 이것이 바로 영원성(永遠性)인 것이다. 이것이 영원히 사는 것이라오! 그것은 당신, 나의 뮤우즈인 것을.

무엇이 우리에게 행복을 주는가

당연한 일이지만 행복을 맛보기 위해서는
무엇보다도 시간의 무구속성이 필요하며,
더불어 결과와 희망으로부터도
떨어져 있을 수 있는 자세가 필요하다.

인간이란, 신(神)이 그렇게 만들었고 우리의 시와 지혜가 오래동안 그렇게 이해해 온 것처럼, 비록 그것들이 인간에게 소용없는 것이라 하더라도 사물을 보고 즐거워하는 능력, 아름다움에 대해 느낄 줄 아는 기관을 갖고 태어난 것이다.

아름다움에 대한 인간의 즐거움에 항상 정신과 감각이 똑같은 정도로 관여하고 있는데, 인간은 그 삶의 곤경과 위험의 한가운데에서도 이러한 사물들에 대해 즐거워할 줄 아는 능력이 있기 때문이다.

자연 혹은 실제로 그림에 있어서의 그 빛나는 색의 노을, 폭풍이나 바다물의 노호, 혹은 인간 스스로에 의한 음악 등은 흥미와 필요의 표면 저 뒤에서 세계를 하나의 전체로서 알게 하고, 느끼게 하는 것이다. 장난치고 있는 한 어린 고양이의 목놀림에서부터 소나타의 변주에 이르기까지, 한 마리 개의 시선에서부터 시인의 비극에 이르기까지 거기에는 관련성이 있는 것이며 그 관계에 대한 무수한 다양성, 일치, 아날로지, 반영 등이 존재하는 것이다.

그 영원한 흐르는 언어로부터 즐거움과 지혜, 재미와 감동이 듣는 이에게 전달된다. 이렇게 인간은 그가 지닌 많은 의문점에 대해 늘 다시 주인의 자리로 되돌아 갈 수 있고, 그의 존재에게 늘 다시 감각이라는 것을 돌려줄 수 있다.

그럴 것이 「감각」이란 수많은 다양성의 일치, 혹은 세계의 혼란을 동일과 조화로서 예감하는 정신의 능력이기 때문이다. 고상하고, 전인적이며 건강한 현실적 인간들에겐 세계란 정상적이다.

그들에게는 저녁이면 서늘해진다거나 노동시간이 끝나게 된다든가 하는 것 말고도 붉게 물들어가는 저녁 하늘, 자주빛으로 변해 가는 장미의 신비와 같은 경이(警異)를 통해서 신은 당당히 나타난다.

그 경이는 또한 저녁 하늘처럼 수천의 모습으로 변하는 인간의 웃음과 같은 변화도 있으며 사원의 공간 내부나 유리창 같은 데에서도 발견된다.

그런가 하면 꽃받침 속의 꽃술들이 보여주는 일사불란한

질서, 나무조각으로 만들어진 바이올린, 음계(音階), 그리고 무언가 불가사의한 것, 부드러운 것, 자연과 정신에서 저절로 생겨나는 것, 이성적인 것과 너무 지나치게 이성적인 것, 말(言語)처럼 순진한 것 등등도 거기에 속한다.

이것들이 갖고 있는 그 아름다움과 놀라움, 그 알듯 모를 듯함, 그 곁에 나타나는 영혼성 등은 그럼에도 불구하고 신경질, 병, 위험 등 거기에 모든 인간적인 것이 맡겨져 있는 요소들에 의해 멀리 경원되거나 봉쇄되지 않고서 그들의 심부름꾼이며 학생격인 우리들을 위해서 그것을 극도로 신비하고 고귀한 지상의 현상으로 만들어준다.

모든 민족들 혹은 모든 문화집단이, 그들 관심에 알맞으면서 동시에 아직 표명되지 않은 그들의 목적에 기여하는 언어를 만든, 그리고 한 민족이 다른 민족의 언어를 배우고, 놀라와하고 조소하면서도 결코 단 한번도 완전히 이해할 수는 없다는 사실 때문만도 아니다.

아니다! 사람이면 누구나 그가 언어조차 없었던 원시시대, 혹은 필경은 기계화되고 그리하여 다시 말이 없어진 현실에 살고 있는 것도 아닌 한, 모든 사람은 하나하나 전부 마찬가지다.

언어란 개인적인 재산이다. 언어를 받아들일줄 아는 모든 사람들, 그러니까 흠없이 완벽한 사람들에게 있어 한마디의 말과 문장, 형식이란 특수한 문장구조의 가능성이 있는 것이며, 오직 그들에게만 특유의 가치와 의미가 있는 것이다.

참된 모든 언어는 그들의 타고난 재능에 아주 개인적이며 일회적인 방법으로 느껴지고 체험될 수 있는 것이다. 비록 그가 그에 대해 모르고 있다고 하더라도 말이다.

특정한 악기 혹은 어떤 특정한 음의 상태를 특히 좋아한다거나 혹은 특히 마땅찮게 생각하거나 별 친밀감을 갖지 못하는 음악가들이 있듯이, 대부분의 인간들은 어떤 특정한 낱말이나 음향, 특정한 모음 혹은 자모(字母) 연결에 대해 그 나름의 경사를 갖는 언어 감성을 지니게 마련이다. 물론 그들이 다른 한쪽을 피한다.

누군가 어느 일정한 한 시인을 각별히 좋아한다고 하자. 그러면 이 시인의 언어에 대한 취향과 언어감성은 그 독자에게 얼마나 친근한가, 혹은 낯선가 하는 것에 관계되는 것이다.

그 예로서 나는 일련의 시문(詩文), 즉 수 십년간 내가 사랑하고 좋아해 온 시문들을 들 수 있을 것 같다.

그것들은 그 의미나, 담겨 있는 지혜나, 체험을 받아들인 내용이나, 선(善) 때문에 내가 좋아하는 것이 아니고, 순전히 어느 특정한 운(韻), 지나친 도식성에 대한 리듬상의 어떤 편차, 독자가 무의식적으로 느끼듯 시인도 마찬가지고 무의식적으로 만나는 어떤 우수한 모음의 선택 때문에 좋아하는 것이다.

우리는 괴테나 브렌타노, 레싱이나 호프만의 산문의 구조와 리듬에서 이들 산문의 내용보다 시인의 개성, 그리고 육체적 영혼적 요구를 보다 잘 느낄 수 있다. 모든 사랑받는 시인들에게는 그런 문장들이 있다. 또 단 한 사람의 잘 알려진 작가들에게만 느낄 수 있는 특이한 문장들도 있다.

우리 같은 사람들에게 언어란 화가들이 화판 위에서 만들고 있는 수많은 색과 똑같다. 그렇듯 무수하다.

그리고 언제나 또 새롭게 생겨난다. 그러나 정말 훌륭하고 참된 언어란 별로 많지 않다. 나는 70평생에 새로운 언어의 탄생을 경험하지 못했다.

하지만 색은 그 뉘앙스와 혼합이 셀 수 없을 만큼 많다고 하더라도, 그만큼 많은 분량으로 사랑스러운 것은 아니다. 말에 있어서는, 그러나 말하는 사람에 따라 좋아하는 말과 낯선 말이 있고, 즐기는 말, 피하는 말이 있다.

게다가 아무리 수천번 써도 마멸되지 않는 일상어가 있으며, 또 사람들이 좋아하면 할수록 신중히, 그리고 아주 엄숙하게 쓰여지는 드문 선택적 언어들도 있다.

이런 말 가운데 하나가 나로서는 '행복(Gluck)'이라고 본다. 이 말은 내가 항상 사랑하고 또 즐겨 들어온 말 가운데 하나다. 이 말의 뜻은 자꾸 따지고 논증하려고 할 경우, 언제나 그저 아름다움, 훌륭함, 그리고 바람직한 그 어떤 것을 뜻하게 된다. 그라

무엇이 우리에게 행복을 주는가

고 나는 이 말의 소리도 거기에 걸맞는 것처럼 생각된다.

나는 이 말의 짧은 길이에도 불구하고 그것이 무언가 놀랍도록 중요한 것, 충만한 것, 금을 연상시키는 어떤 것을 포함하고 있는 것을 알았다. 이 말은 그 충만한 의미 이외에도 또한 한 빛을 갖고 있음이 확실하다.

구름 속의 한 광선처럼 이 빛은 G1이라는 자음과 더불어 녹아내리는 듯 웃는 듯한 짧은 철자 속에 살고 있으며, ü라는 모음 속에서 잠시 웃으며 쉬고 있으며, ck라는 자음 속에서 결연히 끝난다.

그것은 웃음과 눈물의 낱말이며, 원초적 마력과 감성의 낱말이다. 이 말을 제대로 느끼고 싶다면, 금으로 된 말 옆에 니켈이나 구리로 된 느슨하고, 뻔뻔하고, 지루한 말을 놓아 보라. 그러면 모든 것은 명백해진다.

그것이 사전이나 학교 교실로부터 이루어질 수 없다는 점은 추호도 의심의 여지가 없는 일이다.

그것은 곰곰이 생각되어지거나, 어디로부터 유도되거나, 혹은 정리되는 것이 아니다. 그것은 그저 하나로서 둥근 채 그대로 완전한 것이다. 그것은 마치 햇빛처럼, 혹은 꽃의 시선처럼 하늘이나 땅에서 달려나오는 것이다.

이러한 말들이 있다는 것은 얼마나 대견하고 얼마나 풍성하며, 얼마나 위안받을 수 있는 일인가!

이런 말들을 갖지 못한 채 살고 생각한다는 것은 시든 인생이며, 황폐한 인생이리라. 그것은 흡사 빵과 술이 없고, 웃음과 음악이 없는 인생과도 같으리라.

이러한 측면, 즉 자연적이고 감성적인 그 측면에 따르자면, '행복'이라는 낱말에 대한 나의 관계란 도무지 발전하거나 바꾸어지지 않는 그 어떤 것이다. 그 말은 언제나 그렇듯 오늘도 짧으면서 중요하고, 금빛으로 반짝인다. 나는 이 말을 어린아이가 좋아하듯이 그렇게 사랑한다.

이 말이 뜻하는 그 마법적 상징성, 그렇게 짧은 말이면서도 무거운 것을 뜻하는 그 의미에 대해서 나의 견해와 생각은 숱한 발전을 맛보면서 아주 뒤늦게서야 비로소 어떤 확실하고 일정한 결론에 도달한다.

내 삶의 중반을 훨씬 넘어서면서부터 나는 사람들의 입에서 '행복'이라는 말이 무언가 괜찮은 것, 무조건 가치있는 것, 그러나 궁극적으로는 범상한 것을 의미한다는 사실을 시험해보지도 않은 채 그저 받아들이게 되었다.

훌륭한 출생, 훌륭한 교육, 훌륭한 캐리어, 훌륭한 결혼, 성공적인 집과 가정, 사람들 사이에 있어서의 명성, 흡족한 수입, 흡족한 금고, 이런 모든 것들이 '행복'이라고 말할 때 생각나는 것들로서 나도 다른 모든 사람처럼 그런 태도를 가졌다. 행복한 사람과 그렇지 않은 다른 사람들은 마치 똑똑한 사람들과 그렇지 못한 사람처럼 보였다.

　우리는 세계 역사에서도 행복에 대해서 말했으며, 행복한 민족, 행복했던 시대에 대해서 아는 것으로 생각했다. 그러면서 우리 스스로 대단히 '행복했던' 시대의 한가운데 살았으며 오랜 평화, 폭넓은 자유, 그럴만한 만족의 행복에 의해 마치 미지근한 목욕물에 씻기듯이 씻겨 내려온 것이다. 그러나 우리는 그것을 잘 모르고 있으며 이 행복은 당연한 것으로 이해되었다.

　우리들 젊은 사람들은 우리 위에 무언가 얹혀져서 지루한 그리고 어정쩡한 기분을 느끼게 할 때, 그 다정스러워 보이고, 만족스러워 보이면서, 또 평화스러워 보이는 시대 속에서 죽음, 타락, 위황병(萎黃病)의 유혹을 받았던 것이다.

　일방 우리는 쿠봐트로쎈트(15세기의 예술양식) 시대의 플로렌스를, 페리클레스의 아테네를, 그리고 다른 또 지나간 시대를 행복했던 시대로 말하기도 한다.

　그런 전성시대에 대한 열망은 점차 사라지고, 우리는 역사책을 읽거나 쇼펜하우어를 읽음으로써 최상급의 용어와 아름다운 말들에 대해 불신을 하게 되었고, 정신적으로 희미한 상대적 기후 속에서 사는 법을 배우게 되었다.

　그러나 ― 그럼에도 불구하고 '행복'이란 말은 어디서든 아무 거리낌없이 만날 때마다, 옛 그대로 완전히 금빛을 내면서,

울리면서 최상의 가치를 지니는 사물에 대한 언급 혹은 기억으로서 남았다.

때로 우리가 생각하기로는, 아마도 소박한 어린이들이나 손에 잡을 수 있는 인생의 물건을 행복이라고 부를 것이라고 믿는다. 그러나 우리는 이 말에서 우리에게 아주 아름답게 들리면서 즐거움을 주는 지혜, 침착성, 인내, 영혼의 의연성과 같은 그 어떤 것을 오히려 생각했다. '행복'이라는 말과 같은 아주 범상하고, 완벽하고, 깊은 이름에 별로 기여하지도 않으면서 말이다.

그 사이 내 개인적인 삶은 이미 그것이 사람들이 말하는 이른바 행복이 아닐 뿐만 아니라, 소위 행복이라는 것을 얻기 위한 노력에 아무런 공간도, 아무런 의미도 주지 않는다는 것을 알기에 이르렀다.

어느 비장한 시간, 나는 이것을 아마 '운명애(運命愛)'라는 말로써 규정지었으리라. 하지만 근본적으로 또 예외적으로 잠시 번쩍하는 그 발전의 상태가 파토스로 기우는 일은 결코 없었다. 또한 격정이라곤 없는 쇼펜하우어식의 욕심없는 사랑은 벌써 나의 무조건적 이상은 아니었다.

나는 어느새 조용한 겉만이 아닌 알뜰한, 그리고 항상 조금쯤 비웃는 기가 있는 듯한 방식의 현명성을 익히게 되었고, 그 바탕 위에서 중국적 장인(匠人)의 삶에 대한 이야기를 들게 되었다.

자, 이제 쓸데없는 소리는 지껄이지 말아야겠다. 무언가 비교적 말하기에 확실한 것을 나는 내놓아야겠다. 우선 문제에서 이탈하지 않기 위해서, 지금 내게 '행복'이라는 말에 담긴 내용과 의미를 풀어 쓰도록 해보겠다. '행복'이라는 말을 오늘 나는 아주 직관적인 어떤 것으로 이해하고 있다. 그러니까 어떤 전체성 그 자체, 무한한 존재, 이 세계의 영원한 음악, 우주의 조화나 혹은 신의 웃음과 같은 것들이 그것이다.

이러한 개념, 이렇듯 무한한 음악, 이렇게 완전한 소리를 내며, 금빛으로 빛나는 영원성은 순수하고도 완벽한 현재인 것이다. 그것은 시간도, 역사도, 과거도 미래도 가지지 않는다. 사람들, 세대들, 민족들, 국가들이 떠올라 융성하다가 다시 그림자에 묻히고 허무로 돌아가는 이 세계의 얼굴은 영원히 빛나면서 웃음을 웃는다.

영원히 삶을 노래하며 영원히 둥근 윤무(輪舞)를 춘다. 덧없고 부자유스러운 것들마저 우리에게 즐거움과 위안, 웃음을 줄 수 있다는 그것이 바로 이때의 광채이다. 광채로 가득찬 하나의 눈, 음악으로 가득찬 하나의 귀인 것이다.

일찍이 정말 '행복했던' 인간들이 실제로 존재했든 하지 않았든간에 혹은 시기를 받으면서 찬양을 받은 행복한 후예들, 이 세계의 주인공들이 그저 이따금 축복받은 시간이나 순간

순간 커다란 조명을 받았든 받지 않았든간에 그들이라고 해서 다른 행복을 체험했던 것은 아니다.

어느 누구에게도 다른 즐거움이 전달될 수 있는 것은 아니다. 완벽한 현재 속에서의 호흡 우주의 합창 속에서 같이 부르는 노래, 이 세계의 윤무와 더불어 추는 춤, 신의 영원한 웃음 속에서 함께 웃는 웃음, 이런 것이 행복에 대한 우리의 몫이다. 많은 사람들은 단지 한번 경험하기도 하며, 많은 다른 사람들은 그저 몇 번 그것을 경험한다.

그러나 어떻든 이것을 경험한 사람은 일순간만 행복했던 것이 아니라, 찬란한 빛과 소리를 지닌 그 어떤 것, 무한한 즐거움의 빛을 지닌 그 어떤 것을 함께 맛볼 것이다.

이 세상에서 사랑하는 사람을 통해서 사랑에게, 예술가를 통해서 위안과 명랑한 기분에게 넘겨지는 그 모든 것, 그리고 수세기 후에도 그것이 생긴 첫날과 똑같이 밝은 빛을 발하게 되는 그 모든 것을 더불어 갖는 것이다.

이렇듯 포괄적이고, 이렇듯 커다랗고 또 성스럽기까지 한 의미를 지니고 내게는 '행복'이라는 낱말이 삶을 살아가는 사이에 터득된 것이다. 내가 여기서 결코 언어학을 논하는 것이 아니라 한 조각 영혼의 역사를 말하고 있다는 것을 강조하는 것이다.

독자들 가운데에도 아마 어린 학생들에게나 필요한 일일지

73

모르지만, 어린 학생들에게 그들이 말로써 하든 글로써 쓰든 간에 '행복'이라는 낱말에 대해 이렇듯 강력한 의미를 갖게끔 요구하고 싶지도 않다.

나에게는 이 부드러우면서도 짤막한 금빛 찬란한 낱말을 둘러싸고 내가 어렸을 적부터 그 소리에서 느꼈던 모든 것이 몰려든다. 그 느낌은 어렸을 때가 훨씬 강했었다. 감성의 질에 대한 모든 의미의 답변과 낱말의 호소력이 훨씬 힘이 있었다.

그러나 이 낱말 그 자체가 그렇게 깊이가 있거나 근원적이거나 세계를 얼싸안는 것이 아니라면 이렇듯 영원한 현재, 「금빛 발자취(「골트문트」에서)」, 그리고 「불멸의 웃음(「황야의 늑대」에서)」에 대한 나의 생각은 그 낱말을 둘러싸고 결정되어지지 않을 것이다.

나이먹은 사람들은 그들이 얼마나 자주, 그리고 얼마나 강하게 행복을 느끼는지에 대해서 생각을 해보려고 한다면, 무엇보다 그들은 그들이 어린 시절을 생각하게 된다.

당연한 일이지만, 행복을 맛보기 위해서는 무엇보다 시간의 무구속성이 필요하며, 더불어 결과와 희망으로부터 떨어져 있을 수 있는 자세가 필요하기 때문이다.

이러한 능력은 대부분의 사람들에 있어서 나이를 먹어감에 따라 없어지는 것이다. 나 역시 영원한 현재가 지니고 있는 광채에 대한 관심과 신의 웃음에 대한 관심의 순간을 기억해

내려고 할 때마다 어린 시절로 되돌아가게 되고 거기서 이런 종류의 가치로 충만된 체험을 발견하게 된다.

확실히 어린시절의 즐거웠던 시간들은 훨씬 생생하고 발랄하게, 아주 단단한 옷을 화려하게 입고 빛나는 것이다. 하지만 찬찬히 잘 뜯어보면 그것은 실제로 행복보다는 오히려 장난이며, 그저 즐거움이라고 하는 것이 옳다. 즐겁고, 재미있고 그저 재치있는 것이었을 뿐이다. 여러 가지의 장난을 즐길 수 있었던 것이다.

그 꽃피던 어린 시절 친구들에게 둘러싸여 있던 순간이 생각난다. 그때 한 순진한 친구는 호메로스풍의 웃음, 즉 홍소(哄笑)가 도대체 무엇이냐고 질문을 한 일이 있었다.

나는 그에게 그건 육각운(六脚韻)을 흉내 내는 리듬있는 웃음이라고 대답했었다. 사람들은 크게 웃었다. 유리잔들을 부딪치기도 했다. 그러나 이런 종류의 순간은 물론 뒤에 검증되지는 않았다. 그건 모두 애교있고 즐거운 일로 받아들여졌고, 그저 흥겨운 분위기를 이루는 것이었다. 그러나 그것이 곧 행복은 아닌 것이다.

행복, 그것은 그 뜻을 오래 캐러들면, 어린 시절에만 체험될 수 있었던 것처럼 보인 순간으로 좀처럼 다시 발견되지 않는다.

어린 시절에 있어선 그 뜻을 따져보는 경우, 행복의 '광재'

75

무엇이 우리에게 행복을 주는가

란 말은 언제나 진정한 뜻으로 받아들여지지 않는다. 또 행복의 '금'이라는 말도 완전한 뜻으로 이해되지 않는다. 그 뜻을 아주 정확하게 받아들인다면, 이에 합당한 체험이란 별로 남는 것이 없다.

그리고 그것도 뚜렷하게 그려낼 수 있는 이미지가 못된다. 또 이야기할 수 있는 것도 못된다. 그것들은 어떤 물음에 대해서 별 대답을 마련하지 못한다.

이러한 추억을 간추릴 때, 그것은 마치 몇 주일이나 며칠 혹은 기껏해야 하루, 즉 크리스마스때나 생일, 어떤 휴가의 첫날 정도가 겨우 생각날 뿐이다.

그러나 추억 속에서 어린 시절의 날을 재현한다는 것은 수많은 영상을 필요로 할 것이다. 또 그 기억은 수많은 영상을 함께 모을 것이다. 하지만 그것이 그날이나 그 시간들의 체험이든 혹은 몇 분간의 체험에 불과한 것이든간에 나는 그러한 행복을 여러 번 체험하고 있다. 그 뒤에도, 나이가 들어서도 순간이나마 그에 가까이 간 일이 있다.

삶의 초기에 행복과 같은 것을 이따금 맛보았으나 그중에서도 한 가지 특별한 것이 변하지 않고 생생하게 기억된다. 그것은 초등학교 시절의 일이었다. 행복에 대한 원래의 그 어떤 것, 참된 것, 본원적인 것, 신비한 것 등이 그 속에 들어 있었다. 웃음을 지을 수 있는 이 세계와의 화해의 상태, 요컨데 완벽한 그 현재성은 그러나 결코 오래 지속될 수는 없었다. 아마 몇 분 정도의 일이었으리라.

어느 날 아침, 나는 아마 열 살쯤 되는 씩씩한 소년으로 잠을 깨었었던 것 같다. 나는 마치 나를 마음 속의 태양이라도 있어 비추어주는 것 같은 즐거움과 쾌적의 그윽하고 깊은 감정에 휩싸여 있었다. 선량한 그 소년 시절의 잠에서 깨어난 그 순간 무언가 새롭고 신기한 것이 일어난 것 같았다. 크면서도 작은 내 어린 소년의 세계는 보다 새롭고 높은 상태, 새로운 빛과 기후 속으로 들어선 것 같기도 했다.

아름다운 삶이 그 이른 아침에서야 비로소 충만한 가치와 의미를 획득하는 것 같았다. 나는 어제도 내일도 알 바 아니었다. 오직 행복한 현재에 둘러싸여 부드러운 느낌을 즐길 따름이었다. 어떤 호기심이나 계산없이 감정과 영혼에 의해 가득 차서 멋지게 굴러갔던 것이다.

그것은 아침의 일이었다. 높은 창문을 통해서 나는 옆집의 긴 처마 너머로 푸른 하늘이 맑게 떠 있는 것을 보았다. 하늘은 마치 어떤 특별한 계획이라도 있어서 그것을 향해 가장 아름다운 옷을 끌고 가는 것 같은 행복으로 가득 차 보였다.

내 침대로 부터는 세상을 잘 볼 수가 없었다. 기껏 아름다운 그 하늘, 이웃집의 긴 지붕조각 등이 보였는데, 이 지붕은 어두운 적갈색 기와로 된 지루하고 황량한 모습으로 웃고 있는

무엇이 우리에게 행복을 주는가

것 같았으며, 가파른 그림자를 드리우고 있는 비스듬한 벽 너머로는 흡사 빛깔의 작은 장난 같은 것이 너울거리고 있었다.

붉은빛 도자기 남비 사이에서 몇개의 푸른빛 유리 남비가 생생한 모습으로, 또 즐거워보이는 모습으로 빛나고 있는 것 같았다. 그렇게 조용히, 그러나 끊임없이 빛나는 아침 하늘을 반사해 주고 있었던 것이다.

하늘, 지붕 처마의 그 꺼끌꺼끌한 모서리, 제복의 군대처럼 갈색과 연푸른색으로 늘어선 몇몇의 기와 등이 서로서로 아름답고 즐거운 방법으로 다정하게 보였다.

그것들은 이러한 아침시간에 웃음을 지으며 서로 즐거운 말을 나눌 수 있다는 것밖에 별다른 의미를 가질 수는 없는 것이 확실했다.

푸른 하늘, 갈색의 기와, 푸른 유리들은 하나의 의미를 갖고 있었으며, 한 곳에 속해서, 서로서로 놀고 있었다.

모든 것이 그것들에게는 쾌적하고 즐거운 것이었다. 서로 마주보고 놀이를 같이 즐기는 것이, 똑같은 아침 광선과 흐뭇한 느낌을 더불어 맛보는 것 등이 모두 그러했다.

그렇게 나는 누워 있었다. 아침의 시작과 함께 늦잠의 게으른 감정을 즐기면서 내 침대에서 아름다운 영원을 맛보았던 것이다.

내 생전 그와 같은, 혹은 그와 비슷한 행복을 다른 경우에도 맛보았는지, 그러나 더 깊고 더 절실한 경험은 없었던 것 같다. 세상은 질서를 지키고 있었다. 백 초 혹은 십 분간이나마 이러한 행복이 지속되었는지.

그것은 시간을 초월하는 것이어서 다른 모든 사람에게 있어서의 진정한 행복이란 마치 한 마리의 펄펄 뛰는 푸른 송어의 다른 물고기에 대한 관계와 같은 것으로 비교될 수 있을 것이다.

그것은 그렇게 덧없는 것이다. 시간이 지나가면 덮어지는 것이지만, 그러나 깊고 영원하다.

육십이 넘은 지금에도 그것은 나를 거기에로 회상케 함으로써 나는 피곤한 눈과 고통스러운 손가락으로 그것을 다시 생각해 내고 웃음을 회복하고, 재현해 내고, 또 줄곧 써보려고 안간힘을 써야 하는 것이다.

이 행복이란 내 주위의 몇몇 사물들이 내 자신의 존재와 더불어 내는 소리로부터, 절대로 변하지 않고 절대로 승화하지 않으려는 욕심없는 쾌적한 상태로밖에 달리 형성될 수 없는 것이다.

집안은 조용했다. 밖에도 이렇다 할 소음은 없었다. 이러한 정적이 없었다면 아마 일상적인 의무와 학교가는 길에 대한 추억은 나의 쾌감을 돕지 못했으리라.

하지만 그것은 밤에도 낮에도 명백한 것이 아니었다. 달콤

무엇이 우리에게 행복을 주는가

한 불빛과 웃음 짓는 푸른 빛만이 널려 있었을 뿐, 앞마당의 자갈 위를 재빨리 걸어가는 처녀의 모습도, 삐그덕거리는 문도, 계단을 오르는 빵집 소년의 모습도 떠오르지 않는다.

이러한 아침의 순간이란 시간의 밖에 존재하는 것이어서 아무 것도 다른 것을 연상케 하지 않으며, 어떠한 것도 예시하지 않는다. 그것은 그 자체로 충만한 것이다. 그 순간은 나를 완전히 붙잡고 아침에 일어나서 학교에 가는 일과 같은 것에 대해서는 아무런 생각도 허용하지 않는다.

숙제를 반쯤밖에 못했다거나, 식당에서 아침밥을 허겁지겁 먹었다거나, 수학을 엉터리로 배웠다거나 하는 일들에 대해서는 모두 어떤 생각도 주지 않는다.

행복의 영원성은 그때 아름다움의 고향, 즐거움의 증가와 같은 것을 통해서 와해되었다. 그렇게 누워서 꼼짝도 않은 채 조용하고 희미한 아침 세상이 나에게 몰려와 나를 일깨우고 있는 사이 저 멀리서 무언가 비범한 것, 빛나는 것, 너무 맑은 것이 정적을 뚫고 즐거움에 포만한 모습으로, 달콤함이 쏟아지는 모습으로 금빛처럼 의기양양하게 솟아났던 것이다.

그것은 트럼펫 소리였다. 침대에서 일어나 이불을 밀치는 사이 그 소리는 완전히 살아서 두 개의, 또 그 이상의 소리가 되었다. 그것은 골목을 지나 행진하는 시가음악대로서 요란한 무드가 뿜어내는 진기한 결과였다.

어린 가슴은 마치 축복받은 시간의 모든 행복, 모든 마력이 이 도발적이며 날카로운, 달콤한 소리 속으로 흘러들기라도 하는 것처럼 웃다가 흐느끼다가 했던 것이다.

그런 시간, 나는 침대에서 일어나 그 축제의 즐거움 앞에서 전율했다. 문에 기대었다가 옆방으로 가서 창을 통해 거리를 내다보았다.

흥분과 호기심, 그리고 거기에 함께 가고 싶은 마음이 뒤범벅되어 나는 열린 창문에 기댄 체 가까이 다가오는 음악의 그 부푼, 높은 기분의 음향을 행복하게 들었다.

옆집 사람, 거리의 사람들이 모두 깨어나 생기에 넘친 얼굴, 몸, 목소리 등이 모두 충만해 있는 광경을 보고 또 들었다. 이런 시간에 나는 또 잠과 낮 사이의 그 쾌감 속에서 완전히 잊고 있었던 모든 것을 다시 알게 되었다.

나는 일상적인 생각으로 되돌아 갔다. 나는 다시 매일의 일상을 지배하는 법칙 아래 다시 섰다. 평일이 아니라 금속의 음향이 나를 깨우는 축제일이었다 하더라도, 이러한 아침의 마력이 지닌 본원적인 아름다움과 신성(神性)은 이미 지나갔으며, 그 작고 귀여운 경이의 뒷길에서 시간과 세상, 범상성의 파도가 물결치고 있는 것이다.

무엇이 우리에게 행복을 주는가

여 정(旅情)

아, 진정 여정(旅情)이란 저 위험한 욕망,
겁없고 두려움 없이 사색의 길을 걸어
세상을 한몸에 지고, 모든 사물·인간·사상에 대해
해답을 얻고자 하는 그 욕망과 같은 것이다.

　　겨울이 한창이었다. 눈이 내린다. 서남풍이 분다. 얼음이
어는 날과 흐리터분한 날이 섞여서 왔다. 들길을 다닐 수 없
고 아주 가까운 이웃집과의 왕래도 막혀 있었다. 호수는 얼
음 언 아침엔 하얀 김을 올리고, 물가는 유리처럼 깨어지기
쉬운 얼음으로 둘러쌓여 있었다.

　　그러나 그 이튿날 따스한 바람이 불면 호수는 다시 검푸르
게 생기를 띠우고 물결쳐 봄의 따사로운 날씨처럼 동녘이 부
옇게 흐려져 있었다.

　　나는 난로불이 활활 타고 있는 서재에 앉아, 쓸데없는 책을
읽고, 쓸데 없는 사색으로 놀고 있다.

　　세세 연년 잇대어 쓰여져서 출판되는 모든 것은 결국 누군

가가 읽지 않으면 안되는 것이다. 그러나 누구도 따로 그것을 하는 사람이 없어서 내가 바로 그것을 하고 있는 것이다.

하나는 동업의 관계와 관심에서, 하나는 비평적 장벽, 완충장치(緩衝裝置)로써 공중(公衆)과 서적범람(書籍氾濫)과의 사이에 서기 위해서. 이들 책들 중에는 실제로 훌륭하고 좋은 책이어서 한번 읽을 가치가 있는 것도 적지 않다.

그러나 문득 나는 자신이 지금 하고 있는 일이 전연 틀린 목표를 겨누고 있는 듯한 기분이 되는 것을 어쩔 수가 없다.

나는 몇번이나 잠깐 일어나서 침실로 간다. 그 벽에 걸려 있는 이탈리아의 커다란 지도를 보기 위해서, 그리곤 열망의 눈으로 지도를 훑어 본다.

포오강과 테페닌 산맥을 넘어, 녹색의 도스카나의 골짝들을 지나, 남색과 황색의 리베라의 해협 굴절을 따라서, 또 아랫 쪽의 씨실리아에도 한참 눈길을 보내고, 이윽고는 고루프 섬이며 그리스쪽에까지 헤맨다.

하나님, 어디라할 것 없이 어쩌면 서로들 가까이 나란히 하고 있는 것입니까. 그래서 얼마나 빠른 속도로써 우리들은 어디든 생각나는 곳에 갈 수 있는 것입니까! 나는 휘파람을 불면서 서재로 돌아와 아무래도 괜찮은 책을 읽고, 무엇에도 무관한 문장을 쓰고, 자유분방한 사색을 즐긴다.

작년엔 나는 6개월간의 여행을 나가 있었다. 그 전 해는 5

여 정(旅情)

개월간. 솔직히 말하면 그것은 한집의 주인이며 일꾼이며 원정(園丁)인 인간에게 있어서는 사치스런 일이다.

그래서 최근 내가 귀가(歸家) 도중 타향에서 병이 나서 수술을 받고 오랫동안 병상에 있던 나머지 집에 돌아 왔을 때에는 나는 아직껏 얼마동안, 이것이 영구히는 아닐지라도, 평화를 누리는 집사람이 되야 할 때라고 생각한 것이었다.

그러나 병의 영향과 피로가 최악의 상태에서 약간 회복하자 마자, 나는 다시 책을 상대하고, 원고지를 소비하기 시작하였다.

몇주간 지나자 어느 날 태양은 다시 놀라울만치 금빛으로 줄기차게 낯익은 국도에 내리쬐고 호수 위에는 검은 빛갈의 조각배가 새하얀 큰 돗을 펴고 달리는 것이 내 망막에 들어오는 것이었다.

그래서 인생의 짧음을 생각했다. 어느듯 그 결심과 원망과 단념은 사라져가고 남는 것은 다만 고칠 수 없는 그리운 여정(旅情)이었다.

아아, 진정 여정이란 저 위험한 욕망 ─ 겁없고 두려움 없이 사색의 길을 걸어 세상을 한몸에 지고, 모든 사물, 인간, 사상에 대해 해답을 얻고자 하는 욕망과 같은 것이며 결코 그것 보다 용이한 것이 아니다.

이 마음은 계획표며 서적에 의해서는 진정 되지 않는다. 그것은 보다 이상의 것을 요구하고, 보다 이상의 부담을 요구한다. 나는 심장과 피를 그것에 걸지 않으면 안된다.

창 밖에서는 부드럽고 따뜻한 서풍이 검푸르게 호수에 불어 설레고 있다. 목표도 없이 행선지도 정함이 없이, 정열 그대로 불어와 나와 내 몸을 설레어 스쳐 간다. 질리는 줄 모르는 격렬한 바람이다.

여정도 마찬가지로 격렬하게 질리는 줄을 모르는 어떠한 의식에 의해서도 진정되지 않고 어떠한 체험에 의해서도 진정되지 않는 인식욕이나 체험욕도 또한 그러하다.

그것은 우리들보다도, 모든 끈보다도 강력하다. 그 희구에 싸인 것은 끊임없이 그것에게 희생을 요구 당하고 있는 것이다. 격렬하게 온갖 위험을 겪고 파멸을 겪어 금전을 쫓고, 여자의 사랑을 쫓고, 왕후(王侯)의 은총을 쫓는 인간이 이 세상에 존재하지 않는가. 그와 마찬가지로 우리들 여행을 그리는 자는, 어머니인 대지를 꽉 움켜잡고 체험하고자 나아가는 것이다. 그녀와 일체가 되어 완전히 소유하면서도 몸을 맡기는 일을 바라는 것이다.

설령 그런 경지가 현실에 있어서는 도달할 수 없고, 다만 몽상과 원망과 동경 속에 두루 찾아야 할 것일망정. 그래서 아마도 이 우리들의 추구와 정열은, 도박자, 투기자, 돈 쥬안, 야심가들의 그것과 전연 같은 것이며, 그에 비해서 조금도 우

여 정(旅情)

월을 요구할 수는 없는 것이겠지만, 그러나 '저녁 나절'을 찾는 점에 있어서는, 나에게는 이 우리들의 정열 편이 역시 다른 정열보다는 우월하며 가치가 있는듯 생각 되는 것이다.

땅이 우리들을 부를 때, 우리는 방랑자의 귀에 「너는 고향으로 돌아가라」고 하는 소리가 들려 올 적에, 우리들 휴식 없는 자를 무덤인 안식소가 불러드릴 때, 생의 종말은 이별(離別)도 아니며, 어쩔 수 없는 체념도 아니다. 그것은 감사와 동경에 충만한, 가장 깊은 내부의 체험의 향연(饗宴)인 것이다.

우리들은 남아메리카에 대해서, 남태평양의 미지의 항만에 대해서, 극지(極地)에 대해서, 바람이며 물결이며 번개이며 눈더미 따위에 대해서 호기심을 일으킨다. ― 그러나 우리들에게 좀 더 무한히 많은 호기심을 주는 것은 죽음이다.

이 생존의 최종이며 최대의 체험인 죽음인 것이다. 왜냐? 온갖 인식과 체험 중에, 오로지 우리들이 그때문에 전진하여 생명을 내팽개치는 그런 인식과 체험이야말로, 참으로 그것을 찾는데 보람이 있는 것이며 우리에게 만족을 주는 것이라고 생각되기 때문이다.

내가 좋아하는 꿈 이야기

내가 좋아하는 꿈은 얼마나 나를
약동시키고 위로 하며 빛났던 것인가.
그것은 얼마나 깊이있고 절실하게
내 가슴 속에서 메아리쳤던가.

　오랜 세월 동안 좋아해 온 꿈이 내게는 있다. 염원이라고도 부를 수 있는 그것은 이미 내 마음 속에 뿌리를 박아 내게서 영양을 섭취하고 성장의 추진력을 얻어내고 있었던 것이다. 이것은 마치 친구들 중의 한 사람이 나와 함께 동거하며 나의 사랑을 받고 나의 집을 자기 집으로 삼고 나의 힘을 자신의 힘으로 생각하는 것과도 같았다.

　그 염원이란 참 아름다운 것이었다. 누가 보다라도 그렇게 분수에 넘치는 것도 아니었다. 다름아니라 그 염원은 '은둔의 집'에 관한 것이었다. 그 은둔의 집은 환경에 따라 색조를 바꾸곤 했다. 어느 땐가 그것은 루체른 호반의 조그만 집으로 나룻터에는 한 척의 배가 매달려 있었다. 어느 땐가는 알프스

산중의 마을에서 멀리 떨어진 통나무로 만든 의자가 있는 나뭇꾼의 오두막집이었다.

그런가 하면 그것은 또한 남 티치노 산중의 동굴이나 좁다랗고 폐허가 된 곳이기도 했다. 카스타니의 해맑은 숲 근처로 그 위로는 포도밭이 있는 그런 곳이다. 창이나 출입문은 있어도 좋고 없어도 무방하다.

어느 땐가는 기선에 붙은 조그만 방이 되기도 했다. 다른 선객이 아무도 없는 방 한 칸을 차지하고 3개월 정도 항해를 할 수 있으면 된다. 행선지는 알 수 없다. 때에 따라서 그 소원은 보다 사소한 어떤 것이 되기도 했다. 땅에 파진 한 구멍, 하나의 조그만 무덤이 그것이다. 어떻게 파든 관계 없다. 꽃이 무덤 앞에 놓여 있어도 좋고 없어도 무방하다.

별장이든 선실이든 알프스의 오두막집이든 티치노의 암굴이든 그것은 결국 언제나 '은둔의 집'이었다.

그 염원의 배경은 슈바벤의 목사, 세상을 등지고 아무 일도 없이 시골에 파묻혀 시를 썼던 크리스티안 바그너의 싯귀였다.

세상이여 부탁이다.

나를 간섭 말아다오.

어딘가 깊고 조용한 그런 곳이 있으며 그 옆에 숲이나 호수가 있다면 나는 더 이상 바랄 것이 없다는 생각을 했다. 하지만 사람이 있어서는 안된다.

걱정거리를 전달하는 자나 내 생각을 방해하는 자가 있어서는 안된다. 또 편지나 전보나 신문이나 무슨 다른 문화의 배달부가 와서는 안된다.

계곡에선 시냇물이 부딪히는 소리가 날 것이다. 태양이 갈색바위를 내리쬐고 있을 것이다. 나비가 날고, 염소가 풀을 뜯고 도마뱀이 알을 품고, 갈매기가 제 집을 짓고 있을 것이다. 나는 거기에 내 평화를 간직하고 싶다. 나 혼자만의 거처와 달콤한 잠과 꿈을.

내가 부르지 않는 사람은 어느 누구도 이 은둔의 집에 발을 들여놔서는 안된다. 어느 누구도 은둔의 집이라는 것조차 알아서는 안된다.

어느 누구도 내게 용건을 가져와서도, 내게 일을 강요해서도 안된다. 내 주소가 어느 누구의 주소록에 기재되어 있어도 안된다. 그리고 세금 대장에 기재되어서도 안된다.

이러한 나의 염원과 꿈은 매력있는 것이었다. 저명한 시인들에게조차 아름답고 장엄한 반향을 가지고 어필할 수 있을 만한 것이다. 그리고 그 염원은 참으로 마땅한 것이기도 하지 않은가.

권리와 명예가 없는 시민이나 시인 같은 온유한 자에게 내가 은둔하는 집, 남국의 구석진 곳, 산중의 바위틈, 피난처, 무덤 등에의 염원처럼 지당한 염원이 어디에 또 있을 것인가.

별장이나 선실을 과분한 소원이라고는 할 수 있을지언정 오두막 속의 잠자리, 초라한 무덤 속에 눕는 것 따위를 욕심을 부리는 것이라고는 아무도 말할 수 없을 것이다.

나의 꿈을 만족시키기 위하여 꽤 오랜 세월, 꽤 많은 시간을 이래저래 나는 낭비하였다.

산책을 할 때마다, 뜰을 청소할 때마다, 취침 전이나 기상 후에나, 여행을 할 때마다, 혹은 잠못 이루는 밤이면 나는 나의 꿈에 마음을 쏟아붓곤 하였다.

나는 그 꿈을 키우고, 그 꿈을 채색시키고, 더욱 아름답고 더욱 유연하고 더욱 부드럽게 그것을 연구하며, 최대한의 동경과 사랑을 쏟곤 하였다.

그림 속의 숲 그늘에 먹색을 칠하며 염소의 방울 소리를 마음으로 상상하며 나는 꿈을 키우곤 하였다.

나의 사랑하는 꿈에게 나는 정성을 다하여 좋은 빛을 쪼였다.

어머니처럼 귀여워했다. 연인처럼 애무하였다. 이렇게 말해도 틀린 건 아니리라. 「내가 지금껏 이만큼한 사랑과 염려와 피와 온도와 소망의 힘을 쏟은 것은 하나도 없다」라고.

내가 좋아하는 꿈은 얼마나 나를 약동시키고 위로하면서

빛났던 것인가. 그것은 얼마나 깊이있고 절실하게 내 가슴 속에서 메아리쳤던가. 얼마나 장미빛처럼 타올랐던가.

얼마나 그 꿈은 가늘디 가는 황금색 실처럼 엉켜 있었던가. 그 꿈은 또 얼마나 많이 생각했던 색깔인가. 열렬히 그려보는 색깔이 아니었던가.

그런데 해가 감에 따라 이변이 일어나기 시작했다. 다른 어떤 목소리가 나를 붙드는 것이었다. 때로 그 꿈을 헤치고 그 소중한 화면에 조그만 금이 가게 하고, 그 현(絃)의 음조를 틀리게 하는 것이었다.

정적으로 가득찬 숲에서 이파리 하나가 툭 떨어지는 듯한 경고의 소리, 새로운 하나의 식견이 내 마음을 스쳐 지나가는 것이었다. 나는 수선을 서두르지 않으면 안되었다.

새로운 애정을 쏟고 마음 깊이 교란을 뉘우치며, 그 꿈을 가꾸기 위해 새로운 피를 바쳤다. 그것은 곧 아름다움을 회복하였다. 그 꿈의 빛깔을 되찾을 때마다 잃어버렸던 의욕도 다시 찾는 것이다.

그러나 점차로 그 꿈과 조화하기 어려운 인식이 내 마음을 엄습하였다. 대화 때의 친구의 말 한 마디, 서적 중의 한 귀절, 성서의 한 귀절, 괴테의 글귀 하나가 항변의 여지도 남기지 않고 내 마음을 사로잡았다.

위대한 내 친구들을 버리고 혼자서 꿈의 기쁨에 취한다는 것은 할 짓이 아니었다. 슬픔이 내 마음에 깃들었다. 그러한 글귀들은 나의 주의를 잡아끌고 나의 아픈 대목을 건드리는 것이었다. 그것은 모두 나의 꿈에 반대하는 소리였다.

셰익스피어는 그것을 조소했다. 칸트는 그것을 공격했다. 불타(佛陀)는 그것을 부정하였다. 그러한 비애는 오히려 나를 그 꿈 속으로 되돌아가게 했다.

만일 이 '은둔의 집'이 있다면 이러한 비애조차 사라지는 것이 아닐까. 속세의 소용돌이에서 떠난 그 장소, 시냇가의 암굴, 자연의 품안에 살 때, 수면과 식욕 미소와 자유로운 눈길, 힘찬 호흡과 일의 욕망이 다시 살아나지 않을까.

하지만 비애는 내 꿈을 끊임없이 저버리게 했다. 「그런 꿈은 전혀 가치없는 것이다」라는 생각이 몇 번이고 찾아들었다. '은둔의 집'은 결국 나를 변모시킬 수 없을 것이다.

숲 속이나 오두막집이 내 슬픔을 씻어줄 수는 없을 것이다. 그런 곳에서 나는 우주와 일체가 되어 내 마음의 질서를 찾을 순 없을 것이다.

이러한 변화는 나선형의 계단을 서서히 감아돌면서 되풀이해서 진행되었다. 하지만 그 염원을 나는 잊을 수 없었다. 시냇물이 미소를 던지며 금갈색의 자갈 위로 흘러내렸다. 호수는 교묘히 색채를 변화시키면서 풍취를 드러냈다.

그러나 그 경고 또한 거듭되어 내 가슴으로 밀어닥쳤다. 그것은 지금까지보다 나를 훨씬 더 당혹시켰다. 보다 적의가 있고 명료하고 위협적인 것이었다. 그런 인식이란 이런 것이었다.

「너의 꿈은 가짜이고 미신이고 황당하다. 장난감에 불과하다. 비누 거품과 같다. 그러나 그것은 보다 위험한 것이기도 하다. 그것은 너의 살이나 뼈를 갉아 먹고 너의 피를 빨아 너의 생명을 서서히 죽여 온 것이다.

너는 한 번이라도 우리에게, 아내에게 어린이에게, 또 너 자신에게조차 그 꿈에 쏟은 열정의 반이라도 쏟은 일이 있는가. 그들에게 그 꿈을 창조하는 시간의 반이라도 바친 일이 있는가. 이제야 알아냈는가. 네가 손수 기르고 가슴에 품고 있었던 것의 정체를 알아냈는가.

그리고 너의 권태와 너의 슬픔, 너의 그 고뇌는 누구의 덕택인가. 모두 그 꿈 덕택이다. 그 흡혈귀, 그 독사의 덕택인 것이다.」

이런 생각이 최초부터 나를 사로잡은 것은 아니었다. 그리고 현재에도 그 생각은 확고히 뿌리를 박고 있으나 때로 의문시 되기도 한다. 그러나 그 생각은 이미 내 머리에 접착되어 버린 것이다.

그러던 중의 어느 날이었다. 그날 나는 그 꿈의 급소를 찔리고 말았다.

그 꿈이 최초로 시험대에 서게 된 것이다. 꿈이 실현 될 수 있게 된 것이다. '은둔의 집'이라고 불릴 수 있는 좋은 집이 있었다. 아담한 집이었다. 민가와 떨어져 있고, 아름답고, 남국의 호수에 임한 산중턱에 있었다. 이것이야말로 은둔의 집이며 휴식의 보금자리고 꿈의 요람이다. 그것이 마침내 손에 들어온 것이다. 내게 제공된 것이다.

과연 그 꿈은 자신의 목덜미가 잡혀 꼼짝 못하게 된 것이다. 새빨간 거짓말이 폭로된 것이다. 막상 실현의 때가 왔을 때 그 꿈은 짐짓 안색이 변한 것이다.

그것은 자신을 실현시키고 싶지 않은 모양이었다. 겁을 집어 먹었다. 뭔가 핑계를 대어 빠져나가려고 꾀를 부렸다. 남을 위하는 체하면서 상대에게 중지할 것을 권하고 자신은 무서워 떨며 뒷걸음질 쳤다.

아아, 그「꿈」은 결국 그렇게 될 수 밖에는 도리가 없었던 것이다. 그 꿈은 너무 오랫동안 거짓말을 해 왔다. 너무도 오랫동안 약속만 일삼아 왔다. 너무도 많은 수표를 남발해 왔다.

언제나 그「꿈」은 다른 데서 물건을 받기만 해 왔다. 하지만 지금은 자신이 지출하지 않으면 안 되게 되었다. 그렇지만 지출할 돈은 한 푼도 없는 것이다.

사기꾼이 가짜 주소를 진술하여 그 주소로 확인하러 갈 때 아무도 그를 알고 있다고 말해주지 않아 거짓말이 폭로된 것과 같은 것이다. 그 꿈은 그 같은 추태를 보인 것이다.

그것이야말로 그「꿈」의 치명상이었다.

그러나 흡혈귀는 수차례의 치명상을 견딜 수 있는 법이다. 불현듯 다시 살아나서 다시금 살을 먹고 피를 빨려고 한다. 이 꿈도 역시 그렇다. 나에게도 빠져 나갈 길은 남아 있다. 하지만 나는 지금 그 길이 나의 적이라는 것을 똑똑히 알고 있는 것이다.

내가 그것을 안 것은 내가 최후의 인식에 도달한 날부터의 일이다.

그것은 모든 인식이 그러한 것처럼 친숙한 모습으로 나를 찾아왔다. 즉 우연하게 발견한 글귀였다. 낡은 성서 속의 한 귀절이었다. 전부터 내가 암송하고 있었던 귀절이었다. 낡은 그 글귀가 지금은 새로운 것이 되었다. 내 가슴을 울려 주었던 것이다.

「주님의 나라는 당신들 속에 있으니.」

이제야말로 나는 내가 구하고자 한 것, 나를 인도할 것, 내가 피를 바쳐야 할 것을 손에 넣었다 이것은 염원이나 꿈이 아니다. 나의 행선지의 표시인 것이다. 이 지표 또한 '은둔의 집'이긴 하다. 하지만 암굴이나 선실은 아니다.

나는 '은둔의 집'을 내 내부에서 찾아 헤매야 한다. 거기에는 나 이외엔 아무도 없다. 세계의 손은 거기에 미치지 않으며, 나는 다만 혼자서 휴식을 취할 수 있는 것이다.

산이나 암굴보다 안전하고, 관이나 무덤보다도 사람의 눈에 띄지 않는다. 그것이 나의 목표이다. 거기에는 어느 누구도 침입해 올 수 없다. 완전히 나 자신과 동화해 버린 것이 아니라면….

그때야말로 폭풍이 휘몰아치고 슬픔이 넘쳐나고 피가 흐르리라.

하지만 여간해서는 거기에 도달할 수 없을 것이다. 나는 겨우 한 발을 그 길에 디밀었을 따름이다. 그러나 이미 꿈은 아닌 것이다.

아아, 깊숙한 '은둔의 집'이여. 여하한 폭풍우도 그 곳에는 미치지 못한다. 타오르는 불길도 너를 태울 수는 없다. 어떠한 전쟁에도 너는 파괴될 수 없다. 마음 한 구석의 작은 방, 작은 관(棺), 작은 요람 ─ 그것이 내 행로의 도착지다.

사랑은 아픔인 것을

방랑
— 크놀프의 追憶에서 —

슬퍼마라, 이제 곧 밤이 오리라.
그러면 하이얀 들 위에
차가운 달이 남몰래 웃는 것을 바라보며
우리는 손을 잡고 쉬게 되리라.

슬퍼 마라, 이제 곧 편히 쉴 때가 오리라.
우리들의 작은 두 개의 십자가는
밝은 길가에 서 있다.
비가 내리고, 눈이 내리고,
그리고 바람은 또 끊임없이 불어 가리라.

니나와의 슬픈 재회

당신의 예쁘게 생기고 자유로우며
놀람이 없는 눈초리는 얼마나 영리하고,
얼마나 오만하며 얼마나 경멸적이면서도
악의가 없단 말인가요.

여러 달 동안을 떠나 있다가 테씬의 언덕으로 다시 돌아올 때면 나는 언제나 그 아름다움에 놀라고 감동 받았다.

그럴 때면 그저 아무렇지도 않게 집으로 돌아온 것이 아니고, 그 남쪽의 시골 생활에 다시 취미를 느끼기 전에 나는 우선 나 자신을 옮겨 심고, 자양분을 흡수하는 새로운 뿌리를 내려야 하고 실뿌리들을 다시 키우고 새로운 습관에 다시 길들여져야 한다.

여기저기서 과거와 고향과의 의미를 다시금 음미해야만 했다. 트렁크를 풀어놓고 시골에서 신는 구두와 여름 옷들을 챙겨 넣어야 할 뿐만 아니라, 지난 겨울 동안에 침실에 비나 들이치지 않았는지, 또는 이웃 사람들이 아직 살아 있는지를 확인해야만 한다. 또는 지난 반 년 동안에 이곳에 무엇이 또 변하였는지, 그리고 이 사랑스런 지방의 오랫동안 지켜온 순박성은 점차로 사라져가고 문명의 찌꺼기로 빚어지는 소송 사건이 얼마나 진척되었는지를 알아 보아야만 했다.

아래 계곡의 산 허리가 벌목으로 벌거숭이가 되었고, 별장이 세워지고 도로의 길 모퉁이가 확장되었는데, 그것은 매혹적이던 옛 정취를 완전히 망쳐 놓았던 것이다.

우리 지방의 마지막 우편마차가 사라지고 자동차로 대치되었으며 이 새 자동차들은 그 옛날의 좁은 골목길을 달리기에는 너무나도 컸던 것이다.

그러니까 나는 결코 그 늙은 피에로와 힘이 뻗치는 두 필의 말을, 그리고 그가 역마차 마부의 파란 제복을 입고 노란 마차를 타고서 덜커덕거리며 산길을 내려오는 모습을 다시는 보지 못할 것이다.

결코 그를 그로또 델 빠세 술집에서 포도주를 마시며 잠깐 동안 공무 외의 휴식을 취하도록 유인하지 못할 것이다.

아, 나는 결코 내가 가장 즐겨 그림을 그리는 장소인 루가노 위의 화려한 숲 가에 앉아 있지도 못하게 되리라.

어느 타지방 사람이 숲과 초원을 사들여 철망을 둘러놓았으며 아름다운 두세 그루의 물푸레나무가 서 있던 곳에는 이제 차고를 만들어 놓고 말았다.

제Ⅱ부 사랑은 아픔인 것을

이에 반하여 포도넝쿨 아래의 풀이랑은 옛날대로 싱싱하게 푸르르고, 시들은 나뭇잎들 아래에서는 청초록의 에머랄드 빛 도마뱀들이 여전히 바스락거리고 있었다.

산림은 상록수와 아네모네와 딸기꽃들로 파랗고 하얗게 얼룩지고 있었다. 새롭게 돋아나는 초록빛 숲들 사이로 서늘하고도 보드랍게 호수가 햇빛에 반짝이고 있었다.

나는 트렁크를 정리하고 마을의 새소식을 듣고, 세상을 떠난 체스�꼬의 미망인에게 조의를 표하고, 니네따에게는 검은 눈동자를 한 그녀의 아기를 위해 행운을 빌어 주었다. 그리고 룩색, 자그마한 의자, 훌륭한 양질의 수채화용 스케치북, 연필, 물감 등 회화용 도구를 찾아 준비해 놓았다.

이러한 일을 할 때에 내 팔레트의 조그만 칸막이에 내 마음을 행복하게 해주는 코발트색, 미소짓는 주색(朱色), 부드러운 레몬처럼 노란색, 투명한 갬보우지색 등 신선하고 밝게 반짝이는 물감을 채우는 것이 언제나 가장 즐거운 일이다. 지금 그 일을 해두라.

그러나 다시 그림을 그리기 시작하는 것은 또 하나의 다른 일이기에 나는 기꺼이 얼마동안 내일까지, 일요일까지, 다음 주일까지 연기를 하리라.

6개월이 지나서야 처음으로 다시 초원에 나와 앉아서 붓을 물에 적시고 여름의 한 조각을 다시금 화폭에 옮겨놓으려

니나와의 슬픈 재회

고 할 때면, 우리는 습관을 벗어난 눈과 서투러진 손을 가지고 정말로 어찌할 바를 모르는 채 슬픈 마음으로 그저 가만히 앉아 있게 마련이다.

그리고 들, 하늘과 구름은 옛날 보다도 훨씬 더 아름다와 보이고, 그것을 그리려 한다는 것은 전보다도 더욱 불가능하고 용기가 나지 않는 듯이 여겨진다. 그래, 나는 한동안을 더 기다리리라.

여하튼간에 온 여름과 가을이 내 앞에 놓여 있다. 다시 한 번 나는 서너 달 동안을 쾌적하게 지내고 여러 날을 야외에서 소일하고, 관절염의 고통으로부터 어느 정도나마 다시 해방되어 내 물감을 가지고 즐거운 작업을 하며, 겨울 도시에서 보다는 좀더 즐겁고 순박하게 인생을 살고 싶은 것이다.

세월이란 빨리도 흘러간다─. 몇 년 전 내가 이 마을로 이사 올 때에 맨발로 학교를 뛰어다니던 어린이들이 벌써 결혼을 하였다. 루가노나 마일란드에서 타자기나 판매대 뒤에 앉아 일을 하던 당시에 나이가 많았던 마을 노인들은 그 사이에 세상을 떠났다.

니나가 머리에 떠 오른다. ─아직도 살아 있을까? 맙소사 이제서야 그녀를 생각하다니! 니나는 나의 여자 친구이다.

이 지방에서 알고 있는 몇 안 되는 훌륭한 친구 중의 한 사람이다. 그녀는 일흔 여덟 살이며, 새 시대가 아직 손을 미치지 못하고 있는 이 지방의 가장 구석진 어느 한 조그마한 마을에 살고 있다.

그녀에게로 가는 길은 가파르고 험난하다. 햇빛 속에서 몇백 미터의 산길을 내려갔다가 다시 산을 올라가야만 한다.

그러나 나는 곧 길을 떠나서 우선 포도원과 숲을 지나 산 아래로 내려가서 푸르르고 좁다란 산골짜기를 가로질러간 다음에 여름에는 시클라멘이 가득하고 겨울에는 눈덩이가 가득 괴는 산허리를 넘어 가파른 저쪽 편 산을 올라갔다.

마을에서 만난 첫 번째 아이에게 지금도 늙은 니나가 어떻게 지내느냐고 물어보았다. 아, 그녀는 저녁이면 아직도 여전히 교회 담벽에 앉아 코담배를 들이마시고 있다는 이야기이다. 만족스런 마음으로 나는 계속 걸어갔다.

그러니까 그녀는 아직 살아 있으며, 나는 아직 그녀를 잊지 않았다. 그녀는 나를 기쁜 마음으로 맞이하고 약간은 투덜거리며 불평을 늘어 놓을 것이다.

그러나 그녀는 자신의 나이와 병고와 가난과 고독을 끈질기고도 익살스럽게 견디어낼 것이다. 세상에 대해 어리석은 짓을 하거나 경의를 표하는 것이 아니라 오히려 세상을 멀리하고 마지막 시간까지 의사도 목사도 찾지 않을 것을 결심한 고독하게 늙은 인간의 전형적인 본보기를 보여 줄 것이다.

눈이 부신 거리로부터 나는 예배당을 지나 어두컴컴한 태고적 담벽의 그림자 속으로 걸어 들어갔다. 이 담벽은 거기서 구부러져서 산등의 암벽 위에 아스라이 서 있는 것이다. 시간을 모르고 영원히 반복되는 태양 이외에는 아무것도 모르며, 계절의 변화 이외에 수십 년이 흐르고 수백 년이 흐르는 동안 아무런 변화도 모르는 채 서 있다. 언젠가는 이 낡은 암벽도 허물어질 것이다.

이 아름답고 암흑에 싸인 비위생적인 벽촌도 개조되어 시멘트와 함석, 흐르는 수도물과 위생시설, 전국과 다른 문화재들로 장식될 것이다. 늙은 니나의 유골 위에는 프랑스식 메뉴를 비치한 호텔이 서거나 어느 베를린 사람이 여름 별장을 지을 것이다.

어쨌든 오늘은 아직 그대로 서 있으며, 나는 높다란 돌 문턱과 돌로 된 굽은 계단을 넘어서 내 친구 니나의 부엌으로 들어갔다. 그곳에는 언제나처럼 돌과 냉기, 그을음과 커피 냄새가 나고 생나무의 연기 냄새가 강하게 풍겼다.

굉장히 커다란 아궁이 앞의 돌바닥에 그 늙은 니나는 낡은 의자를 놓고 앉아서 아궁이에 불을 때면서 그 연기로 인해 약간의 눈물을 흘리고 또 관절염으로 구부러진 갈색 손가락으로 타다 남은 나무를 불 속으로 집어넣고 있었다.

「여보세요, 니나, 안녕하세요? 아직 나를 알아보시겠습니까?」

제Ⅱ부 사랑은 아픔인 것을

「오, 시인(詩人)선생, 친애하는 내 친구, 다시 만나서 기뻐요!」

내가 말리는데도 그녀는 몸을 일으켰다. 한참동안이나 걸려 일어서서는 굳어버린 다리로 간신히 걸음을 옮겼다. 왼쪽 손에는 나무로 만든 담배통을 떨면서 들고 있고, 가슴과 등어리에 검은 모직 천을 두르고 있었다.

늙고 은근한 얼굴에서 날카롭고 예리한 눈길이 슬픔과 조롱으로 빛나고 있었다. 조소적이고 우정어린 모습으로 그녀는 나를 쳐다보았다. 그녀는 황야의 늑대를 알고 있다.

그녀는 내가 신사이며 예술가라는 것, 그렇지만 내게 많은 일이 벌어지지는 않다는 것을 알고 있다.

그저 홀로서 테씬지방을 이리저리 돌아다니고, 의심할 여지 없이 우리 두 사람이 다르다 할지라도 그녀 자신처럼 푸짐한 행복을 맛보지 못했다는 것을 알고 있었다.

나나, 당신이 나에 비해 40년 일찍 태어났다는 것이 유감입니다. 정말 유감스럽소!

그러나 당신은 모든 사람에게 아름답게 보이지는 않습니다. 약간 충혈된 눈과 약간 구부러진 팔다리, 더러운 손가락과 코로는 코담배를 맡고 있는 당신은 많은 사람들에게 차라리 마녀처럼 보일 것입니다.

그러나 주름투성이의 독수리 얼굴에 달린 코는 어떠한가

요! 몸을 일으켜 바싹 마른 키에 똑바로 서게 되면 그 태도는
어떠한가요! 당신의 예쁘게 생기고 자유로우며 놀람이 없는
눈초리는 얼마나 영리하고, 얼마나 오만하며 얼마나 경멸적이
면서도 악의가 없단 말인가요!

백발이 된 니나여, 당신은 얼마나 아리따운 처녀였으며, 얼
마나 아름답고 대담하고 훌륭한 부인이었을까요!

니나는 내게 지난 여름과 그녀가 모두를 알고 있는 내 친구
들과 내 누이동생들, 그리고 내 애인들을 회상시켜 주었다.

그러는 동안에도 주전자의 물이 끓는 것을 재빨리 알아 차
리고는 커피를 쏟아넣었다. 커피를 한 잔 내놓고 내게 코담배
를 권했다. 이제 우리는 불가에 앉아 커피를 마시고 불 속으
로 침을 뱉으며 이야기를 하고 질문을 했다.

점차로 조용해지면서 우리는 관절염과 겨울, 그리고 인생의
회의에 대해 이런 저런 이야기를 했다.

「관절염! 그건 창녀 같아, 염병할 창녀지! 추악한 창녀야!
마귀가 잡아가 버렸으면 좋겠어! 뒈져 버렸으면 좋겠어! 그래,
욕지거릴랑 그만두지. 당신이 와줘서 기뻐요, 정말 기뻐요. 우
린 영원한 친구가 됩시다. 사람이 늙으면 더 이상 많은 사람
이 찾아오진 않거든. 난 지금 일흔 여덟이야.」

그녀는 다시 한번 간신히 일어서서 거울에 색이 바랜 사진
들이 꽂혀 있는 옆방으로 들어갔다.

나는 그녀가 내게 줄 선물을 찾는다는 것을 알았다. 아무 것도 찾아내지를 못하자 그녀는 옛날 사진 한 장을 손님에 대한 선물로 제공하였다. 나는 그것을 받지 않았기에 최소한 그녀의 담배갑에서 다시 한번 코담배를 들이마셔야 했다.

연기로 그을은 내 여자 친구의 부엌은 결코 깨끗하지도 못하고 위생적이지도 못했다. 바닥은 온통 침투성이고 의자는 찢어져서 길게 늘어져 있었다. 여러분 독자들 중에서도 이 커피잔으로 무엇을 마시고 싶은 사람은 별로 없을 것이다. 이 양철로 만든 낡은 커피잔은 검정으로 시커멓고 재 찌꺼기로 회색빛이 되었으며, 가장자리에는 여러 해 전부터 달라붙은 커피 지꺼기가 두꺼운 딱지를 이루고 있었다.

이곳에서 우리는 오늘날의 세계와 시대 밖에서 약간은 너덜거리고 초라하게, 약간은 영락하고 전혀 비위생적으로 살아가고 있다.

그러나 그 대신 숲이 있는 산속에서 염소와 닭(이 닭들은 부엌 안에서 꼬꼬댁거리며 돌아다니고 있다)과 함께 그리고 마녀들과 동화처럼 살아갈 수 있었다. 찌그러진 양철 컵으로 마시는 커피 맛은 기가 막히게 맛있다.

나무 연기와 뜨거운 맛으로 약한 방향(芳香)이 깃들은 아주 검고도 진한 커피와 우리가 함께 앉아 커피를 마시며 욕지거리와 사랑의 말을 하는 것, 그리고 니나의 아무렇게 늙은 얼굴은, 무도회가 곁들인 여러 번의 파티보다도, 저명한 지식인들이 모여 문학에 관한 대화를 나누는 화려한 만찬보다도 내게는 훨씬 더 즐겁다―.

물론 그렇다고 하여 이 훌륭한 일들에 대한 상대적인 가치를 부인하는 것은 아니다.

밖에는 이제 해가 저물었다.

니나의 고양이가 들어와서 그녀의 무릎 위로 뛰어들었다. 불빛은 석회질이 된 돌벽에 보다 따스하게 비쳤다. 이 드높고도 그림자에 가려진 텅 빈 돌로 된 동굴 속은 겨울에 얼마나 춥고 얼마나 잔인한 바람이 몰아칠 것인가.

그 속에는 아궁이에 펄럭거리고 미세한 불길과 고양이와 닭 세 마리 이외엔 다른 동물이라곤 없고 골절마다 관절염을 앓고 있는 늙고 고독한 여인만이 홀로 있었던 것이다.

고양이는 다시 내쫓겼다. 니나는 일어섰다. 날카로운 독수리 같은 얼굴 위에 하얀 머리털을 가진 모습, 뼈만 앙상히 남은 그녀는 황혼 속에 커다랗게 유령처럼 서 있었다.

그녀는 아직 나를 놓아 주지 않았다. 아직 한 시간 동안은 더 그녀의 손님이 되도록 나를 초대하고 빵과 포도주를 가지러 갔던 것이다.

사랑은 희생이 따르는 것일까

그때부터 이 무의미한 인생이 위대하고
당당하게 되었지. 알겠나 갑자기 지위 있는
남자의 인생이 아니라 신(神)과 어린아이의
인생이 되어 광분하며 사리 분별이 없어져 버렸지.
불이 붙어 활활 타올랐던 거야.

3년 동안 나는 서점의 보조원으로 일했다. 월급을 처음에
는 80마르크 받았지만 다음에는 90마르크, 그 다음에는 95
마르크를 받았다. 나는 내 밥값을 벌었고, 다른 사람에게서
동전한푼 받을 필요가 없다는 것이 기쁘고 자랑스러웠다. 나
의 희망은 고물상에서 성공하는 것이었다.

여기서는 도서관장처럼 고서 속에 묻혀 살면서 고판본(古
版本)과 목판 인쇄물에 날짜를 기입할 수가 있었으며, 훌륭한
고물상에는 2백 50마르크 이상의 월급을 주는 자리도 있었
다. 물론 거기에 이르기까지는 멀고 먼 길이었다.

그러나 일할 만한 가치가 있었다. 일할 만한—내 동료들 중
에는 별난 괴짜가 있었다. 때로는 서적상이 갖가지의 패배자

들을 위한 피난처와도 같다는 생각이 들었다. 신앙심이 없어져버린 목사, 영락해 버린 만년 대학생, 일자리가 없는 철학박사, 이용가치가 없어진 편집인, 그리고 불명예로 제대한 장교들이 내 옆의 회계 책상 곁에 서 있었다.

많은 사람들은 처자가 있었고 형편없이 해진 옷을 입고 다녔으나 대개 안일하게 살아갔다. 그러나 대개는 매달 첫 열흘 동안은 풍성하게 지냈고 나머지 기간은 맥주와 치즈와 허풍스런 이야기로 만족하며 살아갔다. 그렇지만 모두가 화려했던 시절의 유물로 멋진 예의범절과 교양있는 말솜씨를 간직하고 있었으며, 그들은 말할 수 없는 불운(不運)으로 이 하잘것 없는 자리로 영락해 버렸노라고 확신하고 있었다.

앞서 말한 것처럼 별난 사람들이 있었다. 그러나 콜룸반 후쓰와 같은 사나이는 결코 별 볼 일이 없었다. 그는 어느날 구걸을 하러 회계실에 들어왔다가 우연히 보잘 것 없는 서기 자리가 하나 비어 있는 것을 알고 감사하게 그 자리를 받아들여 일 년 이상을 지켜왔다. 사실상 그는 결코 무슨 눈에 띌 민힌 행동을 하지도 않았고 그런 말을 하지도 않았으며, 외적으로는 다른 가난한 사무직원들과 마찬가지로 살아갔다. 그러나 그가 전에도 그렇게 살지는 않았었다는 것을 그를 보고 알 수 있었다. 나이는 50이 약간 넘었을 듯했고, 체격은 군인처럼 훌륭했다. 그의 행동은 고상하고 의젓했으며, 눈초리는 시인들이나 가질 만한 것이었다고 나는 그 당시에 생각했다.

　내가 그를 남몰래 경탄하고 사랑한다는 것을 눈치챘기 때문에 후쓰는 언젠가 나와 함께 주점으로 들어갔다. 그때 그는 인생에 대해 높은 경지에 이르른 이야기를 하였고 내가 술값을 내도록 허락해 주었다.

　그리고 7월의 어느날 밤에는 다음과 같은 말을 하였다. 바로 내 생일이었기 때문에 그는 나와 더불어 간단한 저녁 식사를 하러 갔었는데, 우린 술을 마셨고 그 다음에는 따뜻한 강기슭을 거슬러 올라가며 가로수길을 산책했다. 마지막 보리수 아래에 돌로 만든 벤치가 하나 있었는데 그는 그 위에 몸을 뻗고 누웠으며 나는 풀밭에 누웠다. 그리고 그는 여기서 이야기를 하였다.

　「자넨 젊은 친구야. 그리고 자넨 세상사와 인생에 대해 아직 아무것도 몰라. 그리고 난 늙은 멍청이지. 그렇지 않다면 내가 지금 하려는 이야기를 자네에게 하지 않을 테니까 말야.

　자네가 하찮은 녀석이 아니라면 그 이야길 혼자나 알아두고 사방팔방 떠들어대지나 말게나. 그러나 자네 마음대로 하겠지.

　자네가 날 쳐다 볼 땐 손가락이 굽어 버리고 누덕누덕 기운 바지를 입은 하찮은 서기로 보일 거야. 그리고 자네가 날 때려 죽이고 싶다 해도 난 별 이의가 없을 거야. 지금의 내 생

111

은 맞아죽는 것보다 별로 더 나을 것도 없어. 내 인생은 하나의 폭풍이요 하나의 불꽃이었다고 말을 한다면 자넨 웃겠지. 마음대로 웃게나! 그러나 젊은 친구, 한 노인이 여름날 밤에 동화같은 이야기를 한다면 아마도 자넨 웃지 않을 걸세.

자넨 이미 사랑에 빠져본 일이 있지? 그렇지 않나? 몇 번 있지 그렇지? 그래, 그래. 그러나 자넨 사랑한다는 것이 무엇인지를 자넨 아직 모른단 말야.

아마도 한 번쯤은 밤새도록 울어본 적도 있겠지? 그리고 한 달 동안을 제대로 잠을 자지 못했고? 아마 시를 쓰기도 하고, 또 한 번쯤은 자살에 대한 생각도 약간 해보았겠지? 그래, 난 벌써 다 알고 있어. 그러나 사랑은 그게 아냐. 이보게, 사랑은 다른 거야.

10년전 까지만 해도 나는 존경받는 사람으로 최상류급 사회에 속해 있었다네. 정부의 관리이며 예비역 장교로 재산도 풍족했고 구속도 받지 않았었지. 승마용 말과 하인도 있었으며 쾌적한 집에서 잘 살았어. 극장에서는 칸막이한 특별석에 앉아 구경했고 여름 여행을 했으며 예술품을 조금 수집했으며 스포츠로는 승마와 요트 경주를 했지. 미혼자로서 저녁에는 보르도산 백포도주와 붉은 포도주를 마셨고 아침 식사에는 샴페인과 셰리 술을 마셨지.

이 모든 것들에 몇 년 동안 익숙해 있었지만, 나는 그런 것

없이도 상당히 편히 지내고 있어. 결국 먹고 마시는 것, 승마하고 요트를 타는 것이 뭐 중요하겠나. 그렇지 않은가? 약간만 철학을 하면 모든 것은 아무런 쓸 데가 없고 우습게 되어 버리거든. 사교계와 훌륭한 평판도, 그리고 사람들이 그의 앞에서 모자를 벗는다는 것도, 물론 기분이 좋은 일이긴 할지라도 결국 본질은 못되는 거야.

그래, 우린 정말 사랑에 대해 이야기하려고 했지? 그러니까 사랑은 무엇인가? 사랑하는 여인을 위해 죽는다는 것, 오늘날에 그 정도까지 되는 일은 거의 없지. 그것이 물론 가장 아름다운 일이겠지… 여봐. 내 말을 가로막지 말게나! 난 두 사람의 사랑에 대해, 즉 키스나 동침이나 결혼에 대해 이야기하는 것이 아닐세.

인생의 유일한 감정으로 되어 버린 사랑에 대해 말하는 걸세. 그러한 사랑은 고독해. 속된 말로 〈응수를 받는다〉 할지라도 말야. 그것은 한 인간의 모든 소망과 능력이 단 하나의 목적을 향해 정열적으로 뻗어가며 모든 희생이 환희로 변하는 사랑이야. 이러한 사랑은 행복하길 바라지 않으며, 불타버리고 괴로워하고 파멸되려고 하지. 그런 사랑은 불꽃으로서, 그가 도달할 수 있는 그 어떤 마지막 것까지를 삼켜 버리기 전에는 죽을 수가 없는 것야.

내가 사랑했던 여인에 대해서는 아무것도 알 필요가 없어.

사랑은 희생이 따르는 것일까

놀랄 정도로 아름다왔을는지도 모르고 그저 예뻤을는지도 몰라. 천재였을 수도 있고 아닐 수도 있어.

맙소사, 대체 그게 무슨 상관이란 말인가! 그녀는 내가 그 속에서 몰락해야 할 심연이었으며 어느날 무의미한 내 인생을 포착한 신의 손이었거든.

그리고 그때부터 이 무의미한 인생이 위대하고 당당하게 되었지. 알겠나, 갑자기 지위 있는 남자의 인생이 아니라 신과 어린아이의 인생이 되어 광분하며 사리분별이 없어져 버렸지. 불이 붙어 활활 타올랐던 것이야.

그 순간부터 옛날에 중요했었던 모든 것이 아무런 가치도 없고 지루하게 되어 버렸어. 나는 이제까지 한 번도 게을리해본 적이 없었던 일들을 게을리했으며, 그저 순간이나마 그 여인이 미소 짓는 것을 보기 위해 간계를 꾸미기도 하고 여행도 했지. 그녀에 대한 나의 존재는 바로 그녀가 즐길 수 있는 모든 것이었지. 그녀를 위해서 나는 기쁘기도 하고 진지하기도 했으며, 말이 많기도 하고 조용하기도 했으며, 정확하기도 하고 미치기도 했으며, 또한 부유하기도 하고 가난하기도 했거든.

내 상태가 어떠하다는 것을 알아차렸을 때, 그녀는 내게 무수한 시련을 겪도록 했지. 그녀에게 봉사하는 것이 내겐 쾌락이었어.

그 다음에 그녀는 내가 다른 어떤 남자보다도 자기를 사랑한다는 것을 알았지. 그녀가 나를 이해하고 내 사랑을 받아들이는 고요한 시기가 찾아왔던 거야. 수천 번이나 우린 서로를 쳐다보고 함께 여행을 했으며, 우리는 함께 있고 세상을 속이기 위해 잊을 수 없는 일을 했었지.

아마 난 행복했을 거야. 그녀는 나를 좋아하고 있었거든. 그리고 한동안은 그녀도 행복했을 거야, 아마.

그러나 나의 운명은 그 여인을 정복하는 것이 아니었어. 한동안 그런 생각을 즐기며 더 이상 아무런 희생을 치를 필요가 없어졌을 때, 아무런 힘도 들이지 않고 그녀로부터 미소와 키스와 사랑의 밤을 얻게 되었을 때, 나는 불안해지기 시작했거든. 내게 부족한 게 무엇인지를 알 수 없었어.

난 이전에 가장 많은 것들을 갈망했던 때보다 더 많이 성취했었거든. 그렇지만 불안했어.

앞서 말한 것처럼 내 운명은 이 여인을 정복하는 것이 아니었어. 내게 그런 일이 일어났다는 것은 하나의 우연이었거든. 내 운명은 사랑으로 인해 고통을 당하는 것이었지.

이 고통을 치유하고 식히기 위해 애인을 소유하기 시작했을 때, 불안이 내게 엄습해 왔던 거야. 일정 기간 동안은 견디어 나갔지만 그 다음엔 갑자기 나를 계속 몰아댔어. 난 그 여인 곁을 떠났어. 휴가를 얻어 긴 여행을 했던 거야.

그 당시에 내 재산은 이미 상당히 기울어져 있었지만, 그게

사랑은 희생이 따르는 것일까

무슨 상관이란 말인가? 난 여행을 떠났다가 일 년 후에 돌아왔지. 참 괴상한 여행이었어! 여행을 떠나자마자 옛날의 불길이 다시 타오르기 시작했거든. 멀리 가면 갈수록, 그리고 오래 되면 될수록, 내 정열은 더욱더 괴롭게 되돌아왔거든. 그걸 알고 나는 기뻐하면서 계속해서 일 년 내내 여행을 했으며, 결국에는 그 불길을 참을 수 없게 되어 다시 나를 애인 가까이로 휘몰아 가게 되었지.

그래서 고향집으로 다시 돌아와 보니 그녀는 몹시 분노에 떨며 심하게 괴로와하고 있었어. 그렇지 않았겠나? 그녀는 내게 몸을 바치고 나를 행복하게 해 주었는데, 나는 그녀를 버렸거든! 그녀에겐 다시 애인이 생겼지만, 그를 사랑하지 않는다는 것을 난 알았지. 내게 복수를 하기 위해 그를 맞았던 거야.

나를 그녀로부터 떠나보내고, 이제 다시 그녀에게로 돌아가도록 충동질한 것이 무엇인가를 나는 그녀에게 이야기할 수도 글로 쓸 수도 없었지. 나 자신은 알고 있었을까? 그래서 나는 다시 그녀를 얻기 위해 투쟁하기 시작했지.

다시금 나는 그녀로부터 한 마디의 말을 듣거나 그녀가 웃는 것을 보기 위해 먼 길을 갔고 나의 일을 게을리 했으며, 많은 재산을 소비했어. 그녀는 애인과 헤어졌지만, 곧 다른 남자를 택했지. 더 이상 나를 믿지 못했기 때문이야. 그렇지만 이따금씩도 나를 즐겨 바라보았어. 만찬회에서나 극장에서 그녀

는 여러 번씩 자기 주변의 사람들을 지나쳐 갑자기 이상할 정
도로 부드럽고 호의적인 눈초리로 나를 건너다 보곤 했거든.

그녀는 언제나 내가 몹시, 아주 굉장히 부유하다고 여겼어.
내가 그런 생각을 그녀의 마음 속에 일깨워 주었으며 그걸 유
지했거든. 가난한 사람에겐 결코 허락치 않는 그녀를 위한 일
을 계속해서 할 수 있기 위해서였을 따름이야. 옛날에는 선물
을 했었는데 그것도 이젠 지나가 버렸어.

그녀에게 기쁨을 주고 희생을 할 수 있기 위해서 나는 다
른 길을 찾아내야만 했던 거야. 난 음악회를 개최하여, 그녀
가 높이 평가하는 음악가들로 하여금 그녀가 좋아하는 곡(曲)
을 연주하고 노래를 부르도록 했지. 그녀에게 첫 공연 티켓을
바칠 수 있도록 특별 관람석 표를 모조리 사들였어.

그녀는 수천 가지 일들을 내가 해주는 데 다시 익숙하게 되
었어. 난 끊임없는 소용돌이와 같은 일 속에 휘말려 버렸어.
그녀를 위해서 말야. 내 자신은 바닥이 났고 이제 부채로 인
해 재정이 마르기 시작했지. 난 그림과 옛날 도자기와 승마
용 말을 팔았고 그 대신에 그녀가 사용할 수 있는 자동차를
샀던 거야.

그 다음에는 결국 종말을 눈 앞에 바라볼 정도에 다다랐
어. 그녀를 다시 얻으리라는 희망을 지니고 있는 동안에 마지
막 재원이 고갈되었던 거야.

사랑은 희생이 따르는 것일까

그러나 난 포기하고 싶지가 않았어. 아직도 내 관직이, 영향력이, 명망있는 지위가 있었거든. 그게 그녀를 위해 봉사하지 못한다면 무슨 소용이란 말인가? 그래서 난 사기를 하고 횡령을 하기에 이르렀으며, 집달리를 두려워하지 않게 되었는데 이는 내가 보다 더 나쁜 사태를 두려워 했기 때문이었다네. 그러나 그건 헛된 일이 아니었어. 그녀는 두 번째의 애인도 쫓아 버렸거든. 난 이제 그녀가 다른 애인이나 그를 더 이상 받아들이지 않으리라고 생각했지.

그래 그녀는 날 받아들였던 게야. 이를테면 그녀는 스위스로 떠나갔고 날더러 따라와도 좋다고 했거든. 다음날 아침에 난 휴가 신청서를 제출했지. 그 대답 대신에 체포를 당했던 거야. 문서 위조와 공금 횡령죄로 말야.

아무 말도 하지 말게. 그럴 필요가 없어. 알고 있어. 그러나 치욕과 처벌을 당하고 몸에 걸친 마지막 양복까지 잃어버린다는 것도 불꽃이요 정열이요 사랑의 댓가라는 점을 알겠나? 그걸 이해하겠나. 자네, 사랑에 빠진 젊은이.

난 자네에게 동화 이야기를 한 거야, 젊은이. 그것을 체험한 인간은 내가 아냐. 난 자네에게 포도주나 한 병 얻어 마시는 가난한 회계원이야. 그러나 난 이제 집으로 가겠네. 아니, 자넨 좀 더 있게나. 난 혼자 가겠네. 좀더 남아 있게나!」

제Ⅱ부 사랑은 아픔인 것을

고독한 영혼의 투혼의 일기

나를 사랑한다고 말하지 마세요.
나는 알고 있네.
지상에서 가장 아름다운 것, 봄도 사랑도,
언젠가는 사라져 버림을….

4월 7일, 바젤

황혼녘, 어둠이 짙어가는 시원한 일몰, 나는 톨스토이 《부활》을 마침내 다 읽었다. 나는 마음 속에 맹세코 이 작품을 읽지 않으려고 다짐했으나 세상 가는 곳마다 어디서나 이 책 소문으로 들끓고 있었기 때문에 나도 빨리 읽어 보아야만 했다. 그리고 이제는 작별이다.

말할 것도 없이 이 러시아 소설가의 위안도 없고 슬프며, 거칠고 무서운 분위기가 아직도 내 마음 속에 떠나지 않고 있다. 이런 소설을 본다는 것은 육체적으로 좋지 못하다. 나에게 있어 톨스토이는 졸라나 입센이나 루터나 헨델 같은 사람, 그밖에 또 20명쯤 되는 훌륭한 사람들과 마찬가지다─. 그들을 만나면 나는 모자를 벗고 존경의 뜻을 나타내야 하지만 그들을 만나지 않는 편이 오히려 안심이 된다.

톨스토이는 놀랄만큼 영혼의 위대성을 지니고 있다. 진리의 소리가 들려오기만 하면, 마치 개나 순교자가 그렇게 하는 것처럼, 고통도, 추악함도, 피도 두려워하지 않고 그 뒤를 따라간다. 이와 같이, 그를 혐오스럽게 만들고 있는 것은 그에게서 떠난 적이 없는 러시아적 성격 탓이다. 러시아적인 성격의 압박감, 울음, 문화의 빈곤, 기쁨의 결핍은 저 상냥스러운 투르게니에프의 소설마저도 쓸쓸한 것으로 만들고 있다.

성 마르틴이나 성 프란시스도 톨스토이와 같은 교의를 가르치고 있다. 하지만 그들에 있어서는 인품이나 설교가 명랑하고 경쾌롭고 즐거운 데가 있으나, 톨스토이는 음침하고 무뚝뚝하며 마음을 우울하게 만드는 데가 있다. 러시아에서 세계의 혁신이 일어날 것을 부정하고 싶지 않다. 그러나, 이 완고하고 야생적이고 거친 싹 속에서 예술이 탄생하자면 백년 이상은 세월이 더 흘러야 할 것이다.

언젠가 나는 이런 꿈을 꾸게 되었다. 나는 이상스럽게 아무 소리도 없이 많은 사람이 모인 속에 있었다. 그런데 갑자기 헐렁한 예복을 입고 체격이 우람한 사나이가 진지하고 엄숙하며 위압적인 태도로 내 옆에 오더니 거친 목소리로, 너는 그리스도를 믿느냐고 물었다. 나는 뭐라고 대답하면 좋을까 하고 망설이면서, 그의 반짝이는 눈과 그의 난폭한 도전적인 인상을 불쾌히 느꼈으므로 굴욕감이 솟아올랐다.

나는 냉정하고 멸시하듯이 「아니」라고 했다. 그 까닭은 다만 이 난폭한 질문자의 강압적인 눈초리와 그가 눈 앞에 있다는 불쾌감을 즐거이 쫓아버리기 위해서였다.

톨스토이가 독자에게 던지는 것은 마치 그런 스타일이다. 그의 소리는 광신자(狂信者)처럼 매우 흥분되어 있을 뿐 아니라 또한 그 소리에는 동방의 미개인 같은 거칠고 촌티나는 울림이 있다.

나는 따스한 봄날이 오면, 초록의 숲 속에 누워서, 괴테의 시를 몇 편 읽었으면 좋겠다고 그리워하고 있다.

4월 11일, 바젤

너는 그리스도를 믿느냐.

어제 저녁, 리이엔호프의 조그마한 홀 안에서 생긴 일이다. 나는 이틀 동안이나 나겔 박사 댁에 손님으로 묵고 있었다. 싹싹한 여주인은 나와 함께 진지한 대화를 나누며 부드러운 저녁햇살을 받고 앉아 있었다. 그것은 얻기 어려운 행복한 시간이었다. 우리들의 이야기는 온갖 중요한 일, 진지한 일, 사랑을 행복하게 하는 일이며, 죽음과 별과 기적에 이르기까지 다양했다. 이 중 끝에 열거한 문제에 대해서는 이미 대답할 말이 없었다. 오직 깊은 신뢰에서 우러나오는 침묵이나 서로 긍정을 하거나, 저녁놀을 쳐다보거나, 빌로드처럼 푸른 포게젠 산맥이나 맑고 짙은 슈왈쯔왈트의 파란 수풀을 말없이 가리키든지 할 수 밖에 없었다—. 그리고 잠자리에 들기 직전 우리는 노발리스의 찬가 제3번을 읊었다.

라이엔호프에 있는 큰 사교실의 소파 위에 거의 완성된 프리쯔 불가의 그림이 한 폭 걸려 있었다. 여러 종류의 꽃이 핀 과수가 있는 시냇가 목장의 풍경이었다. 이와 같이 완성되어 가고 있거나, 지금 막 완성된 그림을 대하면 나는 항상 치밀어 오르는 고통과 선망을 한꺼번에 받는다.

그 까닭은 나는 지금 일상 생활의 잡다한 일에 묻혀서 전보다 더 내 일에서 멀어져 있기 때문이다—하기는 일에 대한 욕망이나 동경은 날마다 더 강해지고 있긴 하지만…

4월 15일, 바젤

리이엔호프에서 이렇게 따스하고 싱그런 저녁의 푸름을 맞게 되다니. 나는 몇 달 동인 단 한줄의 시도 쓰지 못했는데. 이제야 샘처럼 한없이 솟아나온다. 시, 시의 구절이 마치 아름다운 시가선(詩哥選)에 있는 것과 똑같다.

봄, 신록, 티티새의 울음소리—그러나 시인에게는 세상 모두가 즐거운 황금색 안개로 덮인다—나는 잔디 밭에 눕는다.

제Ⅱ부 사랑은 아픔인 것을

목장을 거닌다. 저녁나절 어둠이 스며드는 방에서 무엇엔가 몸을 기대고 있다. 그러자, 내 입술은 오직 시만이 넘쳐 흘러서 뜨거워지고 상기가 된다. 아무런 내용도 아무런 사상도 없다. 다만 세련되고 미소를 머금은 언어의 음악에 지나지 않는다. 리듬에 지나지 않는다. 운율(韻律)에 지나지 않는다.

이때 나는 그 모든 시가 아무리 좋은 것이라 하더라도 아직은 결코 정시가 아님을 잘 알고 있었다. 또한 나 스스로가 어제나 오늘 일을 고통과 아이러니로서 불가해한 것, 아름다운 것, 지나가 버린 것으로 치부되리라는 것도 잘 알고 있었다.

그리고 나의 머리 속에 떠오른 것은 이미 누군가, 어떤 시인이 매우 아름다운 시로써 노래해 버린 것처럼 느껴지기도 했다. 잘 생각해 보니, 그것은 바로 저 얄미울 만큼 감미로운 하이네의 다음과 같은 시구다.

123

> 나를 사랑한다고 말하지 마세요.
> 나는 알고 있네.
> 지상에서 가장 아름다운 것, 봄도 사랑도,
> 언젠가는 사라져 버림을….

봄과 사랑. 사랑? 나는 모른다. 그것은 다만 하나의 명사에 불과하다. 나에게 있어서는, 사랑이란 곧 감미롭게 흘러가 버리는 리리시즘이고, 이따금 상상적인 모습으로 나를 엄습해

고독한 영혼의 투혼의 일기

오는 것이고, 달콤한가 하면 고통이기도 하다.

그렇지 않으면 혹은 또 「사랑」이라고 할 적에 엘리자베트를 생각하면 되는 것일까. 아가씨를 대할 때면 다른 때보다 더 많은 것을 말하고 싶은 생각이 자주 든다.

그런 생각이 사랑이라는 것일까. 내가 그녀에게 고백을 한 뒤 무안을 당하고 달아나는 장면을 생각하면 더러는 슬퍼지는데, 그게 바로 사랑이라는 것일까.

나는 현재의 불안정한 생활의 밑바닥에 손을 대어, 돌처럼 견고한 기초를 쌓고, 거기에서 빨간 정열의 깃발을 달고서 몇 번이든지 돌격과 희생을 반복함으로써 그 첫 사랑에 빠졌을 때에 한 줄기로 타오르는 듯하던 정열이나 흥분이나, 눈물로 지새우던 그 숱한 밤의 일, 또한 그 무렵에 열병에 들뜬 것처럼 행복하고도 맹목적인 생활 설계를 하다가 갑자기 자살에 대한 충동으로 방해되었던 일, 다시 또 침대 속에서 몇 번이나 엘리제의 이름을 속삭이고, 뜰에서 노래를 부르고, 숲에서 미친듯이 외쳐댔던 그 광폭한 일 같은, 그 모든 일을 떠올릴 때 나는 슬픔과 웃음을 동시에 느끼지 않을 수 없다.

이와 같은 느끼기 쉬운 사모의 정을 사랑이라고 일컬을 수는 없다. 차라리 어떤 하나의 정감, 어렴풋한 의식 속에서 연주된 하나의 협화음, 어떤 불안하고 슬픈 시구절의 은밀한 시작—그러나 끝내는 지난 몇 해 동안 참으로 잊혀져 가기는 하지만 어떤 독특한 흥분 상태가 마음에 일어나면 거기에서 절로 「사랑」이라는 이름이 떠오르곤 했다.

그 무렵의 불길처럼 치솟는 감정의 도취는 몇 해 사이에 온갖 철학이나 미학, 예술, 그리고 아이러니에 의해서 명확했던 모습이 사라지고 낡아빠진 것, 변하기 쉬운 것이 되었는데, 그게 아마도 사랑인가 보다.

나는 이따금 저 빨간 불꽃과 같았던 옛날의 사랑을 꿈꾸며 숙명에 대한 오만과 불만으로 직조된, 강렬하고 몸부림쳐지는 정열에의 동경도 느끼는 때가 있다.

이러한 꿈과 동경이 지금 내가 할 수 있는 전부인가, 혹은 앞으로 올 아직도 가능한 사랑의 떨림인 것일까. 또는 이와 같은 꿈은 전혀 무의식적인 생명이나 본능이나 망각된 기억에서 태어난 것일까. 그렇지 않으면 이러한 꿈은 그 색채를 화가의 화판에서 얻어 오고, 그 위대한 마신적(魔神的)인 리듬을 음악가 쇼팽이나 바그너에서 가져오고 있는 것일까.

짐작컨대 자기의 하찮은 일시적인 감동에 대해서도 이를 관찰하고 모든 관능적 흥분의 발생을 추구하는 사람만큼, 자기 내적 생활의 근본 원인에 대해서, 그리고 자기의 열망이나 불만의 진정한 원인에 대해서 무조건 맹목적인 사람이 없다면, 또한 그것에 대해서 점차 더 혼란 속에 빠져드는 사랑도 없는 법이다.

고독한 영혼의 투혼의 일기

그것은 마치 자기 관찰에 의해서 위협을 받고 쫓겨난 무의식적인 것이 다만 더욱 더 위축을 당하여 아무리 예민한 눈길이라도 발견해내지 못할 만큼 도망가 버린 것 같은 형편이다.

5월 3일, 아크센 슈타인

여기서는 글을 쓰지 말아야겠다. 건강이 날로 좋아지는 듯한 기분이다.

5월 13일 바젤

호수에서 얻은 감명은 뚜렷하지는 않지만 아직도 남아 있다. 그 아름다움은 한이 없고 모든 산들이 아직 깊은 눈 속에 잠들어 있는 지금은 더욱 신선하고 맑은 아름다움을 지니고 있다. 이제껏 몇 번이나 호수를 찾아가 보아도 그것은 언제나 새롭고 위안과 풍부함으로 충만해 있다.

내가 루체른의 부두에 갈 때마다 호수가 주는 감명은 항상 새로이 시작되어 그때마다 강해지거나 아니면 전혀 다른 것이 되든지 했다. 나는 아름다운 산의 목장도, 피라토리우스 산도, 수풀도, 모든 산 가운데 가장 지리한 리기 산도 생각하지 않는다—나의 눈에 깊은 감격을 주는 것은 오직 이 맑은 물의 아름다움으로, 그것은 청암색에서부터 녹색, 회색을 거쳐 가장 은은한 은색에 이르기까지, 온갖 색채나 조화를 보여준다.

제Ⅱ부 사랑은 아픔인 것을

어떤 때는 금속과 같은 무거운 회색도 되고, 잔물결이 일 때에는 차가운 엷은 녹색으로 바뀌는가 하면 어떤 때는 화가가 붓을 내던지고 「기름을 부어 놓은 듯한 호수」라고 하는 상태를 띠기도 한다. 이것이 가장 아름다운 순간으로서 여러가지 색채의 반점이 나타나 그것이 어떤 때에 뚜렷한 물색으로 한정되어 거기에다 지극히 미묘한 융합을 일으켜 그 위에 구름의 그림자가 짙은 감색으로 떠오르고 또한 그때그때의 햇살을 받아 눈이 은이나 납의 빛깔로 떠오르는 것이다.

너무 높은 곳에서 내려다보면 호수가 지닌 매력을 못보기 쉽다. 보트에서 보는 경치가 아름답지만, 해가 잘 비치는 때는 언제나 제리스베르크 같은 높은 곳에서도 매우 아름답다.

요즈음 나는 호수에서 차고 맑은 청록색을 보았다. 그것은 저녁놀 뒤에 하늘에 퍼지는 푸른색과 아주 흡사했으나 다만 금빛이 아니고 은빛을 띤 청록색이었다―. 무엇이라 형용하기 어려운 이 청록색과 그것이 완전히 그을은 은빛으로 옮겨가는 변화는 무엇과도 비길 수 없는 기쁨을 주었다.

나는 중력의 법칙에서 풀려난 기분이었다. 나의 영혼은 시원스럽고 잔잔한 호수의 수면 위로 확산되어 어느덧 자기 자신을 초월해서 에테르 그 자체가 되고, 색채 그 자체가, 아름다움 그 자체가 된 것 같은 자연과의 완전 합일감을 느끼는 것이었다.

예술이나 시나 철학 같은 데서 받는 감명이 이처럼 높고 평안한 세계로 나를 빠져들게 한 예는 매우 드물었다. 그것은 이미 아름다운 그림을 보는 기쁨이나 훌륭한 예술품 앞에서 얻은 즐거운 자기 환상 따위가 아니다―. 이 호수의 물빛을 보면서, 나는 한 순간, 의식적인 삶이나 무의식적인 삶의 모든 감동에 대한 순수한 아름다움과 승리를 만끽했다.

나 역시 때로는, 나의 운명의 별에 대해서 의아심을 품고, 「아름다움의 세계」에 대한 세상 일반 사람들의 되풀이되는 공격을 인정하려는 경향이 있지 않았던가.

하지만 이제야 나는 내가 믿는 바 아름다움에 대한 종교가 결코 미신이 아니며 모든 물체적인 사물이나 정신적인 사물을 오직 「아름다움」과의 관계에서 보는 태도가 역시 가장 바람직하다는 것, 그리고 이 종교가 영혼에 끼치는 영향이 순수하고 깨끗한 행복이라는 점에서, 순교자나 성자가 얻는 기쁨에 비해서 결코 뒤지지 않다는 것을 깨달았다.

아울러 아름다움의 종교가 종교에 못지 않은 희생을 요구하며, 고뇌와 회의와 투쟁을 더욱 가중시킨다는 것도 나는 예전부터 알고 있었다.

그리스도교의 생활처럼 우리들에겐 아름다움에 대한 원죄가 있다. 타락과 갱생이 있고, 정복(淨福)과 불행감의 교체도 있다. 무릇 이와 같은 참으로 경건한 사람들은 우리들 유미주의자(唯美主義者)의 유일한 상대자인 것이다.

제Ⅱ부 사랑은 아픔인 것을

왜냐하면, 그들만이 우리들과 마찬가지로 깊고 일상 생활의 심연이나 비속(卑俗) 밑에 굴복하는 고뇌나, 이상 앞에 무릎을 꿇는 일이라든지 진리를 공경하는 마음이라든지, 신앙의 무가치한 일관성을 알고 있기 때문이다.

우리들에게 그 개략(槪略) 밖에는 이해되지 않았던 고대 그리스와 로마가 몰락한 후로 오직 이 두 가지 길(그리스도교와 유미주의)만이 언제나 비속을 극복하는 길이었다.

왜냐하면 철학의 흐름에 있어서도 아름다움을 숭상하는 자의 길과 그리스도를 예배하는 자의 길이 철저하게 추궁되어 왔으니까. 어쨌든, 사색하는 사람의 길 역시, 그가 영원이라는 것에 대해서 어떤 일정한 태도를 나타낼 때에는 또한 그와 비슷한 희생과 고뇌를, 늘 개방된 채로 있는 상처 구멍에 접촉을 받는 고통을, 어떤 의미에서는 일반 세상에 대한 체념과 혐오의 느낌을 극복하는 일과, 이상에 대한 회의와 절망 같은 것을 꾸준히 거쳐야만 한다.

철학자, 아름다움의 탐구자, 그리스도교도─이들 가운데, 그 누구의 이상이 항상 무미건조한 '일반 세상'에 대해서 보다 통렬한 대조를 이루고 있을까. 어쨌든 셋 다 고뇌를 지니고 있으며, 셋 다 타협을 위한 임기응변이나 유우머를 멀리한다.

혹은 그렇지 않다면, 비속한 기지는 별도로 치고, 이를테면 무기력하지 않고 기만적이 아니며 이상주의자다운 비장하고 철저한 태도에서 도피하는 것이 아닌 그런 유우머가 실제로 존재하는 것일까.

가령 사람들끼리 이야기를 나눌 때에 그 중 누군가 매우 약삭 빠른 방법이라 하더라도, 그 본질이 품위 있는 어떤 문제에 언급하여 그것을 기지의 카데고리로 유도함으로써 가장 우둔한 사람에 대해서도 이따금 양심을 찔러 고통을 주는 경우, 어떠한 기지 있는 이야기에도 한계가 있다는 것이 느껴지지 않을까.

말하자면 희극에 있어서의 기지라는 것이 각 등장인물의 가없은 성격에 인하여 파생된 것임을 알고 있는 경우에, 어찌 그 희극을 그들과 함께 연출하겠다는 생각이 들 수 있을까? 그런데, 미온적인 '너그러운' 이상주의자에 있어서는 어떤 주인공이 비속적으로 전락하기 바로 전에 최고의 희극적 매력을 준다.

매우 유혹적인 이 재미마저도 없애는 일은 우리가 이상에 대해서 바치지 않으면 안되는 희생의 하나이다.

서로 열렬히 사랑한 사이였던 것이 예물이 적다는 사실이 드러나자 결혼을 그만두는 남녀, 숭고한 목표를 향해 나아가는 도중에 육체의 순간적 쾌락을 위해서 자기 이상을 팔아 먹는 주인공들, 무릇 이와 같은 희극의 주인공들은 그 광경에 대하여 갈채를 보내면서 구경하고 있는 관객들 중에 많은 형제를 가지고 있는 법이다.

제Ⅱ부 사랑은 아픔인 것을

그들에게 있어서 희극의 가장 강한 매력은 반쯤 눈을 뜨기 시작한 양심에 있다.

그들 관객의 대다수는 어쩌면 잠깐 동안은 분노를 느낄지도 모르지만 그러나 용기가 부족하며 또한 그들 자신이 이미 수차례 이와 같은 경험이 있기 때문에 주인공에게 박수를 보내기도 하고, 다만 웃는 쾌락을 위해 자기들의 이상을 팔고 주인공의 시늉을 한다든가 한다.

이와 같은 연극에 그만한 가치가 있다하더라도 순전히 예술적 표현으로서 소재의 우스꽝스러운 면에 구애받지 않고 감상할 수 있는 사람이 과연 몇이나 있을까?

말은 그렇게 하지만, 나 자신도 그렇게 자유로운 입장에서 감상할 수 있는 경우는 매우 드물다. 내가 관람하는 그런 종류의 희극은 적지만, 그나마 각각 그 예술적 품질에 따라 대개의 경우 나로 하여금 다만 불쾌하게 하거나 슬픔을 느끼게 했을 따름이다.

5월 19일, 바젤

엘리자베트, 나는 그녀를 정원에서 만났다. 그녀는 매우 간편하고 담담하고 엷은 하늘색 여름옷을 걸치고 있었다. 그녀는 그네를 타는 자신이 얼마나 아름다운지를 알고 있는 듯, 한마리 새처럼 흔들거리고 있었다. 그 뒤에 박사 부인이 다가

왔다. 어둠이 깃들면서 차와 아이스 워터를 마셨다. 별이 돋았다. 나는 그녀를 집에까지 바래다 주면서 오늘은 지루한 하루였다고 느꼈다. 나는 내가 쓰려고 하는 소설에 대해서도 이야기를 하고, 그녀에게 바치겠다고 언약을 했다.

이제 내 방 안에 별빛이 스며들어온다. 지난 시절의 달콤한 슬픔이 가슴에 우러나 쇼팽의 D단조 담시곡(譚詩曲)의 한 멜로디가 떠올랐다.

5월 22일, 바젤

아이러니! 우리는 저녁에 줄곧 그것에 대해서 이야기했다. 나는 다시 밤 1시까지 늦도록 글을 썼다.

아이러니라니 우리는 그것을 별로 많이 가지고 있지 않다. 그런데도 때로는 나는 아이러니에 대해서 관심을 가진다.

말하자면 나의 우울한 기분을 모조리 용해해서 아름다운 비누방울처럼 만들어 하늘에 날리고 싶기 때문이다.

모든 것을 드러내는 일, 무릇 말로써 나타내지 못하는 것을 세련된 의식으로써, 폭로된 신비로써 자기 지신을 위해 유보(留保)하는 일! 이것이 로맨티시즘이라는 것을 나는 잘 알고 있다.

이것은 피이테를 슐레겔에게, 슐레겔을 티이크에게, 그리하여 티이크를 근대적인 것으로 옮긴 것이다. 왜 그렇게 해서는 안되는가. 티이크는 도달하기 어렵다. 하이네도 거기에 이르지는 못했다. 비조소적(非彫塑的)이고 음악적인 유연함을 지니고 있는 티이크는 원래 내가 좋아하는 작가이다.

5월 30일, 바젤

쇼펜하우어, 그는 꾸민 듯한 몸짓을 하며, 그의 철학이 싫지 않다는 생각이 더러는 들기도 하지만, 그렇다고 해서 내가 그보다 더 올바른 이치를 알고 있는 것은 아니다. 아니, 그렇지 않고 보다 올바른 이치를 알고는 있으나 말로 표현하기가 너무 어렵고, 또한 표현하고 싶은 생각이 나지도 않는다.

6월 6일, 바젤

나의 동화와 같은 소설이 완성되었다. 사람들은 그것을 좋게 평해 준다. 어떤 때는 애정으로써, 집필하는 동안에는 매우 큰 감흥이 우러났던 것이지만, 완성된 후엔 역시 만족이 안된다.

《케자티우스》를 다 읽었다. 「유혹에 대하여」의 여러 장(章) 특히 「잠의 유혹에 대하여」라는 장에는 두세 가지 다소 재미있는 재료가 있다. 내가 편찬한 로망파(派) 문학집에 있는 좋은 작품을 두 편 보낼 수 있게 되었다.

1803년의 《민네 리이다(사랑의 노래)》와 《슈테룬발트》 전편인데, 먼저 것은 극히 귀중한 것이다. 호프만은 로망파 소설가로서 나는 그가 제일인자의 위치에 설 만하다고 생각한다. 그러나 티이크는 이따금 기대에 어긋난다. 동화에 있어서는 그렇다. 노발리스는 아직 미완성으로 끝났다. 그런데 브렌타노는 너무나 의식적으로 무형식이다. 하지만 어떻든지 《고트비》(브렌타노의 소설)는 천재적인 작품이며, 《로벨》(티이크의 소설)보다 속되기는 하지만 매우 재미가 있다.

이미 문학이 아닌 잡문(雜文)을 별도로 하면, 사실 나는 《브람비라》(호프만의 소설)를 제일 높이 평가하고 싶다. 기교면에서 보면, 후기의 작품은 대개 가치가 떨어진다.

켈러에 있어서도 재료를 그와 같이 내부에서 조명하여 그처럼 완전한 예술로 만든 예는 극히 적은 경우에 한한다. 그것은 어찌됐든지 켈러의 기교에도 얼마나 많은 로맨티시즘이 포함되어 있느냐 하는 것은 놀라운 일이 아닐 수 없다.

9월 4일, 비쯔나우

설령, 플로렌스의 우피찌엔 화랑(畫廊)에서 일지라도, 나는 이곳에 있는 아름다운 호수 위에서만큼, 열심으로 행복하게 질투가 날 정도의 진실한 기분으로 「아름다움」을 추구하지는 못할 것이다.

9월, 아침녘에 안개비가 오는 날은 매우 드물었다. 점심 때는 후덥지근하고, 밤에는 시원하고 달이 점점 만월이 되어간다. 아직 어디에도 마른 잎은 눈에 띄지 않는다. 나뭇잎들은 아름다운 녹색을 띠고 있으며, 이미 여기저기에 9월의 금속적인 광채를 띠고 있다.

능금이나 배나, 무화과가 가지가 늘어지도록 달려서 나무에서 떨어진다. 저녁에는 예외없이 밝고 다채롭게 빛난다.

9월 5일, 비쯔나우

아아, 지금 내가 유년시절처럼 소박한 향락에 대한 욕망을 다시 되찾을 수가 있다면, 또한 내 가슴이 유년 시절처럼 도취와 탐닉으로 고동칠 수 있다면!

하지만 그렇다 하더라도—나는 늘 계속되는 향연의 꽃다발을 축하하고 있다. 호수는 내 눈앞에서 차차 그 엷은 비단 옷을 벗는다. 이제는 끊임없이 나를 유혹하여 매력과 놀라움을 느끼게 한다. 때로는 그 변화를 겸손하게 억제하여 나를 기다리게 했다가 별안간 그 찬란한 아름다움을 아낌없이 보여주기 때문에 눈이 부셔진다.

하나하나의 후미나 방위(方位)나 그날 그날 시각에 따르는 색채의 변화를 잘 알게 되었다. 그러나 이와 같은 모습도 저 넘칠듯이 기쁜 생명—목표도 의지할 곳도 없이—이 조금도 믿어지지 않을 만큼 풍부하게 변하고 소생하는, 이 색채의 생명에 비하면 대수로울 것이 못 된다.

나는 호수가 색채를 희롱하는 비밀을 밝히는 데 낮시간을

다 보내고 있다. 처음 며칠 동안은 몇번이나 호반(湖畔)의 길을 거닌 뒤에 지금은 거의 대부분을 물 위에서 소비한다.

더러는 시험삼아서 높은 데에서 관찰하기도 하지만 대단한 발견은 없다. 차라리 하메치반트의 절벽 위에서 본다면, 수면을 즐기지 못할 것도 없다. 그 이상이 되면, 1미터 오를 때마다 수면의 빛남도, 색채도 사라져 버린다.

리기산의 꼭대기에서 보면 호수는 희부연한 회색에 가까와 보인다. 그보다 낮은 산에서 내려다 보면 어느 정도 미묘한 매력을 나타낸다. 특히 숲을 통해서 보는 경우가 그렇다. 그런 때에는 너도밤나무, 침엽수, 떡갈나무 등의 이파리가 이따금 훌륭한 조화를 이룬다. 그러나 무엇 때문에 이와 같은 보다 빈약한 원경만을 찾아서 그 때문에 시간과 태양의 빛을 허비하는가.

나는 그런 짓을 그만두고 온종일 보트를 타고 호수 한가운데나 후미를 돌기로 했다. 한 척의 경쾌한 보트, 휴식 시간에 피울 잎담배 한 개, 한 권의 플라톤, 그리고 낚시 도구, 이것이 내가 갖춘 모든 것이다.

이와 같은 갖가지 환희와 아름다운 색채로 흥분된 순간을 가진 호수의 물을 언젠가 내가 언어로써 시로 만들어내는 날이 올지 모르겠다. 이 유혹, 정감, 열망, 이 갑작스러운 만족, 황홀, 현기증을? 오늘은 다만 말을 더듬대며 산문적으로 적어둘 도리밖에 없다. 어쩌면 언제까지나 이 상태가 계속될지도 모른다. 무릇 언어라는 것은 세밀하게 보고 감상하는 눈의 작용에 대해서 그 최초의 조잡한 뉘앙스를 넘어서 줄곧 따라간다는 것은 아마 불가능할 것이다.

화가도 얼른 보기에 극히 단순한 혼색을 표현하는 경우에 있어서도, 본능에 의지하고 불가해한 혼자만의 길을 나아가지 않을 수 없다―대체로 언어에 있어서의 정교파라는 것을 생각할 수가 있을까. 그렇다 하더라도, 녹청색이라는 말은 무엇을 가리키는가. 진주 같은 파란색이란 무엇을 일컫는가. 말하자면 황색이나, 코발트 블루나 바이올렛이 조금 진한 색은 무슨 말로 나타내면 적당한가… 거기에다, 무슨 색이 조금 진하다는 말에는 어떤 색조의, 말하자면 즐거운 색 배합의 감미로운 비밀 모두가 포함되어 있는 것이다.

9월 6일, 비쯔나우

아름다움에 대하여 있는 그대로 즐길 줄 모른다는 사실은 나의 저주이자 행복이다. 그 아름다움을 내 나름대로 소화해서 하나하나 나누어 즐기며, 그것을 다시 하나로 종합할 수 있는 가능성을 예술적 방법 위에서 반추할 수 밖에 없는 것도 나의 저주이자 행복이다. 이따금 나에게서 이렇듯 논리적으로 빛나가 버린 낡은 것이 일순간 다시 찾아올 때가 있다.

낡은 그것, 즉 측량할 수 없는 아름다움에의 탐닉에 대한 죄는 물론 없다. 낡은 생각이 떠오르는 것은 극히 드문 일로서 그 순간적인 희미한 쾌락을 위해서 내 이상을 팔아버릴 수는 없다. 왜냐하면 순수하고 앳띠고 무분별하던 시절로 완전히 되돌아간다는 것은 내게 있어 불가능한 일이기 때문이다.

어디서나 인생의 즐거움과 의미는 내 앞에 놓여 있으며, 늘 본질에 대한 명징(明澄)한 파악과 아름다움의 법칙 속에서 그것은 존재한다.

나는 오늘 그 앳띤 시절로 되돌아간 것과 같은 한 시간을 보냈다. 점심 식사 후 햇빛이 뜨겁게 비추는 넓은 호수를 바라보았다. 붉고 푸르며 황금빛으로 빛나는 물살이 내 눈앞에서 끊임없이 찰랑댔다. 나의 모든 생각은 잠이라도 들어 버린 듯 꿈꾸었다. 따뜻한 안온함이 나를 휩쌌다.

내 눈은 어떤 모습도 아무런 빛도 식별할 수 없게 되어 버렸다. 내 시선은 모든 의지를 잃어버렸고 맥풀린 사람처럼 비틀거렸다. 바다는 조금도 아름답지 않았으며, 붉은 빛, 푸른빛 황금빛도 아니었다. 목적없이 너풀대는 나비의 꼴이 된 것 같았다.

9월 7일, 비쯔나우

빛깔이 바래진 나뭇잎이 물 위에 선명히 떠 있는 모습은 이상한 기분을 일으킨다. 호수가 온통 멀리서부터 노랗게 보이는데 아침결의 그 푸르른 호수에서 갑자기 밝은 수면으로 변하는 모습이란 놀랍게도 귀여운 데가 있다. 오늘도 그런 경치를 보았는데 유감스럽게도 해가 나오지 않았다. 흰 구름 그림자가 윤곽을 드러냈다. 그 아름다운 구름을 보고 있는 동안 기선 한 척이 지나갔다.

그 배가 지나간 자리에 갑자기 물살이 은빛으로 빛났다. 한참동안 그 물살은 은빛인 채로 남아 있었다. 저 건너쪽 배가 지나간 물결은 금빛으로 반짝이고 있으며 이쪽 배의 물결은 흰 불빛이 반짝이듯 맑은 청색을 띠고 있었다.

그렇게 얼마쯤—이 순간 나는 문득 일어나 세련된 풍경의 조화를 즐기게 되었다. 그 경치는 여신(女神)의 미소 같기도 하고 한 편의 멋진 시이기도 했다.

9월 8일, 비쯔나우

햇빛이 나왔다가 사라지는 바람이 부는 흐린 날씨다. 나는 뷔르겐슈토크를 지나서 부옥스로 배를 저어 나갔다. 저 건너편에서 호수는 연안에 부서지면서 하이얀 거품을 일으키고 있었다. 서늘한 빛깔을 뿜어내고 있는 물거품은 마치 번쩍이는 광선으로 보였다. 적록(赤綠)색, 적갈(赤褐)색, 노란색, 흰 색 등.

뷔르겐슈토크에 반쯤 올라가 보니 어디에선가 암소의 울음 소리가 들려 왔다. 아름다운 초원이 연초록색의 파문을 일으키며 푸른 창공에 떠있듯이 펼쳐져 있었다. 그 광경은 서늘한 가을의 톤을 띠고 있어서 어딘가 슬픔을 주었다. 그 초원을 바라보고 있자니까 이미 죽은, 사랑하는 사람의 이름이 떠올랐다.

어떤 커다란 변화, 우리가 세우고 있는 이 근거의 불확실함, 죽음, 부질없이 지나쳐 버린 수 많은 가시밭길 등이 생각났다.

노를 저어 나가면서 나는 부옥스 호수의 물결치는 소리를 듣고 있었다. 뒤섞이고 있는 빛의 모습을 기억 속에 담으려고 했으며, 빛의 단절, 은빛 물소리를 관찰하려 했다. 계속 노를 저어 나갔다. 시원하고 즐겁고 행복했다.

귓가에 시의 운율이 들리는 것 같았고, 입술에선 저절로 시가 쏟아지는 듯 했다. 어떤것들은 내가 처음 겪는 아름다운 감흥을 불러 일으켰으며, 어떤 것들에게서는 전혀 새로운 소리가 속삭이듯 들려왔다. 그것은 가을의 이 초원을 보게 되었을 때에야 끝이 났다. 그것은 올해 들어 처음 나타난 어쩔 수 없는, 부드러우면서도 슬픈 사자(死者)였다.

나는 머리를 돌려 맑은 물결이 출렁대고 있는 수면에 긴 시선을 보냈다. 물보라는 하늘 높이 솟구치고 있었다. 물보라 꼭대기에는 햇살이 밝게 비치고 있었다. 그러나 내 생각은 끊임없이 용솟음치는 물보라를 쫓고 있지는 않았다.

내 눈은 그저 푸른 금빛으로 반사되어 떨어지고 있는 자취만을 지켜보고 있었다. 그러나 아무 생각도 들지 않았다. 가파른 숲 너머 잔잔한 푸른 초원으로 내 생각은 달리고 있었다. 가을이구나!

내가 가는 길이 올바른 길인지, 아닌지, 나의 이 휴식없는 생각이 나의 별무리에 가까이 간 것인지 혹은 잘못된 것인지 생각해 보았다. 그리고 그것이 언젠가 정신적인 성숙을 이룰 수 있는 것일까 생각해 보았다.

이 가을, 이 슬픔이 더 이상 나를 흔들지 못할 고고한 정신의 높이를 달성할 수 있을까. 여기 나의 반성에는 외부에 나타내는 내 삶의 모든 꺼풀이 벗겨지는 계기가 생기게 된다. 내가 그렇게 할 수 있는 힘만 있다면 말이다.

즐거움, 사랑, 슬픔, 향수와 추억의 모든 끈을 끊어 버릴 수 있다면, 정점, 가장 높은 정상에 올라서 짧은 휴식의 숨을 한 번 들이키는 것이리라. 모든 인간 관계를 반성하게 되고, 내 앞에는 절대자, 초인간의 아름다움이 서늘하게 팔을 벌리고 있지 않은가. 순간의 심호흡 한번!

종소리가 울려 퍼졌다. 눈을 감았다. 높은 곳에서 자꾸 가라앉는 기분이었다. 납덩어리 같은 육체적인 슬픔이 나를 짓눌렀다. 나는 거기서부터 탈출하려고 했다. 내 생각은 또다시 잘못된 말처럼 우뚝 섰다.

침통하고 피곤한 슬픔이 나를 한번 휩싸더니, 점점 무겁게 옥죄어 왔다. 모든 별들이 한꺼번에 떨어지면서 나를 괴롭히는 것 같았다. 그리고 나의 승리가 불명예스러운 개선이라는

고독한 영혼의 투혼의 일기

듯한 축제를 베푸는 것 같았다.

주머니가 갑자기 찢어지듯 내 유년시절의 추억이, 밝은 정원이 내 눈앞에 뚜렷이 떠올랐다. 부모님의 모습도, 소년 시절, 첫사랑 시절, 젊은 우정의 시절이 떠올랐다.

잠자고 있던 그 시절의 모든 사람들이 슬프고 낯선 아름다운 말들을 주고 받았다. 그들 앞에서 눈물이 마르지 않으며, 잘 살펴보아 주지 않을 수 없는 죽은 사람의 형상처럼 향수를 일으키면서 진지한 질문을 던져 온다. 그들은 죽은 과거를 그대로 뒤에 남겨둔 채 노래를 부르고 있었다.

연약하고 괴로운 가을의 감상과 함께 고통스러운 분위기가 나를 적셔 왔다. 나는 며칠 안되는 고독한 휴식의 날들이 지난 다음 수많은 사람들, 수많은 책들, 허다한 거짓말, 주석(註釋)과 자기기만, 그저 세월만 낡아가는 도시의 생활이 나를 기다리고 있음을 보았다.

그리고 문득 되살아난 나의 온 청춘의 삶의 쾌락과 더불어 고통스럽게 내 속에서 이글거렸다. 나는 노만 저으며 커다란 만(灣)을 흘러나갔다. 반도처럼 튀어나온 뷔르겐슈토크 쪽으로 돌아와서 뵈기스로 가는 초원 앞에 도착했다. 적당한 피곤은 나를 만족시키지 못했다. 차라리 입을 벌리고 있는 듯한 불만이 나를 탐욕스럽게, 절망스럽게 충족시켰다.

내 인생의 즐거움, 모든 자유와 힘이 몇 시간 안에 어처구

니없게도 모두 빠져 버린 것 같았다. 호수는 이제 김이 빠져 버렸고, 산은 재미가 없어 보였다. 하늘은 야트막했다. 나는 뷔기스에서 목욕을 하고 호수 속에 첨벙 빠져 수영을 했다. 두 팔로 물을 가르며 깊은 숨을 내쉬었다.

피곤해진 나는 등을 물에 대고 천천히 송장헤엄을 쳐나갔다. 망연한 불만의 눈동자, 지친 눈동자가 하늘에 걸렸다. 내 삶의 목이 마를 때, 충족감을 가질 수 있다면.

나는 헤엄을 쳐 돌아왔다. 온통 가을의 희부연 슬픔에 젖은 채 다시 배를 탔다. 이별의 슬픔, 내 가슴 속의 분명치 않은 온갖 슬픔이 밀려 왔다.

그후 나는 훨씬 마음이 가라앉았다. 내 원리가 승리한 것이다. 나는 이 슬픔과 실망을 그저 내 몸에 배어 있는 대로 즐기는 것이다. 흐린 날씨조차 즐기는 것이다. 그것은 그것대로의 달콤함이 있다. 나는 그 맛과 더불어 대화를 나누며 논다. 그것은 마치 한 사람의 성악가가 단조로 울리는 검은 하프를 켜는 것과 같은 일이다. 도대체 그렇지 않다면 매일같이 달리 할 일이 무엇무엇이 있는가? 그것이 행복한 일이라면 하나의 분위기, 그 노래에 속성적으로 주어진 하나의 빛깔로서 말이다.

9월 9일, 비쯔나우
어제의 슬픔이 아직도 남아 있는 채 오늘 호숫가에 낚시도구를 갖고 나갔다. 그때 갑자기 내 입에서 엘리자베트란 이름이 새어나왔다. 그녀의 얼굴 윤곽을 그대로 선명하게 떠올리는데 성공한 나는 그녀가 마치 깊은 수면 속에서 나를 바라보듯이 내 꿈 속에서 나를 바라보고 있는 것을 느꼈다.

동시에 '새로운 생활' 강의에 대한 그리움이 강렬하게 치솟아 이 충동을 메우기 위해서는 오늘 바젤로 돌아갈 걸 그랬다는 느낌마저 들었다.

뷜세는 내게 멀리 떨어져서도 사랑할 수 있는 아름다운 경우를 만들어 줄 수 있으리라. 나는 시험해 본다. 그리하여 내가 분명히 말할 수 있는 것은 매력, 즉 엘리자베트를 처음보는 순간부터 그 특이한 옆모습으로 나를 시험에 들게 하였다는 사실이다. 말하자면 목과 이마의 그 세련되고 우아한 선이 프로필로서 다가왔던 것이다. 그러나 내 경우 결국 그녀가 머리를 가꾸고, 옷을 단장하고, 가는 장식띠를 두르고 있어서 그 효과가 더욱 두드러질 수 있었을 것이다.

나는 나의 사랑을 이런 식으로 간직하고 있다. 그것은 사람의 주된 인상을 여러 모로 뜯어봄으로써 얻은 것과 마찬가지로 내가 아직도 지나간 그녀의 육체를 그리워할 때면, 나의 상상력은 그 무렵 그녀의 냉정한 거절에 이르러 움츠러들고 만다.

내 사랑, 가엾은 내 사랑이여! 그렇게 냉정하게 군 것은 전혀 잘못이다. 얼마나 여러 번 그녀의 부드러운 손을 잡아보고

144

싶어했던가. 또 그녀와 함께 이야기하고 싶어했으며, 오랫동안 그녀의 눈을 바라보고 싶어했던가! 이러한 생각과 욕망 속에서 그 무렵의 아름다왔던 알 수 없는 일들이 반사되어 머리 속에 들어온다. 잠시라도 아무 의심 없이 있노라면 나는 나의 사랑에서 천사가 노래하는 소리를 듣는다.

내 영혼의 문 앞에서 낙원 같은 추억이 문을 두드리는 소리를 듣는다. 내 영혼 자체는 가슴을 넓게 펴고자 하는 온갖 지친 사념들 사이에서 쓴 웃음을 띤 채 고통을 받고 있다.

내 영혼은 검은 면사포 아래에서 잠을 자고 있으며, 그 세계의 문 앞에서 내 삶의 의식이 정점에 이른 순간에도 여전히 답답한 채 서 있는 그 세계의 가장 깊은 비밀에 대해서 아마도 잠을 자며 꿈을 꾸고 있는지 모른다.

내 영혼은 낯선, 그러나 부드러운 목소리로 행복한 고향에 대한 이야기를 내게 들려준다. 그 고향은 엘리자베트와 나, 그리고 잘못 길러진 아이들과 넋나간 주민들이 사는 곳이다.

달콤한 향기가 뿌리는 이화감(異和感), 한번도 들어보지 못했는데도 꿈결 같은 느낌을 주는 멜로디의 박자, 한번도 실행하지 않았으면서도 아늑한 느낌을 주는 질문에 대한 응답.

오, 이 형혼, 아름다우면서도 어둡고 고향을 회상케 하는 위험한 이 바다여! 찬란한 수면을 오래도록 바라보면서, 애무하면서, 질문을 던지면서 윽박지르노라면 그것은 언제나 마치 조롱하듯이 끝없이 깊은 심연에서부터 그 낯선 빛깔을 내 눈앞에서 씻어버리곤 하는 것이다.

조개들은 가늠할 수 없이 넓은 공간에서 태고적 보석 조각처럼 하나하나 반짝이고 있다. 이미 침몰해 버린 옛날을 희미한 대로 비춰주고 있는 것 같다.

그곳에 아마도 나의 예술이 있는 것 같다. 그곳에 나의 노래는 잠을 자고 있는 모양이다. 쓸쓸한 들판에서 힘과 젊음을 보내 버리고 있을 때의 그 뜨겁고 거만한, 미친 듯이 광란하던 박자의 노래.

오호, 봄날의 밤이 그렇듯 풍성하던 그때 그 분위기를 다시 찾을 수 있다면! 그 열병 앓듯이 무절제했던 가슴의 고통, 그 환상에 젖었던 포만의 자기 상실, 그리고 그 피의 흥분된 밀도여!

9월 10일 비쯔나우

일주일 내내 옆 테이블에 앉았던 사람들이 오늘은 보이지 않는다. 어제 이후 10년의 세월이 흐른 것 같다. 내 책, 내 방, 내 낚시 도구, 내 옷, 내 손까지 모두 낯설어 보인다. 모두 내 물건 같지가 않다. 모든 것이 뜻하지 않았던 지난 일 때문에 나를 억누르는 것 같다.

오, 이 밤! 잠 못 이루는 10시간, 1분 1분이 폭력에 지배되는 불길한 생각과 내 억눌린 영혼과의 투쟁이다. 이를 갈고 한숨을 쉬는 무기 없는 투쟁이다. 가슴과 가슴이 부딪치는 투쟁이며, 절망과 모든 행복이 들어선 끔찍한 투쟁이다. 내 내부의 삶에 내가 불러들인 온갖 둑과 벽, 애써 마련된 모든 나의 국가, 모든 기반들이 이 순간 한꺼번에 부서져 버리는 것이다. 내게 있어서 그것은 또한 꿈과 같은 일이다.

납덩이처럼 슬픔에 지친 밤―그것은 일찌기 내가 한번도 본 일이 없는 태양의 몰락이었다―이 지새고 난 다음 나는 아침 일찍 잠자리에 누웠다. 내 방 창문 앞으로 호수의 안개가 무럭무럭 올라왔다. 안개는 규칙적으로 일어나는 파도처럼 내 벽을 부딪고 있다.

나는 침대에 누워서 푸른 하늘에 걸린 구름 한점을 보았다. 그러자 나는 오랫동안 미루어져 왔던 싸움의 시간이 가차없이 다가왔음을 느꼈다. 억눌렸던 모든 것이 아직 그대로 얽매여 있다는 사실, 반쯤 묶여있는 것들이 사실은 사슬에 묶이듯 되어 있다는 사실을 느꼈다.

내 생각을 새롭게 더욱 좁은 범위로 축소시킨 내 인생의 소중한 모든 순간들, 영원이라는 감정을 알게 되고 소박한 본능, 무의식적인 삶의 한 꺼풀을 벗게 된 순간들이 한떼 거리의 적의에 찬 무리와도 같은 내 기억 속에 나타났다.

그 위험 앞에서 모든 명예의 관(冠)과 삶의 지주가 흔들리기 시작했다. 그러자 문득 나는 이제 구제될 것이 아무것도

고독한 영혼의 투혼의 일기

없다고 생각했다. 온 세상은 맥이 나간 채 흐물거리고 있으며, 흰 사원과 내가 좋아하는 서늘한 모습들을 깔보며 산산조각을 내고 있는 듯했다. 그럼에도 불구하고 나는 이 절망적인 반항자에게 어떤 친밀감을 느꼈다. 거기에는 내가 가장 좋아하는 추억과 어린 날이 담겨져 있었다.

이러한 새로운 깨달음과 함께 내 깊은 가슴 속으로 쓰라린 아픔이 밀려왔다. 내 가슴은 일그러진 감정 때문에 고문을 받는 듯 오랫동안 괴로웠다. 이윽고 난 칭얼대다 지쳐버린 어린아이의 꼴이 되고 말았다. 나는 어깨를 들먹였다. 눈물은 흐르지 않았지만 흐느낌이 일었다. 그 고독함이며 실망감은 이루 표현할 수 없었다.

됐다, 됐어. 밤은 지나갔다. 그런 끔찍한 생각들이 다시는 떠오르지 않으리라. 더 이상 슬프지는 않았다. 그저 맥이 빠져서 노곤할 뿐이었다. 가슴 속에서 무언가 불숙 튕겨 나오는 것처럼 까닭모를 가벼운 아픔이 솟을 뿐이었다. 신경은 갈갈이 찢겨졌고 싹은 짓뭉개져 버렸다. 그리고 내 생각으로는… 아니다, 이게 아니다.

나는 생각하지 않았다. 그저 느끼기만 했다. 내가 아는 것은 비 서양적인 확실성이었다—그것이 나의 청춘이며, 그것이 나의 희망이었다. 그것이 나의 최선이며, 나에게 있어 가장 성스러운 것이다. 그 짓밟힌 덩굴을 나는 마치 어떤 이상하고 낯선 것, 성가신 것처럼 내 속에서 느낀다. 가을이다.

더 이상 유감일 것은 없다. 내일 나는 도시로 나갈 것이다. 우울하게 잠든 호수는 푸른 가을의 초원, 서늘한 산악, 그리고 신선한 하늘과 더불어 나를 흔들리게 한다. 책상 위에는 가져온 플라톤 책이 놓여 있다. 비참한 이 고전! 내게 있어 플라톤이란 대체 무엇인가! 나는 인간을 보아야 하고 차의 클랙슨 소리를 들어야 하며, 새 책과 신문을 철(綴)해야 하고, 바쁜 인생의 신선하고 풋내나는 향기를 호흡해야 한다.

작은 술집에서 보통 여자와 더불어 평범한 대화를 나누면서 밤을 보내고 싶은 충동도 일고, 당구나 치면서 할 일 없이 세월이나 보낼 마음도 일어났다. 이런 것들이 이 서글픈 감정의 수천 길 밑바닥에서 손에 잡히는 것들로서, 어떤 근거 없이는, 그리고 어떤 마취작용 없이는 더 이상 견딜 수 없는 것이었다.

아직 내가 알지 못하는 즐거움이 어딘가에 틀림없이 있을 것이다. 내 신경에 강한 반응을 일이킬 매력이 어딘가에 아직 틀림없이 있으리라. 내게 즐거움을 줄 희귀한 책들이, 어딘가에 새롭고 세련된 음악이 있을 것이다.

나는 내 일생을 두고 그것을 잊지 못할 것이다. 오, 이 밤이여, 잠 못이루는 밤마다 이 고통스러운 기억에 시달릴 것이며 그것은 즐거울 때에도, 그리고 모든 매력있는 일 가운데서도 숨어 있는 액운처럼 불쑥 드러날 것이다.

고독한 영혼의 투혼의 일기

애환(哀歡)의 모든 한계가 뒤섞일 것이며, 모든 느낌이 달콤하면서도 독이 들어 있고, 고통스럽게도 피곤한 감정과 용해될 것으로서 지금 이 밤에 내가 당한듯한 고통은 다시는 없으리라.

그 섬뜩한 쇼팽의 B단조 소나타의 아주 빠른 프레스토 음조가 어느 정도 이와 비슷한 것이라고 할 수 있다. 거기엔 그저 심약해진 신경을 부드럽게 쓰다듬어 주는 그 무엇이 있다. 아리디 아린 아픔, 가볍고 감미로운 고통, 그러나 그 보다 한 박자 더 많다. 어떤 세련된 슬픔이 지니는 격심한 고뇌 속에도 강렬한 육체적 고통으로 바뀔 수 있는 고통이 도사리도 있다.

엘리자베트…

자, 답을 내자! 나에게는 아직도 젊은날의 그럴싸했던 찌꺼기가 그대로 있다.

오색 영롱한 그 분위기를 즐기면서 배합하는 데 이미 사용된 능력의 찌꺼기, 그리고 조심스럽게 그것을 사용함으로써 결과적으로 보다 가벼운 종류의 사랑을 연출하고 또 지속할 수 있는 「영혼의」 작은 바탕 같은 것이 그것이다.

오랜 습관을 통해서 얻어진 예능을 비극적인 것이지만 상투적인 것과 결부해서 파악할 때, 그리고 아주 늠름하게 자신을 갖고 바라볼 때, 나 자신에게 나는 그 아름다운 문학적 능력이 있다는 것을 스스로 축하하지 않을 수 없다. 작자로서 내 미래를 걱정한다는 것은 따라서 근거없는 것이다.

나는 개인적인 주석없이 어느 누구의 「송가」도 모방하지 못할 것이며, 훌륭한 비엔나 사람을 능가하지 못할 것이다. 그것을 독일어로 옮기면 「내참, 더러워서!」가 된다.

그러나 나는 현대 독일어와 비엔나식 독일어를 도대체 무엇 때문에 배웠단 말인가!

9월 16일 바젤

다시금 풍요로와졌다! 독서에 모든 시간을 주고 있었다. 독서와 쉬는 시간에는 E.T.A 호프만이나 하이네의 시를 읊었다. 꼼꼼한 게오르그와 서정적인 시인 호프만슈탈을 읊는 사이 피곤해지면 야콥 뵈메를 읽기도 했다.

151

그렇지 않아도 고서(古書)에 대한 존경심이라니! 고서상은 내게 동판화가 끼인 위버펠트 출판사판의 1730년대의 뵈메 책을 구해 주었다. 신지학(神知學)의 책이었다.

각별한 매력이 있는 책이었으나 표현의 낯선 어조를 살피기 위해서는 정독해서 읽어야 했다. 오늘 내가 읽은 대목 중에서 울분에 대한 그의 묘사를 여기 적고 싶다.

「생각해 보라. 인간에게는 분노가 있다. 그것은 하나의 독소이지만, 분노없이 살 수는 없다. 왜냐하면 분노는 성신(星神)을 움직이고, 즐겁게 하고 웃음을 짓게 하기 때문이다.

그것은 즐거움의 원천이기 때문이다. 그러나 그것에 불이 당겨지면 인간을 온통 파멸시킨다. 왜냐하면 성신의 분노란 것도 여기서 생기기 때문이다.」

뵈메의 말은 계속된다.

「쾌락이란 것 역시 바로 이러한 샘을 갖고 있다. 그리고 분노에서와 똑같은 주체에서부터 또한 쾌락이 솟는다.

그것은 분노가 인간이 좋아하는 것, 감미로운 질적 수준에서 행해질 때 온몸이 쾌락으로 떨리는 것을 말한다. 분노가 아주 질적으로 세련된 지양(止揚)의 상태에서 행해질 때 그 쾌락 속에는 이따금 성신(星神)이 끼어드는 수가 많다.」

지금부터 20년 전쯤, 나는 작은 금발의 소년으로서 정식 독서편력에 나섰다. 아버지는 내가 독서에 몰두하는 것을 보고 내게 몇 개의 문자를 알려 주었다. 그러나 아버지는 책을 덮어버리고 그 특유의 명석하고 다정한 방법으로 문자와 책의 엄청난 세계에 관한 이야기를 해주었다.

그것들은 철자법에 내 눈을 뜨게 해주는 한편 그후 인생을 살아가는 데 있어서 아무리 책을 읽어도 수천분의 일쯤의 만족밖에 느끼지 못하게 해주었다.

아버지 자신이 그 무렵 벌써 수많은 독서로 머리가 희어진 처지였다. 그의 높고 신랄하며, 무엇보다도 고통에 일그러진 이마는 수많은 책의 섭렵을 증명하는 그럴싸한 표정을 이루고 있었다. 그 뒤로 20년! 그 동안 나는 이 문자의 세계를 열심히 경작해 왔으며, 절판된 고서본을 구하려 헤매다니기 예사였으며, 책장을 뒤적이기 일쑤였다. 그러나 아직껏 내게 영향을 주고 있는 책은 기껏해야 10권이 채 못된다.

내가 아직껏 그리움을 갖고 있고, 그것을 내 손에 넣으려고 애쓰며, 호기심을 일으키고, 자극이 될 만한 고서의 숫자는 얼마 안 된다. 그것은 마치 붙잡힌 나비의 꼴이다. 쾌락은 그 잠깐동안의 음미에 지나지 않는다. 그러나 드문 순간이나마, 즐거운 빛을 발휘한 책이 여운을 남기는 경우도 있다.

날짜 미상, 바젤

어제 저녁에는 카지노 앞에서 콘서트 홀의 청중들이 나오는 것을 보려고 기다리고 있었다. 날씨는 쌀쌀했고 비가 뿌렸다. 사람들이 꾸역꾸역 밀려 나왔다. 그때 갑자기 발코니 계단에서 아는 사람들 얼굴 사이로 엘리자베트의 얼굴이 불쑥 보였다. 그녀는 천천히 내려와서 일행과 함께 인파 속으로 사라져 버렸다. 그 아름다운 모습이 빛에 비치어 환한 계단위에 살포시 나타난 순간 나의 기분은 이상야릇했다. 아름다운 옛날 소설 속의 슬픈 인연과도 같은 느낌이었다.

소설속의 그 사내는 비오는 밤 불빛이 찬란한 파티 홀에서 곱게 정장을 차린 그의 여인이 그녀의 동반자와 더불어 즐겁게 담소하며 지나가는 것을 멍하니 바라보고 서 있었다. 사내의 모자는 이마 깊숙이까지 고통을 짓누르듯 덮여 있었고 그의 초라한 외투는 바람에 펄럭이고 있었다.

소설 속의 사내의 눈은 거기서 경멸을 보았던 것이다. 고통으로 일그러진 그의 입술에는 사랑의 아픔과 슬픔이 주름져 있었다. 사내는 고개를 돌린 채 모자를 벗고서 손으로 뜨거운 이마를 닦았다. 비에 젖은 콧잔등을 훔쳐냈다. 그리고 주인없는 비오는 밤 안개 속으로 멀어져 갔다.

게다가 또 주막 「피셔슈투베」의 주인여자 부처는 어떠했던가? 그녀는 내게 수많은 술잔에 '근사한 것'들을 담아 가져왔다. 좋은 것에 대한 분노의 반응이 선량한 야콥 뵈메가 거짓말을 한 것으로 몰아붙이고 난 다음의 일이었다.

나는 그곳에서 언제나 비난과 질책의 화살을 듣기 마련인 헤세와 오랜 대화를 나누었다. 그러자 헤세는 만족했다. 나도 만족하였다. 끝내는 그 착한 사람은 깜빡이며 줄지어 있는 집들, 왈츠를 추는 듯한 가스등불 밑으로 온갖 위험을 감내하고 나를 집에까지 바래다 주었다.

날짜 미상, 바젤
젊었을 때의 내 친구 엘렌트엘레가 튀빙겐의 주막 「뵐피쉬」에서 그 무서운 날 밤 총에 맞아 죽지만 않았더라면 나는 우리들의 저명한 클럽에 그의 가입을 천거했을 것이다.

우리는 말하자면 '탈선자 클럽'을 셋이서 만들었을 것이다. 세 명의 회원은 적은 편이지만 그러나 바젤시에서 더 이상 지부를 늘릴 수는 없다.

날짜 미상, 바젤

헤세는 내게 대해서 나보다 훨씬 잘 알고 있는 것이 틀림없을 티이크에 대한 논문 제목을 빼앗으려고 한다. 그때 나는 이 동화 시인과 나 사이에는 우화적으로 닮은 데가 있다는 사실을 문득 깨달았다.

우리들 둘에게는 똑같은 감수성, 똑같은 조형성(造刑性)의 결핍이 있으며, 순간성, 표면성, 색채의 현란성에 대해 같은 견해를 갖고 있다. 기분에 일렁이는 환타지, 음악에 대한 친화감, 원리의 해체적 경향, 예술에 있어서의 아이러니 등에 대해 비슷한 의견을 갖고 있었다.

날짜 미상, 바젤

술을 들이켜는 일이 이제는 몸서리쳐진다. 그저 한 모금 축이고 나서 뵈메의 《그리스도에의 길》을 뒤적이면 전혀 재미없기로 소문난 그 책이 잔잔한 매력을 주기도 한다.

「내 일찌기 그대에게 이르고 싶었으니.」 테오소포스는 말한다.

고독한 영혼의 투혼의 일기

「진정이 아니라면 신의 고귀한 이름이 그대 영혼 속에서 신의 분노를 일으키지 않도록 하여라.」 그리고 이렇게 계속된다.

「그대 새로운 부활로 가는 길에서 엄격한 계율을 지키지 않는다면 말없이 기도로 외라. 그렇지 않으면 신의 심판을 받게 될 것이니라.」

경건한 길은 참된 길이다. 그러나 그것은 신성하지 못한 독자를 슬프게 만들고 절망시킨다. 왜냐하면 그 말 한 마디 한 마디는 힘이 있으며 정열과 신앙을 지닌 영원한 청춘을 지니고 있기 때문이다. 그 말의 얼굴은 나를 부드러움과 향수로써 충만케 한다.

날짜 미상, 바젤

훌쩍 여행길에 오르고 싶다. 간밤 내 젊은 날이 어딘가 푸른 산속 외딴 마을에 이상하게도 아직 존재하고 있는 듯한 꿈을 꾸었다. 잘 아는 아름다운 여인이 오랑캐꽃다발 위에서 쇼팽의 S장조 야상곡을 연주하고 있는 듯한 느낌이었다.

향수와 힘게 날게 없는 고통을 잘 깨닫고 있는 곡조였다. 부드러운, 은밀한 고통을 통해서 걸러진 박자였다.

나는 먼지가 덮여 있는 상태로 오래도록 잊혀진 바이올린을 꺼내 나지막한 선율을 켜기 시작했다. 갈색의 악기에서 내 잃어버린 청춘이 은밀하게 저음으로 울려퍼졌다.

아련한 첫사랑의 추억 속에서

어찌할 바를 모르던 첫사랑의 고통이
저를 괴롭히던 동안에는 그리고 알 수 없는
고뇌와 매일매일의 그리움과 희망과 절망이
제 마음을 감동시키던 동안에는
매시간 내심으로는 행복했습니다.

존경하는 부인!

당신은 언젠가 저에게 당신 앞으로 편지를 쓰라고 권하셨습니다. 문학적인 재질이 있는 젊은이가 아름답고 연모하는 여인에게 편지를 써도 된다는 것은 값진 일이라고 당신은 생각하였던 것입니다.

당신 말이 옳습니다. 그건 정말 값진 일입니다.

뿐만 아니라 당신은 내가 말을 하는 것보다 훨씬 더 글을 잘 쓸 수 있다는 것도 알아차리셨습니다. 그래서 이 글을 쓰는 것입니다. 이것이 제가 당신의 마음을 조금이라도 즐겁게 해드릴 수 있는 유일한 가능성입니다.

그런 일이라면 기꺼이 하고 싶습니다. 왜냐하면 저는 당신을 사랑하고 있기 때문입니다. 부인. 상세하게 말하는 것을 허락해 주시기 바랍니다! 그렇지 않으면 저를 오해하실는지도 모르기 때문에 꼭 그리해야만 할 것이며, 또한 이 편지가 당신에게 보내는 유일한 글이 될 것이기 때문에 그래야 당연할 것입니다. 이것으로 서론은 충분하겠습니다.

열 여섯 살이었을 때 저는 이상스러운, 아마도 조숙한 우울감에 사로잡혀 소년 시절의 기쁨이 낯설어지고 사라져간다는 것을 알았습니다.

저는 어린 동생이 모래 속에 굴을 파고 창을 던지고 나비를 잡는 것을 바라보았으며, 그때에 그가 느끼던 즐거움과 아직까지도 기억할 수 있는 정열적인 진지함을 부러워했습니다. 언제부터인지도 무엇 때문인지도 몰랐지만 제겐 이런 기쁨이 없었습니다.

제가 아직은 성인들의 오락을 제대로 누릴 수가 없었기 때문에 그 자리에는 불만족과 그리움이 나타났습니다.

굉장히 열렬하게, 그러나 지속성은 없이, 저는 때로는 역사를 또 때로는 자연과학을 공부했으며, 한 주일 동안은 매일 밤 늦게까지 식물학 표본을 만들고 그 다음에는 다시 두 주일쯤 괴테만을 독서했습니다.

저는 고독하고 또 의지와는 반대로 생활의 모든 관계로부터 분리되어 있다고 느꼈으며, 이런 생활과 저 사이의 틈을 공부와 지식과 인식을 통해 본능적으로 뛰어 넘으려 했습니다. 처음으로 저는 우리의 정원을 도시와 계곡의 일부로, 계곡은 산악의 한 단면으로 그리고 산악을 지구 표면의 한 부분으로 분명히 이해하게 되었습니다.

처음으로 저는 별들을 천체로, 산들의 형태를 필연적으로 생겨난 지구력(地球力)의 산물로 관찰했으며, 처음으로 저는 그 당시에 각 민족의 역사를 지구 역사의 일부분으로 이해했습니다. 그 당시에는 그것을 아직 말로 표현하거나 이름할 수는 없었지만, 그것은 저의 내면에 있었으며 그 지식은 점점 크게 자라가고 있었습니다.

간단히 말해서 저는 그 시절에 생각했던 것입니다. 저의 인생을 그 어떤 조건부적이고 제한된 것이라는 점을 알게 됐으며, 더불어 제 마음 속에는 어린아이로서는 아직 알지 못하는 소망이, 즉 제 인생을 가능한한 착하고 아름다운 것으로 만들어야겠다는 소망이 일깨워졌습니다.

아마도 모든 젊은이들이 그와 비슷한 체험을 하겠지만 저는 그것을 제게로 닥쳐왔었던 완전히 개인적인 체험이었던 것처럼 이야기하는 것입니다.

불만스럽고 이룰 수 없는 것에 대한 동경으로 일그러진 채 저는 몇 개월 동안을 부지런하지만 불안하게, 불타는 듯하면서도 따스함을 요구하면서 살아갔습니다.

아련한 첫사랑의 추억 속에서

때로는 자연이 저보다 더 영리했으며 제 장래의 고통스런 수수께끼를 풀어주었습니다. 어느날 저는 사랑에 빠지게 되었고, 예기치도 않게 인생에 대한 모든 관계를 전보다 더 강하고 다양하게 다시 가지게 되었습니다.

그 이후로 저는 보다 더 위대하고 보다 더 값진 시간과 날들을 가졌지만 그렇게도 따스하고 끊임없이 이어지는 감정으로 그다지도 충만한 세월을 그 이상 가져본 적이 없었습니다. 저의 첫사랑에 대한 이야기는 하지 않겠습니다.

그것이 중요한 것은 아니니까요. 외적인 상태가 완전히 다를 수도 있었을 것입니다. 그러나 그 당시에 제가 살아왔던 인생을 약간이나마 서술토록 해보겠습니다. 물론 제대로 잘하지는 못할 것이라는 점을 알고 있지만 말입니다.

아무튼 그 성급한 탐색은 끝이 났습니다. 갑자기 저는 활발한 세상 한가운데 서게 되었고 수천 개로 뻗어내리는 실뿌리로 대지와 인간과 결부되어 있었습니다.

저의 감각은 변하여 시보다 더 날카롭고 활기에 찬 것처럼 보였습니다. 특히 눈이 그러했지요. 저는 옛날과 완전히 다르게 보았습니다. 저는 마치 예술가와도 같이 보다 밝고 보다 다채롭게 보았으며, 순수한 관찰에 기쁨을 느꼈습니다.

제 아버지의 정원은 여름 날에 장관을 이루고 있었습니다. 거기엔 꽃 피는 관목과 나무들이 빽빽한 여름잎들과 함께 높은 하늘을 향해 뻗어 있었고 담쟁이넝쿨은 높은 받침대를 따라 자라고 있었으며, 그 위로는 불그스름한 암벽과 검푸른 전나무가 들어선 산이 우뚝 솟아 있었습니다.

저는 가만히 서서 그것을 바라보았으며, 하나하나의 모든 것이 그다지도 놀라웁게 아름답고 생생하며 다채롭고 찬연하다는 데 대해 감동을 받았습니다.

수많은 꽃들은 꽃줄기 위에서 너무나도 보드랍게 흔들거리고 오색찬란한 꽃받침으로부터 감동할 정도로 상냥하고 은밀하게 바라보고 있기에 저는 어느 한 시인의 노래처럼 그를 사랑하고 향유했습니다.

예전에는 결코 아무런 주의를 기울이지 못했던 수많은 소음들까지도 이제는 제 주의를 끌고 말을 걸어왔으며 제 마음을 사로 잡았습니다.

즉 전나무와 풀섶을 스쳐가는 바람소리, 초원에서 울어대는 귀뚜라미 소리와 멀리서 울리는 천둥소리, 방파제 앞에 흘러가는 시냇물의 졸졸거리는 소리와 수많은 새들의 지저귀는 소리가 그러했습니다.

저녁이면 금빛 황혼 속에서 날고 있는 파리 떼를 보고 그 소리를 들었으며, 연못에서 울어대는 개구리 소리에 귀를 기울였습니다. 수천 가지의 하잘 것 없는 사물들이 갑자기 다정스럽고 중요해지며 각가지 체험처럼 저를 감동시켰습니다.

아련한 첫사랑의 추억 속에서

예를 들면 아침에 시간을 보내기 위해 정원의 화단 몇 개에 물을 줄 때 대지와 꽃뿌리들이 감사하고도 탐욕적으로 물을 들이 마시는 것을 보았습니다. 아니면 저는 조그마한 파랑 나비가 정오의 광채 속에서 술 취한 듯 너울거리며 춤을 추는 것을 바라보았습니다. 혹은 어린 장미꽃이 피어가는 모습을 관찰하기도 했지요. 아니면 저녁에 나룻배를 타고 손을 물에 내려뜨린 후 보드랍고 미지근한 시냇물이 손가락 사이로 스쳐가는 것을 느꼈습니다.

어찌할 바를 모르던 첫사랑의 고통이 저를 괴롭히던 동안에는, 그리고 알 수 없는 고뇌와 매일매일의 그리움과 절망이 제 마음을 감동시키던 동안에는 저는 우울한 마음과 사랑에 대한 두려움에도 불구하고 매 순간마다 내심으로는 행복했습니다.

주위에 존재하는 모든 것이 사랑스럽고 무엇인가 제게 말을 걸어왔으며, 이 세상에 죽은 것이라곤 하나도 없고 공허감도 전혀 없었습니다.

그러한 것이 결코 완전히 사라져간 것은 아니지만 더 이상 그렇게 강하고 확고하게 다시 찾아오지도 않았습니다. 그런 상태를 다시 한번 체험하고 제 것으로 만들어 꽉 붙잡아둔다는 것이 이제는 거의 행복이라고 생각합니다.

좀 더 들어주시겠니까? 그 시절부터 오늘에 이르기까지 저는 사실상 언제나 사랑에 빠져 있었습니다. 그렇지만 제가 알게 된 모든 것 중에서 여인에 대한 사랑처럼 그렇게 고귀하고 정열적이며 매혹적인 것은 없는 것 같습니다.

제가 계속해서 부인이나 처녀에 대한 관계를 가진 것도 아니고 언제나 의식적으로 어느 특정의 한 여인을 사랑한 것도 아닙니다만, 항상 저의 생각은 어떻게든 사랑에 몰두해 있었으며, 아름다움에 대한 저의 숭배는 사실상 여인에 대한 끊임 없는 애모였습니다. 사랑의 역사를 당신에게 이야기하고 싶지는 않습니다.

옛날에 애인이 한 사람 있었어요, 몇 달 동안이지만요. 때때로 저는 자의 반 타의 반으로 지나는 결에 키스도 하고 눈길도 받고 사랑의 밤을 지내기도 했지만 진정으로 사랑할 때엔 언제나 불행했습니다.

곰곰히 생각해 보면 희망없는 사랑의 괴로움과 절망감과 잠 못이루는 밤들이 조그마한 행운과 성공, 이 모든 것보다도 사실상 훨씬 더 아름다왔습니다.

존경하는 부인. 제가 당신에게 몹시 빠져 있다는 것을 아십니까? 제가 당신의 집에 간 것은 불과 네 번에 불과하지만 당신을 알게 된 것은 곧 일 년이 됩니다. 제가 처음으로 당신을 보았을 때 당신은 밝은 회색 블라우스에 플로렌스 백합 모양의 브로우치를 달고 있었습니다.

한번은 당신이 정거장에서 파리행 급행열차를 타는 것을

아련한 첫사랑의 추억 속에서

보았지요. 당신은 스트라스부르크행 차표를 가지고 있었습니다. 그 당시에 당신은 저를 아직 알지 못했습니다.

그 다음에 제가 친구와 함께 당신 집엘 갔었지요. 그때에 이미 저는 당신에게 반해 있었습니다. 그것을 당신은 세 번째 방문했을 때에, 즉 슈베르트 음악을 듣던 날 밤에야 비로소 알아 차렸습니다. 최소한 제게는 그렇게 생각되었습니다. 처음에는 저의 진지한 성품에 대해서, 다음에는 저의 시적인 표현에 대해서 놀려댔으며 떠나올 때에는 어느 정도 인자하고 어머니와도 같았습니다.

그리고 마지막 번에는 여름 휴양지 주소를 가르쳐 주고서 당신에게 편지를 써도 좋다고 허락해 주셨습니다. 그래서 오늘 오랫동안 생각한 끝에 편지를 쓰는 것입니다.

그런데 이제 어떻게 끝을 맺어야 할까요? 앞서 저는 이 첫 번째의 편지가 마지막 편지가 되리란 것을 말씀드렸습니다. 아마도 우스꽝스런 점이 깃들어 있을지도 모르는 저의 고백을 제가 당신에게 드릴 수 있고 또 제가 당신을 존경하며 사랑하고 있다는 점을 나타내 줄 수 있는 유일한 것으로서 받아 주십시요.

제가 당신을 생각하며 당신에게 반해 버린 애인의 역할을 잘 해내지 못했다는 점을 고백하면서, 앞서 당신에게 언급한 경이로운 그 어떤 것을 느끼고 있습니다.

제Ⅱ부 **사랑은 아픔인 것을**

벌써 밤이 되었습니다. 귀뚜라미들은 아직도 여전히 제 창문 앞의 습한 잔디뜰에서 울고 있으며, 모든 것은 다시금 동화 속의 여름과도 같습니다.

이 편지를 쓴 감정에 충실한다면 저는 이 모든 것을 언젠가 다시 갖게 되고 다시 한번 체험하게 될지도 모른다는 생각이 드는군요.

그러나 저는 대개의 젊은이들이 사랑에 빠졌을때 행하고 있으며, 저 자신도 너무도 잘 알고 있는 것은—반쯤은 진정이고 반쯤은 인위적인 눈짓과 몸짓의 유희, 분위기와 기회의 좀스러운 이용, 책상 밑에서 발을 부딪치는 것과 손에 키스하는 일의 남용 등은 포기하고 싶습니다.

저는 제가 생각하는 일은 올바로 표현하는 데 성공하지 못할 것입니다. 그럼에도 불구하고 틀림없이 당신은 저를 이해할 것입니다.

당신이 제가 기꺼이 상상하는 그대로라면 당신은 뒤죽박죽이 된 저의 이 글을 보고 진정으로 웃음을 터뜨릴 테지만, 그로 인해 저를 과소평가하지는 않을 것입니다.

언젠가는 저 자신도 이에 대해 웃음을 터뜨릴는지도 모릅니다. 그러나 오늘은 웃을 수도 없고 웃고 싶지도 않습니다.

당신을 충실히 존경하며 연모하는 B로부터

아련한 첫사랑의 추억 속에서

사랑을 위한 소나타

그렇지만 인간이 자기 결점에 대해
이야기할 때는 최소한 그를 믿어야 한다.
많은 사람은 자기 결점에 대한 비난을 별로
하지 않기 때문에 완전하다고 생각한다.

내 친구 토마스 회프너는 내가 아는 모든 사람들 중에서 사랑의 경험이 가장 많은 사람이다.

그는 수많은 여자와 관계가 있었으며 오랜 동안의 체험을 통해 여자를 이끄는 기교는 물론, 많은 여자를 정복했다는 것을 자랑하기도 했다. 그런 이야기를 할 때의 그를 보면 마치 초등학생 같은 생각이 든다.

물론 그도 사랑의 실제적 본질에 대하여는 우리 같은 사람보다 더 알지는 못할 것이라고 생각한다. 그의 경우엔 종종 애인 때문에 여러 밤을 지새며 울었으리라고는 생각되지 않는다. 아마 그는 그럴 필요가 거의 없었을 것이며 나는 그것을 인정해야 할 것이다.

제Ⅱ부 사랑은 아픔인 것을

왜냐하면 그런 사랑을 했음에도 그는 즐거운 인간은 아니었다. 오히려 그가 종종 가벼운 우울증에 사로잡혀 있는 것을 보곤 했다. 그의 행동에도 보이지 않는, 그 무엇인가를 체념한 듯이 고요하고 착 가라앉은 듯한 면이 있다.

아니, 그것은 추측이고 착각일지도 모른다. 우리는 여러권의 심리학 책을 쓸 수는 있지만 인간의 근본을 캐낼 수는 없다. 그리고 나는 심리학자도 아니다.

아무튼 내게는 때때로 내 친구 토마스가 사랑 유희의 대가가 된 것은 유희가 아닌 진실한 사랑을 하기엔 그에게 무엇인가가 결여되었기 때문이며 또한 그가 이 부족한 점을 자기 자신에게서 인식하고 슬퍼하기 때문에 우울병자가 되었다는 생각이 든다. …전부가 추측이고 착각일지도 모르지만.

최근에 그가 푀르스터 부인에 대해 이야기한 것은 그의 체험이나 모험이 아니라 그저 하나의 분위기, 즉 서정시적인 일화에 불과할지라도 내게는 이상야릇한 것이었다.

나는 회프너가 「푸른 별」이란 집을 막 떠나려 할 때 우연히 그를 만났다. 내가 술 한잔 더 하자고 이끌어 우리는 안으로 들어갔다. 나는 무심코 포도주보다는 보통의 모셀 주 한 병을 주문했다. 그러자 그는 잠시 생각하는 표정을 짓더니 보이를 다시 불렀다.

「모셀 주는 그만두고 좀 기다리시오!」

그리고 그는 질이 좋은 포도주를 시켰다. 내겐 잘된 일이었다. 우리는 훌륭한 포도주를 마시며 곧 대화에 들어갔다.

그 때 나는 조심스럽게 푀르스터 부인에 관한 이야기를 끄집어 내었다.

그녀는 서른이 갓넘은 아름다운 여인으로 이 도시에 온지 얼마되지 않았으며 정사가 많다는 소문이었다. 그리고 나는 회프너가 그녀의 집에 자주 드나드는 것을 알고 있었다.

「그 푀르스터 말이군.」

드디어 그는 할 수 없다는 듯이 입을 열었다.

「자네가 그녀에게 그처럼 지대한 관심을 갖고 있는 줄 몰랐군. 그러나 난 달리 할 말이 없네. 난 그녀와 아무런 일도 없었어.」

「전혀? 아무것도…?」

「물론이야. 정말 나는 이야기할 게 아무것도 없어. 무슨 얘기를 해야만 한다면, 후후 아마 난 시인이 되어야 할 거야.」

그는 바람 같은 웃음 소릴 던지며 잔을 비웠다.

「자넨 예전에 시인에 대해 별로 좋게 생각하지 않았지.」

「왜 안 그렇겠나? 시인이란 대개가 아무것도 체험하지 못한 사람들이야. 자네에게 말할 수 있는 것은, 내 생애엔 이미 기록해 놓아야 할 수천 가지의 일이 일어났다는 점이야. 그런데 시인은 왜 이런 일을 체험하지 못하느냐는 생각이 항상 들거든. 그러니까 그들은 지리멸렬한 거야. 사람들은 당연한 일에 야단법석을 떨고 있지. 쓰레기 같은 일도 모두가 하나의 단편 소설을 쓰는 데 충분하거든….」

「푀르스터 부인에 관계된 것은? 그것도 단편 소설 감인가?」

「아니. 하나의 스케치, 한 편의 시야. 하나의 분위기지. 알겠나?」

「응, 글쎄… 알 것 같기도 한데….」

「어쨌든 난 그 부인에게 관심이 있었어. 사람들이 그녀에 대해 무슨 말들을 하는지는 자네도 알고 있지? 멀리서 그녀를 지켜볼 때 그녀는 많은 과거를 지녔음이 틀림없어. 그녀는 여러층의 남자들을 사귀고 사랑했지만 또한 어느 한 남자도 진실로 교제하지는 않았다는 생각이 들었네. 그리고 그때마다 그녀는 더욱 아름답게 느껴졌고.」

「자넨 무엇을 아름답다고 생각하나?」

「아주 간단해. 그녀는 흘러넘치는 것이 없어. 너무 많은 것이 아무것도 없지. 그녀의 육체는 숙련되고 지배되어 그녀의 의지에 봉사하고 있지. 훈련 안 된 것이 하나도 없고 거절되는 것도 없으며 어떠한 것에도 게으르지가 않아. 그녀가 어느 한 순간도 아름다움을 얻어내지 않는 상황을 난 생각할 수가 없어. 바로 그 점이 내 마음을 끌었지. 왜냐하면 소박한 것은 대개 지루하기 때문이야. 난 의식적인 아름다움, 교육의 형식,

즉 문화를 찾고 있어. 그래, 이론일랑 그만두세!」

「그래, 그게 좋겠어.」

「나는 나 자신을 소개하고 몇 번 찾아갔지. 당시에 그녀는 정부가 없었어. 그건 쉽게 알아챌 수 있었지. 남편이란 작자는 도자기로 만들어 놓은 것 같은 인물이야. 난 접근해 가기 시작했네. 식탁을 넘어 몇 번 눈길을 보내면서 포도주 잔을 부딪칠 때 낮게 속삭이고 오랫동안 손에 키스했지. 그녀는 이제 무슨 일이 있을까를 기다리면서 그것을 받아 들었어. 그래서 나는 여기서는 여하한 방법도 통하지 않으리란 점을 재빨리 알아챘지. 나는 모든 것을 걸고서 내가 그녀에게 반했으며 그녀의 뜻에 맡기겠노라고 간단히 말했지. 그 다음에는 대략 다음과 같은 대화가 이어졌어.

'좀 더 재미있는 이야기를 해요'

'부인! 당신 이외에 제게 관심있는 것이란 아무것도 없습니다. 전 당신에게 이 말을 하기 위해 왔습니다. 그게 지루하시다면 물러가겠습니다.'

'그런데 당신은 도대체 제게서 무얼 바라세요?'

'사랑을요, 부인!'

'사랑이라고요! 전 당신을 알지도 못하고 사랑하지도 않아요.'

'제가 농담하는 게 아니란 걸 당신은 알 것입니다. 저는 저의 모든 것을 당신에게 바치고 있습니다. 그리고 당신을 위해

일을 한다면 많은 것을 할 수가 있을 것입니다.'

'네, 모든 사람이 그런 말을 하지요. 당신네들의 사랑의 고백에는 조금도 새로운 게 없어요. 당신은 절 매혹시키기 위해 무얼 하려 하세요? 당신이 정말 사랑을 한다면 벌써 무엇인가를 했어야만 할 거예요.'

'예를 들어 무엇을 말입니까?'

'그건 당신 스스로가 아셔야지요. 1주일간 단식을 할 수 있다든가 권총 자살을 한다든가 아니면 최소한 시라도 쓴다든가 말예요.'

'전 시인이 아닙니다.'

'어째서 아니에요? 오로지 그렇게 사랑해야 하는 식으로 사랑하는 자는 그가 사랑하는 여인으로부터 한 번의 미소, 한 번의 윙크 한 마디 말을 듣기 위해 시인이 되고 영웅이 되는 거예요. 그 시가 훌륭하지는 않다 하더라도 그것은 뜨겁고 사랑에 가득차 있어요.'

'당신 말이 옳습니다. 부인, 전 시인이 아니며, 권총자살을 하지도 않습니다. 만일 제가 그런 일을 한다면 그것은 저의 사랑이 요구하는 것처럼 강하지도 타는 듯하지도 않다는 괴로움에서 행해질 것입니다. 그러나 이 모든 것 대신에 저는 그 이상적인 애인보다도 단 한 가지의 조그마한 장점을 가지고 있습니다. 즉, 전 당신을 이해하고 있다는 점입니다.'

'무엇을 이해하신다고요?'

'당신도 나처럼 그리움을 지니고 있다는 것입니다. 당신은 나처럼 애인을 요구하는 것이 아니고, 당신 자신이 완전히 제 정신을 잃을 정도로 사랑하고 싶어한다는 점입니다. 그런데 당신은 그럴 수가 없습니다.'

'그렇게 생각합니까?'

'당신은 제가 찾는 바와 같은 사랑을 찾고 있습니다. 그렇지 않습니까?'

'그럴지도 모르지요.'

'그 때문에 당신은 저를 필요로 하지 않을 것입니다. 그렇지만 제가 떠나기 전에 당신이 언제 한 번이라도 진정한 사랑을 만난 적이 있었는가를 말씀해 주겠습니까?'

'적어도 한 번은 그랬지요. 우린 아직 먼 관계이니 당신이 알아도 괜찮겠지요. 3년 전 일이에요. 그때는 전 처음으로 진정한 사랑을 받았다는 느낌이 들었었어요.'

'계속 어떻게 되었는가를 물어 보아도 되겠습니까?'

'상관없어요.'

'제가 기혼이기 때문에 그는 그런 말을 하지 않았어요. 제가 남편을 사랑하지 않고 좋아하는 남자가 있다는 것을 알았을 때 그는 찾아와서 이혼을 하라고 제안했어요. 그러나 그렇게 되진 않았어요. 그때부터 이 남자는 저에 대한 걱정을 하고, 우릴 감시하고 제게 경고를 하면서 훌륭한 보좌인이요, 친구가 되었어요. 제가 그분 때문에 그 남자와 헤어지고 그를 멸시하고 떠나가서는 다시 오지 않았어요. 그분만이 저를 사랑했을 뿐 그 외엔 아무도 없어요.'

'...'

'그러니까 이제 당신도 떠나가시겠어요, 안 그래요? 우린 서로 너무 많은 이야기를 한 것 같아요.'

'안녕히 계십시오. 제가 다시 오지 않는게 더 좋겠습니다.'

나의 친구는 침묵을 지켰다. 잠시 후에 보이를 불러 돈을 지불하고 떠나갔다. 그리고 나는 그에게 참다운 사랑을 할만한 능력이 결여되었다는 결론을 내렸다. 그 스스로가 그런 말을 한 것이었다. 그렇지만 인간이 자기 결점에 대해서 이야기할 때는 최소한 그를 믿어야 한다. 많은 사람은 자기 자신에 대한 비난을 별로 하지 않기 때문에 완전하다고 생각한다. 내 친구는 그렇게 하지 않았다. 바로 진정한 사랑에 대한 그의 이상이 그를 현 상태와 같이 만들어 놓았는지도 모른다. 아마도 그 영리한 남자는 나를 조롱했을지도 모른다. 푀르스터 부인과의 대화가 순전히 그의 날조일 가능성도 있으니까. 왜냐하면 그가 극력 부인한다 할지라도 그는 은밀한 시인이기 때문이다. 그러나 이것 역시 나의 추측이고 착각일지도 모른다.

사랑을 위한 소나타

사랑의 슬픔

사랑의 기쁨은 잠깐이오
사랑의 슬픔은
영원하였노라.

꽤 오래 전부터 바로어 국의 수도 칸볼레 교외에는 귀족들이 수많은 호화 천막에서 진을 치고 있었다. 날마다 새로운 무술시합이 불꽃을 튀겼다. 승자에겐 헬체로이드 왕비(王妃), 카스티스의 처녀와 같은 과부, 성배왕(聖杯王) 프림텔의 아름다운 공주 등이 주어졌다.

무술을 겨루는 사람들 가운데는 영국의 펜드라곤왕, 노르웨이의 로드 욍, 알리곤 왕, 브란반트 공, 유명한 백작과 기사, 모르홀트와 리버린 등의 영웅들이 있었다.

그것은 볼프람이 지은 「파르찌발」의 두 번째 노래 속에 수록되어 있다. 어떤 이는 전적으로 무기의 자랑을, 어떤 이는 젊은 왕비의 아름답고 파란 눈을 찬양했으나 대부분의 사람들은 그녀의 기름지고 풍요한 나라와 성곽을 빼놓지 않고 기록했다.

숱한 고관 대작과 유명한 영웅들 외에 이름없는 기사나 모험가, 산적과 가난한 사람들도 떼지어 모여들었다. 그들 가운데는 자신의 천막을 갖고 있지 않은 이들도 있었다. 그들은 아무데서나 야영(野營)을 했다. 어느 때는 비바람을 피할 곳도 없어서 맨바닥에서 망토를 둘러쓰고 지내기도 했다.

그들은 가까운 들판에 말을 내몰아 아무렇게나 풀을 뜯게 했을 뿐만 아니라 누가 뭐라고 하거나 말거나 아랑곳없이 다른 천막에서 식사를 해결하곤 했다. 그들은 하나같이 시합에 나가려는 생각과 함께 행운과 우연을 기대했다.

아닌 게 아니라 그들이 지닌 말은 볼품이 없어 아무래도 승산은 극히 희박한 것일 수밖에 없었다. 상투적인 말로는 제아무리 용감무쌍한 기사라 할지라도 시합에서 이길 수 없는 노릇이었다.

대다수의 출전 희망자들은 싸우는 게 목적이 아니라 다만 출전해서 전체의 흥을 돋우거나 어떤 우연으로 인한 이익을 얻고 싶다는 생각뿐이었다. 그들은 하나같이 희희낙락했다.

매일같이 환대와 축연(祝宴)이 베풀어졌다. 어느 때는 왕비의 성에서, 또는 유력하고 부유한 귀족의 천막 안에서.

가난한 기사들 가운데는 경기의 결전이 자꾸만 늦춰지는 것을 은근히 좋아하는 사람들도 많았다.

175

사랑의 슬픔

말을 몰고 나가 산책을 즐기거나 사냥과 잡담, 술과 놀음, 시합을 구경하거나 한판 승부를 벌이곤 했다.

말의 상처를 치료하거나 부자나 고관의 사치와 낭비를 구경하면서 이리저리 쏘다니며 즐거운 나날을 보내고 있었다.

가난한 무명 전사 가운데 말셀이라는 사람이 있었다. 남국의 자그마한 남작의 의붓자식으로서 아름답고 다소 까칠해 보이는 행운을 찾는 젊은 모험가였다. 허름한 매무새에다 메릿서라는 야위고 늙은 말을 부리고 있었다. 다른 패거리와 마찬가지로 호기심을 앞세워 행운을 꿈꾸면서 축제 분위기와 흥겨운 생활에 잠시나마 끼어들고자 찾아온 것이었다.

자신의 나이 또래의 패거리와 이름 있는 소수의 기사들 사이에서도 그는 꽤 알려져 있었다. 그것은 다름아닌 기사의 신분으로서가 아니라 가수와 악사(樂士)로서였다.

그는 시를 지었으며 자신이 직접 지은 칸쪼네를 기타에 맞추어 퍽 아름답게 노래할 줄 알았기 때문이었다. 큰 도시의 저자거리처럼 흥청거리는 이 행사를 그는 몹시 흐뭇하게 여겼을 뿐 아니라, 즐거운 일이 잦은 이 활달한 진영이 될 수 있다면 오래 계속 되기를 바라고 있었다.

그런 어느 날 밤 후견인의 한 사람인 브라반트 공작이 뛰어난 기사들을 위해 마련한 왕비의 연회에 그를 참석하도록 초청했다.

제Ⅱ부 사랑은 아픔인 것을

말셀은 그와 함께 수도로 가서 왕궁에 들어섰다. 연회장은 휘황찬란했으며 커다란 접시나 항아리에는 맛있는 음식들이 그득그득 담겨져 있었다.

그러나 가련하게도 그는 그날 밤 돌아올 때 결코 즐거운 기분이 아니었다. 그는 왕비 헬체로이드를 보고 그 낭랑하게 울리는 목소리를 들었으며 달콤한 눈길에 취했던 것이다.

지금 그의 가슴은 어쩔 수 없이 그 여성에 대한 사랑으로 불타오르고 있었다. 그녀는 얼핏 소녀마냥 부드럽고 정숙하게 보였지만 어딘지 모르게 함부로 손닿지 않을 만큼 높은 곳에 위치하고 있는 게 사실이었다.

물론 다른 기사들과 마찬가지로 그에게도 왕비를 손에 넣기 위해 싸울 수 있는 권리는 똑같이 주어져 있었다. 무술 경기를 통해 행운을 얻을 수 있는 길이 자유롭게 열려 있는 셈이었다. 그러나 그의 말과 무기는 보잘 것 없는 것이었을 뿐만 아니라 스스로 큰소리칠 만큼 실력이 대단하지도 못했다.

두려움을 모르고 언제라도 흠모하는 왕비를 위한 싸움에 목숨을 걸만한 각오는 되어 있다곤 할망정, 그의 역량은 모르홀트나로트 왕, 리버린이나 기타 다른 용사들과는 비교가 되지 못하는 것이었다. 그 점은 그 자신도 잘 알고 있었다. 그럼에도 불구하고 그는 자기를 시험해 보려는 뜻을 굽히지 않았다. 자기의 말인 메릿서에게 빵과 구걸해서 얻은 상등품 건

초를 먹인 뒤에 제 자신도 규칙적인 식사와 수면을 취하여 몸을 단련했으며 볼품 없는 무기나마 정성껏 손질을 했다.

며칠 후 그는 이른 아침의 경기장으로 말을 몰아 크게 자기 이름을 외쳤다. 스페인의 기사가 그의 상대였다. 두 사람은 긴 창을 들고 맞겨뤘다. 말셀은 그 즉시 말과 함께 넘어졌다.

그의 입에선 피가 흘러내렸으며 전신이 쑤시고 아팠다. 그러나 그는 간신히 일어나서 부들부들 떨고 있는 말을 끌고 퇴장하여 부근에 있는 냇물에서 몸을 씻은 다음 그 자리에서 혼자 처량한 기분에 싸여 있다가 저녁 무렵 천막으로 돌아왔다.

어느새 사방에선 횃불이 타오르고 있었다. 그때 브라반트 공작이 그를 보고 알은체했다.

「오늘 자네는 무운(武運)을 점쳐 봤다지?」

공은 은근하게 말했다.

「또 한번 겨뤄볼 테면 이번엔 내 말을 이용하게. 만약 이기는 경우엔 그 말을 자네에게 주겠네. 지금은 기분을 전환시키고 편안한 저녁을 지내도록… 아름다운 노래나 한곡 들려주게나.」

가련한 기사는 그때 노래를 부르거나 떠들거나 할 기분이 아니었다. 하지만 말을 준다는 약속에 얼른 정신을 차리고 기운을 내어 공작의 말을 따랐다. 그는 공작의 천막에 들어서자 붉은 포도주 한 잔을 마신 뒤에 기타를 집어들었다.

그는 여러 곡의 노래를 불렀다. 친구나 귀족들은 칭찬을 아끼지 않았으며 그를 위해 건배를 했다.

「오, 훌륭한 가수여. 신이 그대에게 은총을 베푸시기를….」
하면서 공작은 자못 흐뭇해 했다.

「창을 휘두르는 무술 따위는 집어치우고 아주 내 집에 와서 사는 게 어떤가. 한평생 편히 지낼 수 있도록 해 줄 테니까.」

「친절하신 말씀은 정말 고맙습니다.」

하고 말셸은 자그마한 소리로 대답했다.

「그러나 공작님, 제게 좋은 말을 주신다고 약속하셨습니다. 다른 일을 생각하기 전에 더 한번 말을 타고 싸워보고 싶습니다. 기사들이 명예와 사랑을 걸고 싸우고 있는 동안엔 즐거운 날과 아름다운 노래가 과연 무슨 보람이 있겠습니까?」

그때 한 사람이 쿡쿡 웃었다.

「그래, 그대는 왕비를 얻으려고 생각하고 있는가, 말셸?」

그는 그 순간 분노가 치밀었다.

「비록 나는 가난한 기사에 지나지 않지만 당신들이 원하는 것은 나도 원할 권리가 있소. 설사 내가 왕비를 얻을 순 없을 지라도 나는 역시 왕비를 위해 싸우고 피를 흘리며 패배와 고통을 맛 볼 수는 있소. 왕비를 얻지 못한 채 겁 많게 편안한 생활을 즐기느니보다 차라리 왕비를 위해 죽는 편이 내겐 훨씬 떳떳하고 보람 있는 일이오. 만약 이 자리에서 내 이야길 비웃는 자가 있다면 그와 싸우기 위해 내 칼은 날이 서 있소. 기사들이여!」

사랑의 슬픔

공작은 그와 기사들을 토닥거리고 화해를 시켰다.

이윽고 저마다 잠자리로 돌아갔다. 그때 막 그 자리를 떠나려고 하는 말셀을 공작은 눈짓으로 불러세웠다. 그는 상대의 눈을 지그시 들여다보면서 은근하게 타일렀다.

「자네는 역시 혈기가 왕성한 젊은이야. 그래 끝내 꿈에 그리는 사람을 위해 고통과 유혈을 감수하겠다 그건가. 이봐, 자네는 결코 바로어의 왕이 될 수 없어. 헬체로이드 왕비를 자네가 차지할 순 없는 일이야. 그건 자네도 잘 알고 있을 걸세. 대수롭잖은 기사 한두 명을 말에서 떨어뜨렸다고 해서 곧 행운이 잡힐 줄 아나? 기필코 목적을 달성하려면 여러 사람의 왕과 리버린과 나와 기타의 영웅 전체를 쓰러뜨려야만 한다는 것을 알아야 해. 그래 정녕 싸울 의사가 있다면 맨처음에 바로 나를 상대하는 게 좋아. 만약 나를 쓰러뜨릴 수가 없다면 자네가 품은 환상을 깨끗이 버리고 내 휘하에 들어와야만 하네. 지금까지 여러 차례 이야기 해 왔지만.」

말셀은 흠칫 했으나 오래 생각할 겨를도 없이,

「고맙습니다, 그럼 내일 공작님과 마상(馬上)에서 겨루기로 하겠습니다.」 하고 대답했다.

그는 공작의 천막에서 나와 자기 말에게로 갔다. 말은 사뭇 반가운 듯 그를 향해 코를 불어 댔다. 그리고 그의 손에서 빵을 뺏아 먹으면서 주인의 어깨에 얼굴을 비볐다.

「너는 정말… 메릿서.」

하고 그는 낮게 속삭이며 그의 머리를 쓰다듬었다.

「그동안 나를 잘 따라 줬어. 하지만 우리는 차라리 이곳에 오기 전에 도중에 있는 숲속에서 죽어 버리는 게 좋았을 뻔 했어, 메릿서. 쯧쯧… 잘 자, 메릿서.」

이튿날 아직 동이 트기도 전에 그는 칸볼레의 거리로 말을 몰아 그 말을 팔아치우고 새 투구와 긴 구두를 샀다. 그가 떠날 때 말은 목을 늘여 그와의 작별을 아쉬워했다. 그는 성큼성큼 걸음을 옮겨 두번 다시 뒤돌아 보지 않았다.

이윽고 공작의 하인이 적갈색 말을 끌고 왔다. 젊고 다부지게 생긴 말이었다. 그와의 한판 승부를 위해서. 귀족이 직접 시합에 나선다는 소문에 구경꾼이 물밀듯이 모여들었다. 드디어 시합이 시작되었다.

첫 번째 대결에선 어느 쪽도 승리를 거두지 못했다. 브라반트 공작이 상대를 약간 깔보았기 때문이었다. 그러나 두 번째 승부에선 공작은 피라미와 같은 상대에게 틈을 주지 않고 맹렬히 공격한 순간 말셀은 말에서 굴러 떨어져 간신히 등자(등子)에 매달린 채 적토마에게 질질 끌려다녔다.

이 겁 없는 사나이가 상처 투성이가 되어 공작 전용의 한 천막 속에 뉘여져 간호를 받고 있을 무렵에 거리와 야영지에 온 세계에 그 용명을 떨친 영웅 거쉬밀레의 도착을 알리는 함

사랑의 슬픔

성이 진동했다. 위풍도 당당하게 그가 나타났다.

그 명성은 마치 밤하늘의 별처럼 반짝이는 것이었다. 이름 난 기사들은 이맛살을 찌푸렸으나 가난한 신분의 기사들은 마음껏 그를 환영했다.

아름다운 왕비 헬체로이드는 얼굴을 붉히며 멀리서 윙크를 보냈다. 다음 날 거쉬밀레는 당당한 풍채를 초지(草地)에 드러내고 상대와 맞서 싸움을 시작했으며 내노라 뽐내는 기사들을 차례차례 무찔러 나갔다.

군중의 화제는 온통 그에 대한 것이었다. 그는 승리자였다. 마침내 왕비의 남편이 되어 그 나라의 지배자로 군림하는 게 그에겐 마땅히 어울릴 듯만 싶었다.

병상에 누워 있는 말셀에게도 야영지(野營地)의 소식이 들렸다. 헬체로이드를 자기에게서 빼앗고 거쉬밀레가 찬양되고 있는 사실을 들었다.

그는 잠자코 천막의 벽 쪽을 향한 채 이를 악물며 차라리 죽어 버리고 싶은 심정이었다.

그러나 그는 그 이상의 놀라운 소식에 접했다. 공작이 그를 위문하고 옷가지를 선물한 자리에서 승리자에 관한 이야기를 했다. 또한 왕비 헬체로이드가 거쉬밀레에 대한 사랑의 포로가 되어 들떠 있음도 알아냈다. 그러나 그는 프랑스의 앤프리즈 왕비의 기사일 뿐만 아니라 또한 이교도(異敎徒)의 나라에 무어인 아내를 두고 있는 몸이었다.

공작이 돌아가고 난 후 말셀은 가까스로 자리에서 일어나 옷을 챙겨 입고 고통을 참아 가며 승리자 거쉬밀레를 찾아 나섰다. 구릿빛으로 햇빛에 그을린 전사, 우람한 손발을 자랑하는 밋밋한 거인을 보았다. 마치 도살자(屠殺者) 같았다.

말셀은 교묘히 성 안에 잠입하여 손님들 틈에 끼어들 수가 있었다. 그곳에서 그는 우아한 소녀와 같은 왕비가 행복과 수줍음에 겨워 볼을 붉히며 이국의 영웅에게 입술을 내맡기고 있는 광경을 목격했다. 파티가 끝날 무렵, 말셀의 후견인인 공작이 그를 알아 보고 눈짓을 해서 가까이 불렀다.

「외람되오나 이 젊은 기사를 소개해 드리겠습니다.」

하고 공작은 왕비를 향해 말했다.

「말셀이라는 가수이며 그의 노래는 때때로 저희들을 즐겁게 해 주었습니다. 원하신다면 한 곡 부르도록 하겠습니다.」

그러자 왕비는 공작과 기사를 향해 대답 대신 부드럽게 미소를 보내고 기타를 가져오도록 했다. 젊은 기사는 얼굴이 창백해진 채 깊숙이 고개를 숙여 인사를 한 뒤 곁에 놓인 기타를 조심스럽게 집어들었다.

그리고는 손끝으로 한 차례 줄을 퉁기고 난 뒤에 지긋한 눈길로 왕비를 바라보며 예전에 고향에서 지은 노래를 부르기 시작했다. 후렴삼아 각 절마다 짧은 이행(二行)을 곁들였다.

사랑의 슬픔

그것은 다름아닌 그의 상처받은 가슴에서 우러나온 것으로서 구슬픈 여운을 남겼다.

그날 밤 성 안에서 처음으로 불려진 그 이행의 가사는 이윽고 방방곡곡에 퍼져나가 많은 사람들에 의해 불려졌다. 그 가사는 이런 것이었다.

사랑의 기쁨은 잠깐이오.
사랑의 슬픔은 영원하였노라.

노래를 마치자 말셀은 성을 떠났다. 창마다 밝은 촛불이 드리워지고 그 빛살은 멀리 그의 등 뒤를 비쳤다.

그는 천막에 돌아갈 생각을 버리고 거기와는 반대되는 방향으로 걸음을 옮겨 어둠 속을 헤매고 다녔다. 기사의 신분을 버리고 기타 연주자(演奏者)로서의 방랑 생활에 나서기 위함이었다.

잔치는 끝나고 천막은 삭아 없어졌다. 브라반트 공작이나 영웅 거쉬밀레, 아름다운 왕비 등도 이미 수백 년 전에 죽고 칸볼레에서 일어닌 일이나 헬체로이드를 위한 시합 등도 지금에 와선 깡그리 잊혀졌다.

수 세기를 지나 남아 있는 것이라곤 데면데면하고 케케묵게 들리는 그들의 이름과 젊은 기사의 그 가사뿐이다. 그 노래는 지금도 애송되고 있다.

제Ⅱ부 사랑은 아픔인 것을

제 III 부

짜라투스트라와의 대화

때 늦게

젊음의 어쩔 수 없는 마음으로
수줍게 너를 찾아가
나직이 청을 했을 때
너는 웃었고, 그리고
나의 사랑을 희롱하였다.

이제 너는 지쳐서 희롱도 않고
고난에 싸여
어둑한 눈으로 바라다보며
그 옛날 내가 너에게 바치던
그 사랑을 가지려 한다.

아, 사랑은 이미 사라진 지 오래
다시는 돌아올 수 없는 것—
한때는 네 것이었건만!
이제 사랑은 어느 이름도 모르고
다만 혼자 있으려 한다.

짜라투스트라는 누구인가

짜라투스트라는 인간이야.
나인 동시에 그대야. 짜라투스트라는
자네들이 자기 자신 속에서 찾고 있는 인간,
유혹을 받지 않는 인간이야.

서울의 젊은이들 사이에, 짜라투스트라가 다시 나타나 여기저기의 골목이나 광장에서 볼 수 있다는 소문이 떠돌자 몇몇 젊은이들은 그를 찾으러 떠났다. 그들은 전쟁에서 돌아와 볼품없이 무너지고 변해버린 고향에서 침식도 불안해서 근심에 싸인 젊은이들이었다. 그들은 큼직한 일이 일어났음을 느끼고 있었으나 그 의미를 명백히 알 수 없었다.

많은 사람들에게 있어서는 그것은 무의미한 것으로 생각되었다. 그 젊은이들은 모두 젊은 시절 초기에 짜라투스트라를 예언자로 보고 그들의 지도자로 생각했던 것이었다.

그리고 그에 관해 씌여진 글을 젊은이답게 열심히 읽고, 거친 들판이나 산을 헤맬 때나 방안에서 등불 밑에 있을 때 그에 대한 이야기를 주고 받거나 생각하기도 했었다.

이렇게 짜라투스트라는 그들에게 있어서 신성한 것이 되어 있었다. 모든 사람들에게 있어서 그 자아와 자기의 운명을 맨 처음에 제일 강하게 불러 일으킨 목소리가 신성한 것이 되는 것처럼.

그 젊은이들이 짜라투스트라를 찾아냈을 때, 그는 넓은 대로에서 북적이는 사람들 틈에 끼어 벽에 기댄 채, 한 사람의 민중운동의 지도자가 자동차 위에서 붐비는 군중을 내려다보며 연설하고 있는 것을 듣고 있었다.

그는 귀를 기울이고 미소하며 많은 사람들의 얼굴을 바라보았다. 늙은 은사가 바다 물결이나 아침 구름을 바라보듯 그는 사람들의 얼굴을 바라보고 있었다.

그는 그들의 불안과 초조와, 어쩔 줄을 모르고 곧 울음을 터뜨릴 것같은 아이들처럼 안절부절한 태도를 보았다. 또 결의를 굳게 한 사람이나 절망한 사람들의 눈망울 속에 용기와 증오를 보았다. 그는 끈덕지게 보면서 연설자의 이야기에 귀를 기울였다.

젊은이들의 표적은 짜라투스트라의 미소였다. 그는 늙지도 않았고 젊지도 않았다. 교사나 병사처럼 보이지 않았다. 그는 하나의 인간처럼 보였다. ─생성의 암흑 속에서 금방 나온 인간, 또는 같은 종족의 최초의 사람인 것처럼 보였다.

제Ⅲ부 짜라투스트라와의 대화

잠시 그들은 과연 그가 짜라투스트라가 맞는지 모르겠다고 의심했으나 미소를 보고 틀림없음을 알았다. 악의는 없었으나 무턱대고 사람이 좋은 웃음은 아니었다.

그것은 전사(戰士)의 미소이며 많이 보거나 우는 일도 이제는 존중하지 않는 늙은이의 미소였다. 그것으로 그들은 그가 짜라투스트라임을 알았다.

연설이 끝나고 군중이 떠들썩하게 사방으로 흩어지기 시작하자 젊은이들은 짜라투스트라에게 다가가 조심스럽게 경의를 표하며 인사를 드렸다.

「오셨군요, 선생님」 그들은 더듬거리며 말했다. 「드디어 또 오셨군요. 환란이 극에 달했을 때 정말 잘 오셨습니다. 짜라투스트라 선생님! 선생님은 저희들이 무엇을 해야 하는가를 말씀해 주시고, 저희들의 앞장을 서서 전진해 주십시오. 모든 위험 중에 최대의 위험으로부터 저희들을 구해주실 것이지요.」

그는 미소를 지으며 그들을 따라 오라고 손짓하고 걸음을 옮겨놓으면서 경청하는 젊은이들에게 말했다.

「나는 매우 기분이 좋아. 그래 나는 또 왔어. 오늘 하루나 아니면 한 시간만, 나는 자네들이 어떤 연극을 하는지 구경하겠네. 연극이 벌어질 때 옆에 서서 구경하는 건 언제나 즐거운 일이지. 연극을 하는 때만큼 인간은 정직해지는 일이 없어.」

짜라투스트라는 누구인가

청년들은 그런 말을 듣고 서로 얼굴을 바라보았다. 그들 생각으로는 짜라투스트라의 말에는 너무나 많은 조소와 명랑함과 태연함이 있었다. 민중이 비참한 상태에 있는데 어찌하여 연극이니 어쩌니 하는 말을 할 수 있을까?

조국이 패배하고 붕괴하려는 판국에 어찌하여 미소를 짓고 즐거워할 수 있을까? 민중이나 민중 연설가나 이 다급한 시국이나 그들 청년 자신들의 엄숙함이나 두려움—그와 같은 모든 것이 그에게 있어서 어찌하여 단순한 눈과 귀의 즐거움이나 단순한 관찰과 미소의 대상일 수 있을까?

지금은 피눈물을 흘리며 울고 비명을 지르고 옷을 찢어야 할 때가 아닌가. 무엇보다도 지금은 행동을 해야 할 가장 좋은 때가 아닌가. 행동을 하고 모범을 보여 확실한 몰락에서 나라와 민중을 구해야 할 때가 아닌가.

젊은이들의 생각이 입으로 나오기 전에 그들의 생각을 알아차린 짜라투스트라는 말했다.

「자네들은 나한테 불만을 느끼고 있는 것 같군. 젊은 친구들, 나는 그설 얘기했었지만 역시 놀랐네. 이런 종류의 일을 말할 경우에는 그런 말과 함께 그 반대의 것도 존재하는게 보통이네. 우리 마음 속의 어떤 것은 그 반대를 원하지. 자네들에 대한 내 기분도 그렇다네. —하지만 자네들은 짜라투스트라와 얘기 하기를 바라지 않는가?」

190

제Ⅲ부 짜라투스트라와의 대화

「네, 저희들은 그걸 바라고 있습니다.」 그들은 열망을 보이며 외쳤다.

그러자 짜라투스트라는 미소를 지은 채 말을 이었다.

「그럼 사랑하는 이들이여, 짜라투스트라와 얘기하세. 짜라투스트라를 듣게! 자네들 앞에 서 있는 건 민중 연설가도 군인도 국왕도 장군도 아닐세. 늙은 전사, 익살군, 마지막 웃음의 발명자, 많은 심각한 슬픔의 발명자인 짜라투스트라일 뿐이야. 자네들은 인민을 통치하거나 패배를 회복하거나 하는 방법을 나한테서 배우지는 못해.

나는 자네들에게 대중을 지휘하거나 굶주린 사람을 진정시키거나 하는 방법을 가르쳐주지는 못하네. 그건 짜라투스트라가 잘하는 일도 걱정하는 일도 아니지.」

젊은이들은 입을 다물고 실망 때문에 슬픈 듯한 얼굴을 했다. 그들은 망설이며 화가 나는 것처럼 예언자와 나란히 걸으면서 끝내 대답할 만한 말을 찾지 못했다.

마침내 그들 중의 한 사람, 제일 어린 청년이 말문을 열었다 이야기하고 있는 중에 그의 눈은 불타기 시작했다. 짜라투스트라의 눈은 호감을 가지고 그에게 쏠렸다.

「그럼」 하고 제일 어린 청년은 입을 열기 시작했다.

「선생님이 하시려고 하는 말씀을 들려주세요. 만일 선생님이 그저 저희들이나 우리 국민의 곤궁을 비웃기 위해 오셨다

191

면 저희들은 선생님과 함께 산책하고 선생님의 훌륭한 지혜에 귀를 기울이는 것보다 더 좋은 행동을 알고 있습니다.

저희들을 보세요. 짜라투스트라 선생님, 저희들은 젊기는 하지만 군대에 복무하고 죽음에 직면했었습니다. 저희들은 이제 하찮은 장난이나 재미있는 소일거리로 세월을 보낼 생각은 없습니다. 저희들은 지금까지 선생님을 존경해왔습니다. 아아, 스승이여, 저희들은 사랑해 왔습니다. 그러나 저희들은 자신과 저희들의 국민에 대한 사랑은 선생님에 대한 사랑보다 큰 것입니다. 그건 알아주셔야 합니다.」

소년이 그렇게 말하는 것을 듣자 짜라투스트라의 얼굴은 밝아졌다. 그는 호의를 품고 아니, 애정을 품고 소년의 성난 얼굴을 바라보았다.

「젊은 벗이여!」 그는 호의에 가득 찬 웃음을 머금고 말했다.

「자네가 옛날의 짜라투스트라를 음미하지 않고서는 받아들이지 않으며 또 우선, 타진해 보고 그의 약점을 찾아보는 건 아주 옳은 방법일세. 자네가 의심하는 건 정말 무리가 아냐. 그리고 또 자네는 지금 씩 좋은 말을, 짜라투스트라가 기쁘게 들을 말 하나를 얘기했다는 걸 알고 있나. ―저희들은 짜라투스트라를 사랑하는 것보다 저 자신을 더 사랑합니다 ― 자네는 그렇게 말하지 않았는가. 그렇게 정직한 말을 나는 얼마나 좋아하는지 몰라! 그래서 자네는 나라고 하는 늙고

잡히기 어려운 물고기를 먹이로 낚았네. 오래지 않아 나는 자네 낚시 바늘에 걸릴 걸세!」

멀리 떨어진 대로에서 그 순간 총소리와 요란한 고함 소리와 전투의 시끄러운 여러 가지 소리가 들려왔다. 조용한 저녁 한 때의 정적을 뚫고 괴상할 만큼 미련하게 울렸다. 젊은 동행자들의 눈과 관심이 젊은 토끼처럼 그쪽으로 쏠리는 것을 보자 짜라투스트라의 목소리가 달라졌다.

그 목소리는 갑자기 멀리 낯선 곳에서처럼 울렸다―지난 날 처음 알게 되었을 때와 꼭 같은 것처럼 청년들의 귀에는 울렸다―그 소리는 사람들에게서나 오는 목소리가 아니라 별이나 신으로부터 나오는 목소리 같았으며, 또는 모든 사람이 자기 속에 신(神)을 가질 때 몰래 자기 가슴 속에서 듣는 목소리 같았다.

젊은이들은 조심스레 귀를 기울였다. 그들은 온갖 생각을 모아 짜라투스트라에게로 돌아왔다. 지금 그들은, 지난 날 신성한 산 너머에서처럼 그들의 최초의 청춘에 울렸고 미지의 신의 소리와도 같은 목소리를 다시 알아 들었기 때문이다.

「내가 하는 말을 듣게, 아들들이여!」 그는 엄숙하게 말하며 특히 제일 어린 청년에게 얼굴을 돌렸다. 「자네들은 종소리를 듣고 싶으면 함석을 두들겨서는 안 되네. 피리를 불고 싶으면 입을 포도주의 가죽 푸대에 대서는 안 되네.

짜라투스트라는 누구인가

내가 하는 말을 알겠는가, 젊은 친구여. 상기하게, 좋은 사람들이여, 잘 생각해 보게. 자네들이 그전에 취했을 때 짜라투스트라한테서 들은 얘기가 무엇이었나. 그건 무슨 상점을 위해, 또는 가두를 위해, 또는 싸움터를 위해 도움이 되는 따위의 지혜였는가. 나는 자네들에게 왕을 위한 조언을 주었는가. 나는 왕처럼, 또는 시민처럼, 또는 정치가처럼, 또는 상인처럼 자네들에게 얘기했는가. 아니지. 생각해보게, 나는 짜라투스트라속에서 자네들 자신을 볼 수 있도록 나를 자네들 앞에서 거울처럼 열어 보였지.

자네들은 언젠가 나한테서 〈무엇인가를 배웠는가〉. 나는 언젠가 말의 교사, 또는 사물의 교사였는가. 보라 짜라투스트라는 교사가 아냐. 그에게 묻거나 그로부터 배우거나, 필요한 경우에 도움이 됨직한 크고 작은 처방을 그의 입에서 얻어들을 수는 없지.

짜라투스트라는 인간이야. 나인 동시에 그대야. 짜라투스트라는 자네들이 자기 자신 속에서 찾고 있는 인간, 유혹을 받지 않는 인간이야. ―이째서 그러한 그가 자네들에 대해 유혹자가 되려는 생각을 품겠는가?

짜라투스트라는 많은 것을 보고, 많은 일을 번민하고, 많은 말을 하고, 많은 뱀에게 물렸어. 그렇지만 오직 한 가지 일을 그는 배웠지. 오직 한 가지 일이 그의 지혜이며 자랑이야.

그는 짜라투스트라이기를 배웠네. 그것이야 말로 자네들도 그로부터 배우려고 원하는 일일세. 그것이야말로 자네들이 항상 그렇게 되려고 해도 용기를 갖고 있지 못하는 점이네.

자네들은 내가 짜라투스트라이기를 배운 것처럼, 자네들 자신이기를 배우지 않으면 안돼. 다른 것이 되는 것은 전혀 무라는 것, 남의 목소리를 흉내낸다는 것, 남의 얼굴을 자기 얼굴이라고 생각하는 것임을 잊어서는 안 되네. ─그러니 벗이여, 짜라투스트라가 자네들에게 얘기할 때 그의 말에서 지혜나 흥정이나 처방이나 쥐를 잡는 사나이의 술책을 찾지 말고 그 자신을 찾게!

굳은 것이 무엇인가를 자네들은 돌에서 배우고, 노래가 무엇인가를 자네들은 새에서 배울 수 있지. 하지만 나한테서는 인간과 운명이 무엇인가를 배울 수 있네.」

195

그들은 이야기하는 사이에 거리의 끝머리에까지 왔다. 그리고 저녁 바람에 잎사귀가 흔들리며 살랑거리는 나무 숲 밑을 오랫동안 함께 걸었다. 그들은 많은 것을 그에게 묻고 자주 그와 더불어 웃었으며 자주 그에게 실망했다.

그들 중의 한 사람은 그날 저녁에 짜라투스트라가 그들에게 들려준 이야기, 또는 그중의 몇 가지를 친구들을 위해 적어두고 보존했다.

짜라투스트라의 고백

젊은이들 중에 짜라투스트라가
들려준 이야기 중 몇 가지를 친구들을 위해
적어 두고 보존한 사람이 있다.
그가 짜라투스트라와 자신의 이야기를
회상하여 적어둔 글은 다음과 같다.

짜라투스트라는 이렇게 말했다.

인간을 신(神)으로 하고, 인간이 신임을 상기시키는 한 가지
의 일이 인간에게 주어졌다. 그것은 바로 운명을 인식하는 일
이다.

짜라투스트라는 운명을 인식했다는 점에서, 스스로의 생
활을 살았다는 점에서, 나는 짜라투스트라이다. 스스로의 운
명을 인식하는 자는 적다. 스스로의 생활을 사는 자는 또한
적다. 스스로의 생활을 사는 것을 배우라! 스스로의 운명을
인식하는 것을 배우라!

그대들은 그대들의 국민의 운명을 매우 한탄한다. 그러나
한탄할 수 있는 운명은 아직 우리의 운명은 아니다. 그것은 우

리와는 인연이 적은 것, 적대(敵對)하는 것, 인연이 없는 신(神), 나쁜 우상(偶像)이며, 어둠 속에서 독화살을 쏘아대듯 운명을 집어던지는 것이다.

운명이 우상으로부터는 오지 않는다는 것을 배우라! 그러면 우상도, 신들도 존재하지 않는다는 사실을 아마 틀림없이 배우게 될 것이다!

여인의 태내(胎內)에서 어린애가 자라나듯이 운명은 각자의 태내에서 성장한다. 또는 그대들이 바란다면, 각자의 정신 가운데에서, 또는 넋 가운데에서라고도 말할 수 있다. 그것은 어쨌거나 마찬가지다.

여자가 어린아이와 일체(一體)하고, 그 어린애를 사랑하고, 어린애 이상 가는 것을 모르듯이―그대들도 그대들의 운명을 사랑하는 것을 배우고, 이 세상에서 자기의 운명 이상의 것을 모르게끔 되어야 한다. 운명이 그대들의 신이 되어야 한다. 그대들 자신이 그대들의 신이 되어야 하는 것이니까.

운명을 외부에서 받아들이는 사람은 운명에게 살해된다. 야생(野生)의 짐승이 화살에 맞아 죽듯이 운명이 내부에서, 자기의 가장 고유한 것에서 오는 그런 사람은 운명에 의해 강해지고, 신이 된다.

운명은 짜라투스트라를 짜라투스트라로 만들었다―그것은 그대들을 그대 자신들로 만들어야 한다.

짜라투스트라의 고백

운명을 인식한 자는 절대로 운명을 바꾸기를 바라지 않는다. 운명을 바꾸려고 바라는 것은 서로 달라붙어 싸움질을 하는 어린애 장난 같은 것이다.

그것은 그대들 자신의 노력이다. 그대들은 운명을 바꿀 수가 없었기 때문에 운명을 쓰디쓴 것으로 느끼고, 운명이 독(毒)인 것처럼 생각한다.

그대들이 운명을 바꾸려고 생각지 않고, 운명을 자신의 자식으로, 자기 마음에, 자기 자신으로 삼는다면—운명은 그 얼마나 달콤한 것이 될는지 모른다.

무릇 고통이라든가, 독이라든가, 죽음이라든가 하는 것은 자기 자신의 것이 될 수 없는, 받아들여진 운명이다. 이에 비해 모든 행위, 지상의 일체의 것, 기꺼운 것, 산출(産出)하는 것은 체험된 운명이며 내가 된 운명이다.

그대들은 긴 전쟁 전에는 지나치게 풍성했었다. 오오, 벗이여! 그대들은 그대들과 그대들의 부친은 지나치게 풍요로웠고 살이 쪘으며 배가 불러 있었다. 그러다가 그대들이 배에 아픔을 느꼈을 때, 그 때가 그야말로 그대들에게 있어 그 아픔 속에 운명을 인식하고, 운명의 좋은 소리를 들어야 할 때였을 것이다.

그러나 그대들은 배의 아픔에 화를 내며, 배 안에 이런 고통을 일으키게 만드는 것은 굶주림이다, 결핍이다, 이렇게 이름을 만들어냈다. 그리고는 약탈하기 위해서, 지상에 보다 많은 땅을 차지하고 배 안에 보다 많은 음식을 얻고자 전쟁을 시작했던 것이다.

그대들이 바라는 바를 차지하지 못하고 돌아온 오늘날 그대들은 다시금 슬퍼하고 한탄하며 온갖 종류의 비통을 느끼고 고통의 원천인 미운 적을 찾아 헤매고 있으며, 그것이 그대들의 형제건 아니건, 덮어놓고 쏘아죽일 작정으로 있다.

사랑하는 벗이여! 곰곰히 생각해 보아야 하지 않겠는가? 적어도 이번에는 고통을 보다 많은 외경(畏敬)으로써, 보다 많은 지식욕(知識慾)으로써, 보다 많은 남자다움으로써, 이렇듯 소심해지지 않고, 젖먹이 같은 울음소리를 내지 않고 자신의 고통을 가라앉혀야 하지 않겠는가? 쓴 고통은 운명의 목소리일 수는 없는가?

그대들이 그 목소리를 이해할 때 고통이 달게 느껴지는 일은 있을 수 없는가? 그렇게 되지는 않는 것일까?

그리고 또한 그대들의 국민과 국가를 어지럽히는 심술사나운 고통과 운명에 대해 그대들이 노상 큰 소리로 한탄하는 것을 나는 듣는다. 그 고통에 대해서 내가 많은 의심을 품고 있고, 믿는 데 많은 시간이 걸리며, 마음이 내키지 않는 것을 용서하라!

그대와 그대, 저기에 있는 저 사람, 그대들 모두는 과연 그대들의 국민을 위해서만 고통을 겪고 있는가? 조국을 위해서만 고민하고 있는가? 그 조국은 도대체 어디에 있는가? 조국의 머리는 어디에, 또 심장은 어디에 있는가? 그대들은 조국에 대한 치료나 간호를 어디서부터 시작하려 하고 있는가?

무어라고? 어제까지는 그대들이 근심으로 여기고, 자랑으로 여기며 신성하다고 간주하고 있었던 것은 황제(皇帝)였고, 세계제국(世界帝國)이었다고, 그렇다면 이 모든 것들은 오늘 어디로 갔는가? 어디로 사라졌는가?

고통의 근원은 황제가 아니었다. 황제가 고통꺼리라면, 황제는 이미 존재하지 않는데, 왜 고통이 존재하고, 그렇듯 모질게 아플 수가 있겠는가? 육군이나 함대가 고통꺼리도 아니었다. 또한 이러이러한 주(州)나 먹이가 그런 것도 아니었다. 그리고 그 사실을 그대들은 지금 비로소 깨닫고 있다.

—그런데도 그대들이 고통을 느낄 때, 지금도 옛날과 마찬가지로 어째서 조국이니 국민이니, 또한 그런 것, 비슷한 커다란 신성한 것을 입에 담는가? 그런 것에 대해서만 말하기란 손쉬운 일이다. 그런 일은 이따금 느닷없이 해소되어 존재치 않게 되는 것이다.

국민이란 누구를 가리키는 말인가? 연설가를 말하는가? 그의 말을 듣는 자를 말함인가? 그에게 찬성하는 자를 가리키는가? 아니면 그를 향해 침을 배알고 단장을 휘두르는 자를 말함인가? 어떤가?

저쪽에서 총소리가 들리는가? 국민, 그대들의 국민은 어디에 있는가?—어느 쪽에 있는가? 발포(發砲)하고 있는가? 아니면 발포되고 있는가? 공격하고 있는가? 아니면 거꾸로 공격당하고 있는가?

보라! 대단스러운 말을 노상 쓰고 있으면, 서로 이해하기란, 이해는 고사하고 자기 자신을 이해하는 것도 힘들어진다. 그대들, 그대와 저쪽에 있는 저 사람과 고통을 느낄 때, 심신(心身)에 불쾌를 느낄 때, 불안을 느끼고 위험을 예감할 때—단순한 농담이라 하더라도, 호기심에서라고 하더라도, 보다 건전한 호기심에서라고 하더라도 어째서 틀리는 질문방식을 해보려고 뜻하지 않는가? 고통은 그대들 자신 속에 숨어 있는 것이 아닌지 어떤지, 왜 캐내려고 하지 않는가?

그대들은 러시아인이 그대들의 적이고, 일체의 악의 근원이라고 한동안 확신했었고, 자신을 품고 있었다. 그런데 이내 프랑스인이 그 대신이 되고, 또 영국인이, 그리고 또 다른 것이 그것이 되었다. 그대들은 노상 확신하고 자신을 품고 있었다. 그리고 그것은 언제나 슬픈 희극(喜劇)이었으며, 불행으로 끝났다.

이제 그대들은 우리들 가운데의 고통을 적의 탓으로 돌리는 것으로 고칠 수는 없다는 사실을 깨달았다.—어째서 그대들은 지금도 그대들의 고통을 그 실제의 방향에, 즉 그대들 가운데에서 찾으려고 하지 않는가?

그대들에게 고통을 주는 것은 아마도 국민도 아니고 조국도 아니고, 세계지배권(世界支配權)도 아니고 데모클라시도 아니다—아마도 그들은 단순히 그대들 자신이며, 그대들의 위(胃)나 간장이며, 그대들의 몸 안의 종기거나 암(癌)이리라—그대들 자신은 대단히 건강하지만 안타깝게도 국민의 고뇌가 그대들을 이렇듯 괴롭히는 것이라고 위장하고 있는 것이라면, 그것은 진상에 대한, 의사에 대한 어린애의 공포와 진배 없다.

불가능한 것일까? 그대들이 이 방면에 전혀 호기심이 없는 것일까? 자신의 고뇌를 추구하고 어디가 그곳인가를, 또한 누구와 관계되고 있는가를 캐내는 것은 결국 각자에게 있어 도움이 되는 재미 있는 연습이 아닐는지?

그렇게 하면, 그대들의 고통의 3분의 1, 절반, 아니, 절반보다 훨씬 많은 것이 진실로 그대 자신들의, 그대 고유의 고통이라는 사실이 분명해지는 수가 있을는지 모른다. 냉수욕을 하거나 포도주를 마시는 분량을 줄인다거나, 그밖의 치료법을 행하는 편이 조국에 대해 이러쿵 저러쿵 공연한 잔소리를 붙이고 치료를 행하려고 하는 것보다 훨씬 유익하다는 사실이 아마도 분명해질지도 모른다.

제Ⅲ부 짜라투스트라와의 대화

분명해질지도 모른다고 나는 생각하거니와—그렇다면 이 얼마나 다행한 일인가? 그곳에 미래가 있지 않을까? 그곳에 그대들의 고통을 은혜로 바꾸고, 독을 운명으로 바꾸는 가능성이 있지 않을까?

그러나 그대들은 조국을 그대로 놓아두고 자기 자신들의 병을 고치는 것은 이기적이고 비열하다고 생각한다. 그 점에서도 보기에 그렇게 생각될 정도로 그대들의 생각은 틀림없이 완전히 바르지는 않을 것이다.

모든 환자가 자기의 육체상의 결함을 조국으로 끌어들이지 않고, 모든 괴로워하는 자가 조국에 이것저것 치료를 해보려 들지 않는다면, 그런 조국은 결국 보다 건전하게, 보다 번영한다고 그대들은 생각지 않는가?

아아, 젊은 벗들이여! 그대들은 젊은 생활 속에 매우 많은 것을 배웠다. 그대들은 전사(戰士)이고 백번이나 더 죽음에 직면했다. 그대들은 영웅이고 조국의 기둥이다.

나는 다만 그것으로 만족하지 말라고 부탁할 뿐이다. 더 한층 많은 것을 배우라! 더 한층 자진해서 노력하라! 정직이라는 것이 그 얼마나 아름다운가를 이따금 생각하라!

우리들은 무엇을 할 것인가

삶의 소리가 들리거든 귀를 기울이도록 노력하라.
운명의 태양이 그대들의 그림자를 조롱하거든
응시하도록 하라.

「우리들은 무엇을 할 것인가?」 이렇게 그대들은 내게 묻고 스스로 되풀이해서 또 묻는다. 행위는 그대들에게 중요시되며 절대적으로 높은 평가를 받는다. 나의 젊은이들이여, 그것은 좋다. 그렇지 않으면 그대들이 행위를 철저하게 이해한다면 좋을는지도 모르겠다.

그러나 내 말을 들어보아라. 「우리들은 무엇을 할 것인가?」라는 질문 그 자체는 그대들의 행위에 대해서 아는 바가 적다는 점을 내게 보여주고 있다.

젊은 그대들이 행위라고 부르는 것을 심산(深山)의 은자인 나는 달리 부르련다. 나는 그것에 대해서, 이 행위에 대해서 아름답고 애교있는 참된 이름을 붙이련다. 애교있게 익살을 부리며 아니면 그 반대로 변하게 하기 위해서 그것 즉, 그대들의 행위를 오랫동안 손가락 사이에서 돌려 볼 필요는 없을 것이다. 그것은 정반대이기 때문이다. 그대들의 행위는 내가 행위라고 부르는 것과는 정반대의 개념이기 때문이다.

오오, 벗들이여. 그 행동에, 이 노골적인 말을 들어보라. 이 말은 잘 들어보고 그 말로 그대들의 귀를 씻어보라.

전에 「나는 무엇을 할 것인가?」라고 물은 사람에게 단 한 번이라도 대답을 해준 적이 없었다. 행동이란 아름다운 태양에서 솟아나오는 광명이다. 이 태양이 착하고 올바르며 확실하지 않은 태양이라면, 그 태양이 불안에 싸여서 「나는 무엇을 할 것인가?」라고 묻는 그와 같은 태양이라면 그것은 결코 광명을 던지지 못할 것이다.

행동은 행위가 아니다. 행동은 꾸며내거나 잔재주를 부리지 않는다. 물론 나는 그대들에게 행동이 무엇인가를 말할 것이다. 그러나 그보다 앞서 친구들이여, 미안하지만 그대들의 행위가 내 눈에는 어떻게 비치었는가를 그대들에게 말하련다. 그러면 그대들은 더욱 이해할 수 있을 것이다.

그대들이 원하는 행동은 탐구와 의혹, 동요와 방황에서 백일하게 나타나게 된다. 사랑하는 젊은이들이여, 이 행위란 행동의 반대 개념이며 원수다.

그대들이 나에게 악의에 찬 말을 해도 좋다고 한다면 그대들의 행위란, 즉 비겁이라 말하리라. 그대들이 악화(惡化)하는 것을 보았다. 나는 그대들의 눈언저리에 그런 빛이 떠도는 것을 보지 않았다. 그런 징조를 보기가 무척 기뻤다. 그러나 좀 더 기다리고 내 말을 끝까지 들어보라.

젊은이들이여, 그대들은 군대이다. 그대들은 군인이 되기 전에 장사하거나 공장에서 일하는 등 그런 일에 종사했다. 그렇지 않은 경우라도 그대들의 부친은 그랬다. 그들과 그대들은 어떤 좋지 못한 교실 분위기로 말미암아 그 전설을 낳게 된 어떤 개념을 믿었다. 이 반대 개념들은 영원성에서 나온 것이며 신들로 말미암아 창조되었다.

그것들 자체가 그대들의 신이었다. 설사 그대들의 인간과 신이 신과의 대립을 인정하고 거기서부터 인간이란 존재는 신이 될 수 없고 도리어 그 반대라는 결론을 끄집어 내더라도 그렇다.

이리하여 〈짜라투스트라〉는 그의 깊은 의혹과 악평 때문에 그대들에게 대해서 이 성스러운 반대 개념에 관한 나쁜 신들을 그가 눈을 휘둥거리며 그대들을 믿고 있는 능동과 수동의 개념 앞에 그대들을 세울 때보다도 덜 단순하고 소박하게 밝힐 수가 없었다. 눈을 크게 뜨고 마치 늙은 은자가 그대들에게 보이려고 하듯이 능동과 수동을 보라.

능동과 수동, 이 두가지가 우리들의 삶을 이루고 있다. 이것은 전체인 동시에 하나다. 어린아이는 그가 이 세상에 나오게 된 것, 즉 출생을 겪었고 그가 젖에서 떨어지는 것을 견디어 내고 나중에 죽음을 당할 때까지 모든 것을 참아 나간다. 그러나 그에게서 일어나는 모든 행동중에서 그것으로 말미암아 칭찬과 사랑을 받는 가장 좋은 길은 잘 참는 일, 올바르며 전적으로 씩씩하게 참아내는 일이다. 잘 참을 줄 안다는 것은 반생(半生)이상이라 할 수 있다.

잘 참을 줄 안다는 것은 완전하게 살고 있는 것과 마찬가지이다. 이 세상에 태어나서 자란다는 것 자체가 참는 것이다. 씨는 흙을, 뿌리는 비를, 그리고 싹은 벌어지는 것을 허용한다.

나의 친구들이여, 이와 같이 인간은 운명을 참는다. 운명은 흙이고 비며 자라나는 것이다. 운명은 슬픈 것이다.

그러나 그대들은 행위를 슬픔으로부터의 도망, 이 세상에 태어나지 않는 것을 바라는 마음, 즉 고생으로부터의 도피라고 부른다. 그대들이 밤이나 낮이나 상점이나 공장에서 떠들 때, 그대들이 참으로 많은 담배 연기를 공중에 날렸을 때 그대들 또는 그대들의 부친은 그것을 행위라고 불렀다.

그러나 그대들이 이 활동성을 행위라고 계속 부른다면 나를 억지로 웃게 하는 결과가 될 뿐이다. 이 활동성은 행위가 아니다. 고생에서 도피하는 것 뿐이다.

인간이 고독하다는 것은 서글픈 일이다. 그래서 사회를 이

룩했다. 그대들이 원하는 가지 각색의 소리를 자신의 내부에서 듣는다는 것은 서글픈 일이다. 그대들은 스스로의 삶을 살고, 스스로의 운명을 찾고, 스스로의 죽음을 갖지 않으면 안 된다. 그래서 그대들은 멀리 달려가서 기계와 망치를 가지고 요란스러운 소리를 내며, 그 소리는 멀리까지 울려서 조용해질 때까지 멎지 않는다.

그대들의 부친, 선생들 그리고 그대들 자신도 그렇게 했다. 그대들에게 고생이 요청되었지만 그대들은 화를 낼 뿐 참으려고 하지 않았다. 그대들은 오로지 행동으로 옮기려고 하였다. 그러면 그대들은 어떤 행동을 취했던가.

그대들은 처음에는 그대들의 진기한 일터에서 소음과 마비의 신에게 제물을 바쳤다. 두 손에 일거리를 잔뜩 쥐고 일하지 않으면 안되었다. 그대들은 참고 듣고 숨쉬고 삶의 밀크를 빨고 천국의 광명을 마시는 시간의 여유가 하나도 없었다. 아니다. 그대들은 언제나 계속해서 행동하지 않으면 안되었다.

행동해도 아무 소용이 없게 되었을 때, 그리고 운명이 그대들 내부에서 점점 썩어서 독기를 띄게 되었을 때 그대들은 그대들의 행동을 확대시켜, 처음에는 공상 속에서 그 다음에는 실지로 원수를 만들었다.

이리하여 그대들은 전쟁에 나가서 씩씩한 용사가 되고 영웅이 되었다. 그대들은 정복했고 가장 불합리한 일을 참아냈으며 거대한 일을 감행하였다.

그럼, 지금은, 과연 잘 되었는가. 그러면 지금 마음 속은 조용하고 기쁨에 가득 차 있는가. 운명의 맛은 달콤한가. 아니다. 그 맛은 전보다도 더 쓰다. 그래서 그대들은 바삐 새로운 행동으로 옮겨 갔으며, 거리로 달려 나가 덤벼들고 소리치고 시 의원을 뽑고 다시 총에 탄알을 장진했다.

그리고 이 모든 것은 그대들이 영원히 고생에서 도피하려고 꾀했기 때문이다. 그것은 그대들 자신으로부터의 도피며 그대들 영혼으로 부터의 도피다.

나는 그대들이 내게 말하는 소리를 듣는다. 그대들은 내게 묻는다. 그대들이 참은 것은 고생이 아니었느냐고. 그대들의 형제들이 그대들의 품에 안겨서 죽었을 때, 그대들의 사지가 땅 속에서 묻혔을 때, 또는 외과의의 메스 밑에서 경련을 일으켰을 때, 그것이 고생이 아니었느냐고. 그렇다, 이 모든 것이 고생이었다.

그것은 스스로 원하고 억지를 써서 얻은 초조한 고생이었다. 그것은 운명을 변경하려는 의욕이었다. 그리고 그것은 영웅이었지만, 그래도 운명을 도피하고 운명을 변경하려고 하는 그런 영웅이 될 수 있는 한도 내에서의 것이었다.

그대들은 그 현상이 남성에 있어서보다는 여성에게 더욱 빈번이 나타나는 점을 주의해 보라. 아름다운 여성에게서 배

우리들은 무엇을 할 것인가

워라. 삶의 소리가 들리거든 귀를 기울이도록 노력하라.

운명의 태양이 그대들의 그림자를 조롱하거든 응시하도록 하라. 인생에 대한 경외를 배워라. 그대들 자신에게 대한 경외를 배워라.

고생에서 힘이 솟아 나오고, 고생에서 건강이 우러 나온다. 갑자기 졸도하고, 지나가는 바람에 우는 것은 언제나 허약한 사람이다. 그들은 바로 고생을 참으려고 수양하지 않은 사람들이다. 고생은 끈기있게 강철처럼 단단하게 해야 한다. 고생이 무서워서 도망치는 것은 어린 아이들이다.

어린아이 상태로 있으려고 하는 사람들을 나는 어떻게 사랑할 수 있을 것인가. 그러므로 고생이 두려워서 행동속으로 도피하려고 하는 그대들은 모두 고통과 암흑을 두려워하는 어린아이의 한심스러운 심정을 갖고 있는 것이다.

그리고 그대들이 많은 행동과 노력과 연기로 이루어진, 공업기술로 이룩한 것을 보라. 도대체 거기에 남아 있는 것이 무엇인가. 금전은 없어져 버렸으며 금전과 더불어 그대들의 비겁한 열성의 모든 빛도 사라져 버렸다.

그 이외에 그대들의 모든 행위와 더불어 낳았던 행동은 어디로 갔는가? 위대한 사람, 빛나는 사람, 범인, 영웅은 어디 있는가. 그대들의 황제는 어디 있는가. 그의 후계자는 누구인가. 그리고 그대들의 예술은 어디 있는가.

그대들의 시대를 정당하게 인정해 주는 그대들의 업적은 어디 있는가. 위대하고도 깊은 사상은 어디 있는가. 그대들은 너무나 고생이 적었고 거기다가 고생하는 것이 서툴러서 근사하고 빛나는 것을 만들지 못했다. 근사하고 빛나는 행동이란 실천으로 오는 것이 아니며, 활동이나 근면이나 노력에서 오는 것도 아니다.

행동은 외로이 산위에서 자라나며, 고요와 위험이 있는 산봉우리 위에서 자라난다. 행동은 그대들이 참도록 수양하지 않으면 안되는 고생 속에서 자라난다.

젊은이들이여, 그대들은 나에게 고생을 만드는 훈련소와 운명의 대장간에 대해 물었다. 그대들은 그것을 모르는가. 알 것이다. 때문에 이제, 언젠가 민족에 관해서 이야기하고 대중과 관계를 맺고 있을 뿐더러 오로지 그들과 더불어 그들을 위해서 고난을 겪으려고 하는 그대들에게 고독에 관해서 말하려 한다.

고독이란 운명이 자기를 자기 자신으로 이끌려고 하는 길이다. 고독이란 사람이 가장 두려워하는 길이다. 거기에는 귀신도깨비가 있다. 거기에는 뱀과 두꺼비가 숨어 있다. 거기에는 무서운 괴물이 엿보고 있다.

외로운 황야에 있는 고독한 사람과 개척자에 관해서, 그들이 길을 잘못 들었기에 수많은 고생을 하며 병에 걸렸다는 이야기도 많이 있다. 이렇듯 사람들은 어떤 위대한 영웅적 행동에 관해서 마치 그가 범죄를 행한 것처럼 이야기하기를 좋아한다. 그것은 그와 같은 행동에 이르는 길에 빠지지 않도록 조심하는 것이 상책이기 때문이 아닌가.

사람들은 짜라투스트라에 관해서, 그는 미쳐서 생각했다고 말한다. 결국 그의 언행은 모조리 미친 수작이었다고 말한다. 그대들은 그렇게 말하는 것을 들을 때 마음 속으로 부끄러워 얼굴이 화끈 달아 오르는 것처럼 느끼지 않는가.

저 미친 사람에게 속았다는 것은 보다 고귀하다. 그대들에게 보람있는 일을 알려 주었다. 그대들이 그것에 대해 용기를 가지지 못한다는 점에 그대들은 부끄러워해야 하지 않는가. 사랑하는 젊은이들이여. 나는 고독에 대해서 그대들에게 노래를 불러 주련다.

고독이 없이는 고생도 없고 또 고독이 없이는 영적인 행위도 없다. 나는 은자의 동굴에서, 샘물이 그렇게 자랑스럽게도 졸졸 흘러 나오는 산에서, 극장에서, 시인이 갖는 그러한 고독을 말하는 것이 아니다.

어린아이가 어른이 되는 것은 단 하나의 길이며 유일한 과정이다. 외로워지고 너 자신이 되고 부모에게서 멀어지는 것, 이 아이가 어른이 되는 과정도 그것일 뿐, 아무도 그를 완전하게 할 수는 없다. 그의 부모도, 그의 친구도.

각자는 그리고 신성한 은자와 산속에 사는 울부짖는 곰도 몸에 살을 지니고 다닌다. 그는 부모와 그 밖에 모든 가까운 친척, 피가 통하는 흩어져 있는 일가와 한 가닥의 실을 질질 끌고 다닌다. 오, 친구들이여. 그대들이 그다지도 따뜻한 마음으로 민족이나 조국에 관해서 이야기할 때 그 실이 그대들의 몸에 걸려 있는 것을 보면 나는 빙그레 웃는다.

그대들의 위대한 사람들이 그들의 사명이나 책임에 관해서 이야기할 때 실은 기다랗게 그들의 입에서 삐쭉 나온다. 그대들의 위대한 사람들, 지도자와 연설가는 그들 자신의 사명에 관해서 결코 이야기하지 말라. 그들의 운명에 대해서도 결코 이야기하지 말라. 그들은 모친에게로 거슬러 올라가는 실에 흐뭇하고 기분좋게 매달려 있으니까.

시인들은 정서도 풍부하게 어린 시절과 그들의 깨끗한 기쁨에 대해 노래부르며 다시금 그것을 회상한다. 그러나 행복스럽게 세상을 떠날 때가 아니면 아무도 그 실을 전적으로 끊어버릴 수 없다.

대부분의 사람들은 결코 고독을 맛보지 못했다. 그들은 옛날에 부모와 헤어졌지만, 그것은 오로지 결혼하여 새로운 부모의 따뜻한 애정과 결합 관계로 들어가기 위한 것이었다. 그들은 한번도 혼자서 외롭거나 혼자서 이야기한 적이 없었다. 고독한 사람이 그들의 앞을 지나가면 그들은 그를 병균처럼 두려워하고 미워하며 돌을 던져 멀리 쫓아 버린다.

그 고독한 사람이 그들에게 멀어져야만 그들은 비로소 안심한다. 별나라와 냉냉한 우주의 향기를 풍기는 차가운 공기 그리고 고향과 보금자리의 아담하고 그윽한 향기를 그들에게는 전혀 볼 수 없다.

〈짜라투스트라〉는 이 별나라의 이 냉기를 몸에 지니고 있었다. 〈짜라투스트라〉는 고독한 길을 상당히 멀리 걸어갔다. 그는 고생의 도정에 앉아 있었다. 그는 운명의 대장간을 보았으며 그 속에서 단련을 받았다.

아아, 친구들이여. 내가 그대들에게 고독에 관해서 더 많은 이야기를 해야 될지는 모르겠다. 나는 마음 속으로 그대들이 그 길을 걷도록 유혹하고 싶은 생각에 설레인다. 또 나는 그대들에게 우주의 차가운 환희의 노래를 불러주고 싶은 생각도 간절하다.

그러나 나는 상처를 입지 않고 이 길을 갈 수 있는 사람은 극소수에 지나지 않는다는 사실을 알고 있다.

사랑하는 젊은이들이여, 모친·고향·조국·민족·명예 그리고 이 사회의 모든 달콤한 것이 없이는 살아 나가기 어렵고, 추위 속에서는 유쾌하게 지낼 수 없으며 또한 길을 가던 사람도 대부분 사라져 버렸겠지. 그러나….

사람들이 고독을 맛보고 그들 자신의 운명에 불빛을 던져

주기 위해서는 멸망에 대해 냉담하지 않으면 안된다. 허나 불행속을 간다 하더라도 한 민족이나 많은 사람들과 행동을 같이한다면 그리 어려운 일도 아니라고 생각한다.

시대와 민족이 부과한 사명에 헌신한다는 것은 보다 쉽고도 위안이 되는 일이지. 사람들이 가득 찬 거리에서 그들이 얼마나 좋아하는가를 보라. 전쟁때 그들의 목숨은 도박에 건거나 마찬가지다. 그러나 어둡고 추운 굴 속을 헤매는 것보다는 대중과 함께 있기를, 그들 가운데 파묻혀서 지내기를 사람들은 훨씬 좋아한다.

그럼 나는 우리의 젊은이들을 어떻게 유혹할 수 있는가? 마치 운명이 선택되지 않은 것처럼 고독도 선택되지 않지만 운명을 끌어 잡아 당기는 마석을 우리가 지니고 있는 경우에는 고독이 우리를 엄습한다. 많은 사람들이 황야에 나아가 샘물같이, 은자의 집에서 나무같이 지냈다. 그러나 다른 사람들은 많은 사람들의 혼잡 속에 파묻히고 있다. 그들의 이마에는 어느새 싸늘한 별빛이 감돌고 있었다.

그러나 자기 고독, 그림으로 그리거나 시로 읊은 고독이 아니라 그의 고독, 그에게 던져진 단 하나의 고독을 찾은 사람은 행복하다. 고생할 줄 아는 사람에게 행복이 있다. 가슴 속에 마석을 간직하고 있는 그에게 행복이 온다. 운명이 그에게로 찾아오고 행동이 그에게서 나온다.

우리들은 무엇을 할 것인가

젊은이들이여, 슬픔을 거두자

그대들 눈앞에 가로놓여 있는 무한정의 곳에
목표를 두지 말라. 그들이 그대들의 모든
아름다운 목적을 파괴해버린 이마당에 있어서
목적에 헌신하지 말라.

그대들은 〈스파르타크스〉라고 불리는 사람에 관해 나의 의견을 들으려 할 것이다. 그대들의 조국에서 열렬히 행운을 빌고 장래를 기대하려고 생각하는 자들로 말미암아 이들 폭도와 같은 노예들은 그래도 내 마음을 가장 즐겁게 해 주었다.

이 사람들은 어떻게 결심했을까. 그들이 어떻게 선뜻 그리고 똑바로 그들의 길을 선택했으며, 그들은 어떻게 똑바로 갈 줄 알았던가. 참으로 그대들의 시민들도 다른 재능이나마 약간 가졌던들 그대들의 조국은 구제되었을는지도 모른다.

그러나 그대들의 조국이 이 독일 극우 혁명 당원에 의하여 멸망된 것은 아니다. 그 사람들이 이런 명칭을 표방한 것은 진기한 일이지만 또한 운명이라고 말할 수 없을까. 그들은 무식하며 거치른 주먹을 사용하는 폭도들일뿐더러 문화와 교양에 역행하고 있다. 그들은 그들의 앞잡이로 말미암아 하나의 명칭을 변조시켜서 곧장 하늘로 향해 역사와 학식의 냄새를 풍기게 하였다. 그리고 그들이 그렇게 멀리서 그렇게 먼 고대로부터 모색해 왔던 그 명칭도.

고대 로마 제국이 멸망한 것과 마찬가지로 우리 현재의 낡은 세계도 멸망하지 않으면 안된다. 그 이름이 사실을 말해주고 있으며 그리고 당연하다.

낡은 세계는 우리를 그것에 결합시키는 모든 아름다움과 사랑스러움과 더불어 몰락하지 않으면 안된다. 그러나 과연 옛날 그 당시의 낡은 로마 세계를 전복시킨 것은 노예 폭동의 두목 〈스파르타크스〉였던가. 그것은 나사렛 예수, 야만인들, 금발의 용병, 우리가 아니었던가. 아니다.

〈스파르타크스〉는 역사에 빛날 훌륭한 영웅이다. 그는 용감하게 속박의 쇠사슬을 끊었으며 칼을 휘둘렀다. 그러나 그는 노예를 인간으로 만들지는 못했다. 그리고 그는 그 당시의 귀족 제도의 심부름꾼으로서 관여했던 것 뿐이다.

그러나 제발 폭력과 학교 선생의 이름을 가진 이 사람들을 멸시하지 말라. 그들은 준비 태세를 갖추고 있었고 운명을 예감했으며 몰락에 대해서 반항하지 않았다. 이 과단성 있는 사람속에 남아 있는 그 정신을 존경하라.

젊은이들이여, 슬픔을 거두자

절망은 영웅주의가 아니다. 그대들은 직접 그것을 전쟁에서 경험하지 않았는가. 그러나 절망이란 그가 돈지갑을 빼앗기는 위협에 직면해서 비로소 영웅주의에 호소하는 시민의 둔한 불안감 보다야 낫지 않을까.

사람들이 무엇을 공산주의라고 부르는가. 우리들은 잘 알고 있다. 이것이야 말로 먼지가 뽀얗게 앉은 연금술사의 작업장에서 나온 너무나 낡고 약간 우스꽝스러운 처방이다. 그들이 말하는 소리에 귀를 기울이지 말라.

그러나 그들이 하는 행동에는 주의해야 한다. 이 사람들은 그런 행동을 할만한 능력을 가지고 있다. 왜냐하면 그들은 설사 소문이 빠르고 추잡한 옆길을 걸었다고 하더라도 무르익은 운명에 가까이 접근했기 때문이다.

그대들은 그들보다도 더 많은 가능성, 더 높은 가능성을 가지고 있지만 아직도 시발점에 있다고 할 수 있다. 그와 반대로 그들은 종착점에 있으며 그들은 또한 웅변술에 있어서 그대들 보다도 훨씬 월등하다. 우리의 친구들이여, 그것은 마치 몰락을 재촉하는 모든 사람들이 주저하거나 뒤떨어진 자들을 훨씬 능가하는 사실과 같다고 할 수 있다.

젊은이들이여, 내가 보기에는 그대들은 조국의 몰락을 너무나 지나치게 한탄한다. 설사 조국이 틀림없이 몰락한다 손치더라도 그것이 잠자코 신음도 하지 않고 몰락한다면 더 가치가 있고 시원할 것이다. 그러하면 몰락이 어디 있는가. 그렇지 않으면 그대들이 조국이라고 부를 때 항상 그대들의 돈주머니와 배를 뜻하는가. 또는 그대들의 황제나 엊그제 열렸던 화려한 오페라를 말하는가.

만일 그대들이 말하는 조국이, 세계를 풍부하게 하고 행복스럽게 만들었다는 그대들 조상이 말하는 조국이 민족을 그토록 사랑했다면, 그대들은 무엇 때문에 조국의 멸망과 몰락에 대해 말하려고 하는가. 나는 그 이유를 도무지 이해할 수 없다.

조국은 금전·영토·선박·세계·권력 등 많은 것을 잃었다. 만일 그대들이 이것에 참을 수 없다면 스스로 황제의 기념비 밑으로 가서 자기 자신의 손으로 목숨을 끊어 버리는 것이 낫겠다. 그러면 나는 그대들에게 만가를 불러 주리라.

그러나 일어서지 말라. 그대들은 방금 독일 민족을 찬양하는 노래를 불렀으며, 그 노래에서 세계의 병을 고치는 것은 독일이라고 외쳤다. 그러나 이번에는 애원하면서 세계 역사에 동정을 호소할 수 밖에 없다.

그대들은 이제 벌받은 학생이지만 길목에는 서지 말라. 아예 지나가는 사람들의 동정에 호소하라. 그대들이 빈곤을 참을 수 없다면 차라리 죽어라. 그대들이 황제나 개선한 장군들 없이는 정치해 나갈 수 없다면 외국 사람의 지배를 받아

젊은이들이여, 슬픔을 거두자

라. 그러나 제발 부끄러움만은 완전히 잊지 말라. 그리고도 그대들은 우리 원수들이 무섭지 않다고 외치는가. 그들은 압도적인 승리를 했어도 몇 배가 거칠고 야비하지 않는가. 그들은 권리를 주장하고 권력을 행사하지 않는가. 성의와 공평이라고 기록하면서 약탈과 탈취를 일삼지 않는가.

그대들은 정당하다. 나는 그대들의 원수를 변호하지 않는다. 나는 그들을 사랑하지 않는다. 그대들이 어떻든지간에 그들은 결과적으로 야비하고 모략과 구실에 가득 차 있다.

그러나 친구들이여, 과거에는 사정이 달랐던가. 그리고 변경할 수 없는 것을 영원히 새삼스럽게 소리 높은 불평 속에 붙들어 매놓는 것이 우리들의 임무였던가.

우리들의 임무는 내가 보기에는 대장부 남자다웁게 몰락하거나 씩씩하게 살아 나가는 것이다. 그러나 어린아이처럼 울부짖는 것은 아니다.

우리들의 임무는 우리들의 운명을 인식하고, 우리들의 고통을 우리들의 것으로 만들고, 고통의 쓰라림을 감수하고, 우리들의 고통에 익숙하게 되는 데 있다. 우리들의 목표가 부강해져서 함선과 군대를 보유하는데 있는 것은 아니다.

우리들의 목표는 어린아이의 망상이 아니다. 우리에게 함선과 군대, 권력과 금전 같은 것이 중요했던가, 두 눈으로 똑똑히 보지 않았는가. 그것을 벌써 잊었는가.

젊은이들이여, 우리들의 목표를 일일이 열거해서 말할 수 없지만, 우리의 목표는 모든 사물의 그것과도 같이 운명과 하나가 되는 데 있다. 우리들이 만일 그렇다면 우리들은 크고 작고 부유해지고 가난하고 공포에 싸이고 조소를 당하든지 간에 그렇게 문제가 되지 않는다.

그 점에 관해서 그대들은 군사 위원회나 정신 노동자에게 연설을 시켜 보아라. 그대들은 전쟁과 고난을 겪을 때 그대들 자신으로 돌아오지 못했다. 그리고 그대들은 본성을 찾지 못하고 몰락하고 만다.

그러나 그대들은 내 말을 이해한다. 그것은 그대들의 눈초리를 보면 안다. 그대들은 산 속에 사는 노인, 그 나쁜 늙은이의 신랄한 말 속에서 위안을 느낀다.

그대들은 그가 그대들에게 대하여 고통·운명·고독에 관해서 입 밖에 낸 말을 기억한다. 그대들은 고난을 겪는 동안에도 고독의 입김을 느끼지 않았던가.

그대들의 귀는 운명의 가느다란 목소리에도 민감하게 되지 않았던가. 그대들은 그대들의 고통이 나중에는 보람있게 과실을 맺게 되리라고 느끼지 않았던가.

그대들의 고통이 최고의 존재에 대한 표창·장려·경고가 될 수 있다는 예감을 갖지 않았던가.

허나 그대들 눈앞에 가로 놓여있는 무한정의 곳에 목표를

젊은이들이여, 슬픔을 거두자

두지 말라. 그들이 모든 그대들의 아름다운 목적을 파괴해 버린 이 마당에 있어서 목적에 헌신하지 말라. 내가 그대들에게 간곡히 부탁하건데, 그대들은 신이 그대들에게 말을 걸었다는 점을 부끄러워 하지 말라. 그대들은 표창받고 선발되었으며 초빙당했다는 사실을 알아야 한다.

그러나 이것저것 즉 세계 지배권·상업·민주주의 또는 사회주의의 사명을 띄우도록 선발된 것은 아니다.

그대들이 선발된 것은 슬픔 속에서도 그대들 자신으로 돌아가도록, 고통 속에서도 잃어버렸던 그대들 자신의 호흡과 심장의 고동을 다시 회복하도록 하기 위해서였다. 또 그대들이 선발된 것은 하늘의 공기를 마음껏 마시는 어린아이가 어른이 되기 위해서였다.

젊은이들이여, 슬픔을 멈추어라. 어머니의 품에서 떠나 달콤한 빵을 먹지 못하게 되었다고 해서 눈물을 흘리지 말라. 쓰디쓴 빵을 먹을려고 수양하라. 대장부 남자의 빵, 운명의 빵을 달갑게 먹도록 하라.

보라. 그대들이 가장 바란 희망이, 아끼고 사랑했던 조국이 다시 그대들의 눈앞에 나타날 것이다.

그대들은 고독으로부터 외양간도 보금자리도 아닌 공동체 속으로 되돌아 올 것이다. 그곳은 또한 남성들의 협동 사회이며 한계가 없는 영역, 그대들의 부친이 명명한 바에 의하면

신의 나라이다.

설상 그대들의 국경선이 좁다고 하더라도 그곳은 모든 도덕을 위한 공간이다. 또 설상 그대들이 훌륭한 장군을 하나도 갖지 못한다고 하더라도 그곳은 모든 용감성을 위한 공간이다.

젊은이들이여, 내가 그대들의 입에 오를 때 나에게 회오의 정을 일으키게 하는 그대들의 말이 있다. 기가 막혀서 도리어 쓴 웃음이 터져 나올 지경이다. 그것은 세계개조란 말이다. 그대들은 이 노래를 그대들의 동맹이나 군대에서 부르기를 좋아한다.

그대들의 황제와 모든 그대들의 예언자들은 각별히 이 노래를 즐겨서 부른다. 이 노래의 후렴은 독일적 본질의 시구(詩句)이며 획복의 상징이다.

친구들이여, 우리들은 세계가 좋으냐 나쁘냐에 관한 비판을 포기하지 않으면 안된다. 우리들은 세계를 개조하려는 진기한 주장을 단념하지 않으면 안된다. 세계는 자주 비난을 받았다. 세계를 비난하는 자는 잠을 잘 자지 못했거나 또는 너무나 많이 먹었기 때문이다. 세계는 종종 행복하다고 칭찬을 받았다. 세계를 칭찬한 자는 방금 처녀와 키스했기 때문이지만.

세계는 개조되기 위해서 존재하는 것이 아니다. 또한 그대들도 개조되기 위해서 존재하는 것은 아니다. 오로지 그대들은 그대들 자신이 되기 위해서 존재한다.

젊은이들이여, 슬픔을 거두자

그대들이 존재하는 것은 이 울림, 이 소리, 이 그림자만큼 세계가 더 풍부해지기 위해서이다. 너 자신이 되어라. 그러면 세계는 아름답고 풍요로워질 것이다. 만일 너 자신으로 돌아가지 않고 거짓말쟁이나 비겁한 자가 된다면 세계는 빈약해지고 너 자신부터 개조해야 한다.

하필 이 이상스러운 시기에 세계 개조의 노래가 다시 그렇게 힘차게 불리우며 그다지도 과격하게 울부짖는다. 그 소리는 얼마나 거칠고 불행하고 우둔하게 들리는 것일까. 그 노래는 어떤 그림에도 들어맞는 사진틀과 같은 것이다.

그 노래는 황제나 경찰관, 그대들이 자랑하는 독일의 유명한 대학 교수들 그리고 〈짜라투스트라〉의 옛 친구들에게도 들어 맞는다. 또 이 무미건조한 노래는 민주주의와 사회주의, 국제연맹과 세계 평화, 국가주의의 폐기와 새로운 국가주의의 창설에도 어울린다.

그대들의 원수는 그대들과 합창해서 노래를 불렀다. 그 합창에서 어떤 사람은 다른 사람에 반대해서 노래를 불렀으며 또 어떤 사람은 다른 사람이 부르는 노래로 죽이려고 했다. 그대들은 깨닫지 못하는가. 가는 곳마다 이 노래가 불리는가 하면 포켓에서 주먹을 불끈 쥐고 이기주의와 사리사욕에 눈알이 돈다는 사실을.

때문에 자기 자신을 높이고 수양하려고 생각하는 고상한

사람의 이기심이 문제가 아니라 돈과 지갑과 허영과 공상이 문제가 된다.

사람은 자기 자신을 부끄러워 하는 경우에 있어서 그말의 뒤에 숨어 있는 뜻을 알지 못하는 때가 많음을….

젊은이들이여, 세계가 이미 개조되었는지 또는 세계가 반드시 개조된다고는 할 수 없으며, 좋건 나쁘건 간에 항상 똑같은 상태에 머물러 있는지도 나는 모르겠다. 나는 알지 못한다. 나는 철학자가 아니며 그 방면에 대해서는 호기심도 없다. 그러나 나는 다음과 같은 점을 알고 있다. 즉 과거에 세계가 사람으로 말미암아 개조되고 활발해지고 즐거워지고 재미있어졌다고 하면, 세계는 개조자에 의해서가 아니라 참다운 이기주의자에 의해서 그렇게 되었다는 사실을.

나는 그대들도 이기주의자에 속한다고 주장하고 싶다. 진지하게 그리고 본격적으로 이기주의자적인 사람들은 아무런 목표도 없고 아무런 목적도 정하지 않는다. 그들은 살기만 하고 자기 자신이기만 하면 그것으로 만족하기 때문이다. 그들은 많은 고난을 겪었다. 그러나 그들은 고난을 겪기를 좋아한다. 오로지 그들이 겪어야 하는 것이다.

잘 전염되고 고유적이며 독특한 병이라면 그들은 앓기를 좋아한다. 죽지 않으면 안 되는 것이라면, 잘 얻어진 자기의 죽음이라면 그들은 스스로 죽기를 원한다.

젊은이들이여, 슬픔을 거두자

이것들로 말미암아 아마도 세계는 가끔 개조되었는지도 모르겠다. 마치 가을날의 작은 구름, 작은 갈색의 그림자, 쏜살같이 날아가는 새로 말미암아 좋아지는 것과도 같이. 그러나 이따금 몇 사람이 세계를 방랑하는 것 이상으로 더 많은 개조를 필요로 한다고 생각하지 말라.

가축이나 양떼가 아니라 날아가는 새나 바닷가의 나무가 우리들을 축복하듯이, 우리들의 마음을 즐겁게 해 주는 것은 몇 사람의 인간이다.

그들은 그들이 존재하고 그와 같은 것이 있다는 사실만으로 축복해 준다. 만일 그대들이 야심에 불탄다면 젊은이들이여, 그러면 이 명예를 탐내라. 그러나 명예란 위험스러운 것이고 고독 속을 지나가며 까닥 잘못하면 목숨을 잃는 경우조차 있음을 알아야 한다.

내 자신 속의 신(神)을 찾아서

이 세계는 신선하지만 언제까지나
어린아이의 상태로 있을 수 없듯
아늑한 고향의 보금자리 속으로
파묻혀 있을 수는 없다.

그대들은 독일 사람이 사랑을 받지 못하고 오히려 미움을 받을 뿐더러 공포의 대상이 되고 악착같이 기피되는 원인이 어디에 있는지 깊이 생각해 본 적이 있는가. 그대들은 다음과 같은 광경을 보고도 이상스럽게 느끼지 않았던가.

즉 그대들이 많은 병력과 승산을 가지고 시작했던 전쟁에 있어서 그리고 전쟁이 진행되는 사이에 차츰차츰 그리고 끊임없이 하나씩 민족들이 그대들의 상대방에게 투항하고 그대들을 버리고 그대들에게 부당한 짓을 한 것을.

그렇다. 그대들은 깨닫고 한없이 불만스러웠다. 그러나 그렇게 버림을 받고 외롭고 오해받는 것을 도리어 자랑으로 여겼었다. 그러나 들어 보라. 그대들은 오해를 받은 것이 아니다. 이해하지 못하고 착각에 빠진 것은 그대들 자신이었다.

그대들 독일 젊은이들은 그대들이 갖지도 않은 도덕을 언제나 자랑으로 여겼으며 그대들의 원수에 대해서는 악덕하다고 가장 많이 비난 공격을 퍼부었다.

그런데 사실인즉 그들은 그대들에게서 그 악덕을 배웠던 것이다. 그대들은 항상 독일의 도덕에 관해서 말하며, 성실성과 다른 도덕들을 거의 그대들의 황제나 민족의 발명품이라 생각했다.

그러나 그대들은 성실하지 못했다. 그대들 자신에게 대해서 성실하지 못했다. 그리하여 온 세계의 증오를 일으킨 것이 아니었는가.

그대들은 말한다. 아니라고. 그것은 우리들의 환상이었고 결과였을 뿐이라고. 그러나 아마 상대방도 그대들이 장사치의 논리로 타산하는 것처럼 생각했을 것이다.

그러한 근거는 우리들의 생각이나 어떤 평판하고 민첩한 공상적인 생각보다 더 깊은 곳에 언제나 놓여 있다. 상대방이 그대들에게 그대들의 돈을 주지 않으려고 하더라도 또 그것이 그들을 급하게 하더라도 내버려 두어라.

그러나 아무 시기심도 일으키지 않고 온 세계가 환호하는 성공도 있다. 왜 그대들은 한번도 그와 같은 성공을 거두지 못하고 언제나 다른 성과만을 거두었는가.

제Ⅲ부 짜라투스트라와의 대화

그것은 그대들이 그대들 자신에게 불충실했기 때문이다. 그대들은 당치도 않은 역할을 했다. 그대들은 독일적인 도덕으로부터 황제와 리하르트 바그너의 도움을 빌려서 하나의 가극을 만들었다. 그런데 이 세상에서 그것을 그대들 자신보다 더 진지하게 생각해 줄 사람은 아무도 없다.

그대들은 그렇게 화려하게 번쩍이는 가극 무대 뒤에서 그대들의 모든 어둡고 노예적이며 과대망상적인 충동이 제멋대로 일어나서 날뛰도록 내버려 두었다.

그대들은 언제나 입으로는 신을 찾지만 동시에 손으로는 지갑을 더듬고 있다. 그대들은 항상 질서·도덕·조직을 말하면서 사실인즉 돈을 벌 궁리를 하고 있다. 그리고 그대들은 바로 그것으로 그대들의 원수에게서도 언제나 똑같은 광기를 보려고 생각했다는 사실을 폭로하고 있다.

그대들에게 있어서 어떤 것을 뜻하든지간에 그들이 도덕과 권리에 관해서 무어라고 말하는지 들어보라.

그리고 그들이 실제 어떻게 생각하는지 살펴보라. 그대들은 영국 사람이나 미국사람이 웅변을 토할 때면 눈을 깜박거리면서 마주 쳐다 본다. 그대들이 깜박거리는 것은 이와 같은 웅변 뒤에 무엇이 숨어 있는가를 알고 있기도 하다.

그대들은 그대들 자신의 마음에서 우러나오는 것이 아니라면 어떻게 해서 그 사실을 그렇게 자세히 알 수 있는가.

내 자신 속의 신(神)을 찾아서

내가 그대들을 슬프게 했다고 오로지 그것만을 비난하라. 그대들은 서로 옳다고 시인하는 점에 있어서는 대단히 익숙하다. 불친절한 행동의 부당성을 지적하고 비난하며 그것을 풀기 위해서 그들은 왔다. 그러나 나는 그대들에게 말한다. 사람들이 이 세상에서 삶을 지지하고 지탱해 나가기 위해선 슬픔과 괴로움을 주고 받을 수 있지 않으면 안된다고.

이 세계는 신선하지만 언제까지나 어린아이의 상태로 있을 수 없듯 아늑한 고향의 보금자리 속으로 파묻혀 있을 수는 없다. 이 세계는 무섭고 이루 헤아릴 수 없으며 오로지 강력함과 능숙함만을 사랑한다. 그것은 또한 스스로에게 성실한 자들을 사랑하게 한다.

모든 다른 것들이 이 세상에 있어서 오로지 짧막한 삶의 결과 밖에는 안된다. 그 성과란 그대들의 독일이 정신적으로 몰락한 이 때 그대들이 상품과 조직적 면에서 거두었던거와 같은 그런 성과다. 그런 성과는 어디로 가버렸는가.

그러나 아마도 이제 그대들을 위한 시기가 온 것 같다. 그 때가 온 것이다. 위기는 그대들의 의지를 긴장시킬 만큼 충분히 중대하다고 생각한다. 삶의 신비스러운 뜻에 직면해서 새삼스럽게 구태여 일을 꾸며대거나 도피하려고 하지는 말아야 한다.

다만 대장부 남자답게 씩씩하게 그대들 자신을 믿고 그대들 자신에게 대해서 진실성과 성실성을 잃지 말아야 한다.

우리의 젊은 친구들이여, 이것은 내가 이제 책망과 비난을 통해서 그대들에게 암시를 주었으며 그리고 주지시켰다고 생각하기 때문에 하는 말이다. 즉, 내가 그대들을 사랑하고 그대들에게 대해서 어떤 믿음을 갖고 그대들에게서 장래를 기대한다는 사실이다.

그리고 내 말을 믿어라. 나는 늙은 은자이며 천기를 좌우하는 신비스러운 점장이이기에, 몇 번이나 확증된 섬세하고도 정평있는 냄새나는 코를 갖고 있다. 그렇다, 나는 그대들을 믿는다.

내 마음 속에 옛날부터 깊은 사랑을 간직하고 있는 그대들 속의 그 무엇을 그리고 여러 사람들 속에 있는 그 무엇을 믿는다. 그리고 장래와 어느 가능성과 몇 겹으로 쌓인 구름 뒤에서 번쩍이는 유혹적인 개연성을 믿는다.

바로 그 때문에 나는 그 점을 믿는다. 왜냐하면 그대들은 아직도 어린아이이고 어리석은 짓을 밥 먹듯 하며 이런 유치한 생각을 머릿속에 지니고 있기 때문이다.

아아, 이렇게 어린아이의 어리석은 생각이 어른의 현명한 생각과 바뀌어질 수 있다면. 이 경솔한 믿음이 확고한 믿음으로, 이 섬세한 애정이 도덕적인 신으로 이 특수성과 감수성이 섞인 성격이 대장부의 고집으로 바뀌어질 수 있다면….

내 자신 속의 신(神)을 찾아서

그대들은 이 세상에서 가장 경건한 민족이다. 그대들의 경건성은 어떤 신들을 창조했던가. 황제와 하사관이다. 그리고 그들을 대신해서 이제 이렇게 세계를 축복해 주는 사람들이 나타났다.

　　그대들은 자신 속에 깃들은 신을 찾기 위해 노력하기 바란다. 그대들이 지닌 그 신비스러운 것이 앞으로 경외의 것이 되기를 바란다. 언젠가 마치 그대들의 군주나 국가에 대해 느낀 것과 똑같은 경외를 느껴 주기 바란다. 그대들의 경외가 이제는 무릎을 꿇지 않고 대장부답게 튼튼한 두 다리로 꼿꼿이 지탱될 수 있게 되기를 바란다.

젊은이들에게 주는 나를 위한 편지

이 무서운 심연에 다리를 놓아 방해나 가면을 버리고
그대에게 말할 수 있게 되기 위해서 나는 모든 순간에 대하여
등을 돌리고 그리고 우리의 공통적인 여러가지
소유와 기억을 환기시켜 보지 않으면 안된다.

사랑하는 젊은이들이여, 나는 조용히 앉아 친구들에게 편지를 쓰려고 한다. 그것은 그대들을 위해서 쓰는 편지고 동시에 또 나 자신을 위해서 쓰는 편지이다.

왜냐하면 당신은 지금 병으로 신음하고 있기 때문이다. 그리고 나로서도 홀로 언덕 집 속에 살고 있으므로, 당신이 도저히 상상할 수 없는 고통감에서 가끔 오해받거나 이용당할 염려없는 사람을 상대로 해서 이야기하고 그런 사람에게 내 마음을 호소하는 것이 아무래도 필요하기 때문이다.

물론 나는 지금 혼자 살고 있는 것이 아니다. 나에게는 〈니논〉이 있다. 그 여자는 성실한 반려자이지만 그래도 하루가 길어서 견딜 수 없는 때가 있다. 거기다가 니논은, 어떤 가정의 여자도 그렇지만 일이 태산같이 쌓여서 쩔쩔매고 있다. 그래도 나는 그 여자에게 매일밤 체스를 같이 두자고 하며 책을 읽어 달라고 한다.

그래서 오늘 아침 나는 친구에게 편지를 쓰려고 생각했다. 그대들에게 정다운 인사를 보내고 옛날 일을 기억 속에 환기시키려는 것이다. 그러나 그런 일조차 결코 쉬운 것은 아니다. 나는 요즘 그대에게서 한동안 소식을 듣지 못했다.

내가 아는 사실이라곤 단지 내가 건강을 해쳐서 요양과 간호가 필요하다는 그 정도다. 그러나 그대가 있는 곳에서는 그것이 어려울는지 모르겠다. 아니, 나는 지금 그대의 생사조차 모르고 있다. 그리고 가령 그대가 살아 있다는 사실을 안다고 하더라도 나는 생활·주택·방 그리고 그대의 일상 생활을 상상해 볼 수도 없다.

여러분은 아직도 집을 가지고 있다. 그것은 많은 사람에게는 부러운 행복일지도 모르겠다. 집안에는 사람들이 우글우글 그칠 새 없이 법석대며 출입한다. 그리고 거기에 모여서 어떻게 생활하고, 무슨 이야기를 하고, 무슨 생각을 하는지 여기에 있는 나에게는 도무지 상상조차 할 수 없다.

그대들에게는 걱정, 조심과 기쁨, 즐거움이 이것저것 한 두 가지가 아닐 것이다. 그것들은 모조리 머나먼 미지의 암흑세계 속에서 일어난 사건처럼 느껴진다. 거의 어떤 다른 별 속의 사건처럼 그곳에의 불안과 환희, 낮과 밤, 삶과 죽음도 우리와는 다른 법칙에 따라서 다른 형태를 보이고 다른 뜻을 가지고 있는 별처럼 느껴진다. 그러나 모두 저쪽에 있는 전설과 같은 독일의 사건이다.

우리는 최근까지도 침략욕과 잔학 때문에 이 나라를 무서워하고 있었다. 그리고 우리는 오늘날의 이 나라를 우리 집 문 앞에서 빈사 상태에 빠져 있는, 또는 벌써 죽어버린 이웃 사람처럼 무서워한다. 우리는 그 사람을 보면 무서워서 소름이 끼치지 않을 수 없다. 무엇인지 우리가 모르는 나쁜 병을 가져오기 때문이다. 그래서 살아 있을 때도 무서웠지만 죽어서도 무섭기는 마찬가지다.

나는 그대들이 무엇에 둘러 싸여 살고 있는지, 무엇을 가지고 살고 있는지 전혀 모르고 있다. 무슨 옷을 입고 탁자 위에는 어떤 테이블 보가 깔려 있는지, 어떤 찻그릇과 접시를 사용하고 있는지 전혀 상상조차 할 수 없다. 또 창문의 어느 부분까지 저 무서운 괴물이 침입했는지 아무것도 알 수 없다.

허물어진 집들, 파괴된 거리와 정원, 이 무서운 황폐와 비애가 그대의 일상 생활 속에 스며드는가, 또 어떻게 그 상처가 낫고 새로운 것으로 보이는가 도무지 알 수 없다.

나는 도저히 달리 생각할 수 없다. 우리가 그대들의 생활을 상상해 볼 수 없는 것과 마찬가지로 또 그대들도 우리의 생활

속으로 들어와서 추측해 볼 수 없을 것이다. 그대들은 우리의 생활을 마치 전쟁 전과 같이 또는 히틀러 이전의 생활과 같은 것일꺼라는 정도로 생각할는지 모르겠다. 왜냐하면, 우리는 전쟁의 재화를 입지 않았기 때문이다.

우리는 아무런 고난도 겪지 않았으며 아무것도 잃지 않고 또 희생한 것도 없다고 사람들은 말한다. 우리같은 조그만 중립주의자는 그대들 패전국 사람의 눈으로 보기에 당치 않게 행복에 겨운 것처럼 보이리라. 머리 위에는 제대로 지붕이 덮혀 있으며 접시속에는 매일 수우프가 있었다. 만일 그대가 내마을이나 내 집 일을 생각한다면 반드시 당신은 이곳이야말로 평화의 섬이고 작은 낙원이라고 생각할 것이다.

그런데 우리 자신으로는 가난하고 초라한 모습으로 전락하여 인생의 가장 좋은 것을 사취당한 것처럼 느끼고 있다.

독일 친구 한 사람은 스위스의 어느 신문 논설을 반박할 때 식도락가라는 욕설을 서슴지 않고 퍼부었다. 독일의 어떤 유명한 교육가는 우리를 향해, 나처럼 히틀러 시대와 전시를 조용히 햇빛이 비치는 따뜻한 곳에서 살아온 사람은 오늘날의 독일에 대하여 발언할 자격이 없다고 비난한다.

그렇지만 그런 일은 내게 아무런 상관이 없을는지도 모른다. 왜냐하면 나는 오늘날의 독일에 대해서 발언할 생각이 조금도 없고 또 그런 마음을 일으킬리도 만무하니까. 그러나 세계가 우리를 어떻게 보는가는 스스로 명백하다. 우리는 햇빛이 따뜻한 곳에서 일광욕을 하고 맛있는 음식을 배부르게 먹었다. 우리가 몇 해 동안 체험해 온 저 복잡한 사건을 이렇게 단순하게 생각하며 간단한 형식으로 풀 수 있다니. 미국이 독일에 대한 공격으로 말미암아 군사적으로 응수하는 것이 지당하다고 생각하기 훨씬전부터 우리들의 아이들은 몇 해 동안이나 군인으로서 제복을 입고 있지 않으면 안되었다.

사실 히틀러에 의해서 또 폭격으로 말미암아 내 생애의 작품 전체는 파괴되었으며, 처의 친척이나 친구들은 히틀러의 강제수용소에서 독가스로 암살당했다.

이런 일이 전쟁과 모든 참극으로 단련받은 국민에게는 말할 필요도 없을는지 모르겠다. 요컨대, 어느 모로 보나 우리와 국경 저쪽에 있는 것 사이에는 미지와 몰이해의 심연이 커다란 입을 벌리고 있다. 물론 고의로 이해하지 않으려는 심연도 양자의 거리를 떼어놓고 있다.

이 무서운 심연에 다리를 놓아 방해나 가면을 버리고 그대에게 말할 수 있게 되기 위해서 나는 모든 순간에 대하여 등을 돌리고 그리고 우리의 공통적인 여러 가지 소유와 기억을 환기시켜 보지 않으면 안된다. 그러면 그 순간에 전부 해명되리라고 생각한다.

그러면 그대는 아디스고, 나는 헤르만이다. 내가 스위스에 살지 않으면, 당신도 독일 사람이 아니다. 우리들 사이를 멀리 하는 국경도 없고 히틀러도 없다. 그리고 당신이 내 생활을 생각해 볼 수 없고 내가 또 당신의 생활을 상상해 볼 수 없다고 하더라도, 우리는 많은 회상으로 가득찬 저 나라에서 단 한 사람인 가족의 이름을 어떤 이웃 사람, 어떤 바느질품 파는 여자, 어떤 가정부의 이름, 그렇지 않으면 또 어떤 좁은 거리나 냇물이나 숲의 이름에서 찾을 수 있다.

그러면 옛날과 조금도 다름없는 사람들의 모습이 떠오른다. 그리고 정숙과 미의 존재의 힘이 큰 광채를 낸다. 그것은 그 후 우리들의 생활이 여지없이 찢기고 뒤죽박죽이 된 모습에서는 그릴 수도 없는 것이었다.

내 편지가 그대에게 도달할 것인가 어떤가는 그만 두기로 하더라도 나는 지금 그 심연을 넘어 서먹서먹함을 없애 버렸다. 그리하여 한 시간 동안이나마 그대와 이야기를 하고 있다. 이제는 아주 멀리 다시 돌아오지 못하는 세계 속에 들어가버린 것처럼 보이고 그러면서도 완전한 현실이 되고 완전한 광명이 되어서 나타나는 저 아름다운 그림의 세계를 그대의 기억에 떠오르게 하고 나 자신도 회상에 잠기고 싶다.

지금 그대의 주택에서 가구에 둘러싸여 있으면 그대 모습은 반 밖에 보이지 않거늘. 그러나 바젤의 뮬러 베크의 집 일이라든지 그리고 정원에 있었던 밤나무를 생각하면 그대 모습이 눈앞에 여실히 나타난다. 또는 많은 계단을 몇 층이나 높이 올라가 제일 높은 지붕밑에서 겨우 발을 땅바닥에 붙이고 산의 경사지로 뻗쳐있는 정원 쪽으로 나갈 수 있게 되어 있었던 우리들의 오래된 칼브의 집을 생각할 때도 그렇다. 또 우리들의 언덕을 걸으며 바르트 박사나 브름할트와 친밀하게 교제하고 있었던 목트링겐으로 가는 길을 생각할 때도 그렇다.

또 우리 두 사람이 수레를 타고 국화와 양귀비꽃이 만발했었던 보리밭이나 또는 은백색의 엉겅퀴 꽃이 피어있는, 또 그 부근에 줄기가 기다란 용담꽃이 가득히 피어 있었던 황무지를 통해서 이리 저리 산보하고 돌아다녔던 여름 일요일날 아침을 생각하면 뚜렷하게 그대 모습이 떠오른다. 만일 그대가 여기 있다면 그리고 맞대고 이야기 할 수 있다면 그대는 많은 모습을 회상에서 불러내오고 소생시켜 주었을 것이다.

그렇지 않아도 회상 속의 모습은 목장의 꽃처럼 무궁무진하다. 그리고 우리들이 그 회상을 받아들이고 우리들의 마음을 그것에 대해 열면 단지 우리들이 어렸을 때의 황금으로 빛나던 신화가 되살아 날뿐만 아니라, 우리들 주위를 둘러싸며 양육하고 교육해 준 세계의 모습이, 양친과 조상의 세계가 독일적이면서 또 기독교적인 세계이며, 슈봐벤적이면서 동시에 국제적인 그런 세계가 부활한다.

그 세계는 모든 영혼이 어떤 기독교도의 영혼과도 같은 자격으로, 유태인·니그로·힌두교나 중국 사람도 자연스럽게 동화되는 것이다. 우리의 양친과 조부모들이 봉사하고 있었던 전도를 통하여 이를 여러 형제들은 친밀한 관계를 가지고 우리들의 환상과 영혼의 세계 속에 아로 새겨져 있었다.

우리들은 그런 사람들이나 그런 나라의 사정을 잘 알고 있었을 뿐만이 아니라 그 나라에서 우리집 손님으로 와 있었던 몇 사람과 친지도 되었다.

인도에서 조부모에게로 손님이 찾아오면 그분이 독일 사람이건 인도에서 돌아온 유럽 사람이건 회화 속에 산스 크릿트가 사용되는 것을 들을 수 있었을 뿐더러 오늘날 인도에서 사용되고 있는 몇 나라 말과 문장도 들을 수가 있었다.

그리고 우리집 가정 분위기로 말하면 얼마나 비국가적이며 비국수적이었을까! 거기에는 또 슈봐벤의 조부와 함께 라틴계의 조모가 살고 있었다. 우리들의 부친은 독일계 러시아 사람이다. 아이들을 따져보더라도 맏아들은 인도 태생으로 영국 사람이고 둘째 아들은 슈봐벤대학에서 공부하도록 되어 있어서 베르베르크로 귀화하였다. 그리고 다른 아이들은 바젤의 시민이었다. 부친이 바젤에 체재하는 동안 〈시민권을 돈으로 사서〉 영주하게 되었기 때문이다. 물론 우리들에게 평생 참다운 국가주의자가 되는 것을 불가능하게 한 것은 이 사정만도 아니었을 것이다. 그런 것도 중요한 이유였다.

제Ⅲ부 짜라투스트라와의 대화

사람의 숫자가 너무나 많은 이 지상에서 국가주의적인 사대주의의 와중에서 단지 우리의 옛날 일이나 뜻깊은 유서를 생각해 보기만 하면 그런 망상에 사로잡히지 않도록 단단히 방비할 수 있었다는 것은 우리들 두 사람에게 좋은 일이었다. 그래서 그대는 과거에 참다운 〈독일 여성〉이었던 적은 없었으며 한편 또 그대에게는 내가 식도락가라고도 할 수 없었다.

작년 여름, 나는 니논의 협조를 얻어 또다시 시(詩)의 선집을 만들었다. 25년 이래 세번 째로 나온 셈이다. 아담하게 만든 값싼 책이었다. 그리고 표제의 뒷장에는 〈내 누이, 동생 아데에레에게 바친다〉라는 말이 적혀 있다.

그대는 아직 받지 못했다. 그러나 내 편지는 아직도 그대에게 가는 도중에 있는 지도 모른다. 그래서 그대는 적어도 내가 이런 일을 하는 것은—이 작품이 내 생애에의 추억이기 때문에—당신을 생각하고 나의 바로 옆에 있어 줄 당신을 느끼고 있었다는 사실을 알게 해 줄 것이다.

그리고 나는 또 《청춘은 아름다워라》라는 제목의 소설을 대중판으로 출간시켰다. 그 소설은 내게는 물론, 그대에게 있어서도 전쟁의 또 저 위기 이전의 시대에 쓰여진 과거의 내 소설 가운데서 가장 정다운 것 중 하나였다. 그것은 우리들의 청춘 시대를, 우리들의 양친의 집과 그 당시의 우리들의 고향을 은근히 정답게 묘사하고 또 소중히 지켜주었다.

우리들을 육성하고 형성시켜 준 세계는 어떤 세계였던가. 나는 그 소설을 썼던 그 당시 그다지 뚜렷하게 인식하지 못하였다. 하지만 참으로 도장을 찍은 것처럼 특색있는 독일적이며 신비적인 세계였다. 그러나 그것은 전세계를 활짝 내다 볼 수 있는 조망과 관계를 가진 세계였다. 그리고 그것은 스스로 조화를 이루며 건전하게 회복된 세계였다. 구멍이 뚫리거나 유령과 같은 베일은 씌우면 안되는 인도주의적이며 기독교적인 세계였다.

　　그것은 숲과 냇물, 노루와 여우, 이웃 사람과 아주머니가 마치 성탄절과 부활절, 나전어와 희랍어, 괴테와 마티아스 클라디우스, 아이헨돌프와 똑같은 유기적으로 들어맞는 세계였다. 그것은 풍부하고 다채로울 뿐더러 체계가 서로 중심이 잡혔다. 그것은 공기와 햇빛, 비와 바람이 우리들의 소유인 것처럼 우리들에게 적합한 세계였다.

　　그런데 이 세계가 병들다니, 빈사 상태로 병들어서 생명까지도 위험스러운 껍질로 덮이고 엉터리 비현실적인 나병이 피부 전면에 퍼지며 머리속도 흐려져서 완전히 소외에 빠지고 우리들에게서 멀어지다니, 저 아름다운 세계 대신에 오늘날의 세계상의 괴물과 같은 혼란과 무실체를 남기다니.

　　만일 전쟁과 악마의 행동이 그것에 압력을 가하지 않았더라면 과연 누가 그것에 생각이 미쳤을까.

　　우리들이 언제나 거기에 돌아갈 수 있다는 것, 내심에 완전하고 회복된 건전하고 질서있는 세계상을 간직할 수 있다는 것, 이 세계상을 근거로 하여 서로 이야기할 수 있다는 것, 이것만이 우리들의 위대한 재산이고 남아 있는 행복의 한 토막이다. 아직 우리들이 팔과 다리를 잃지 않고 있다든가 집과 먹을 것을 가지고 있다든가 하는 것은 문제가 아니다.

우리들은 언제나 거기로 도피할 수 있고, 현실에서는 이렇게 서로 떨어져 버린 사람들이 거기서 만나 무엇이든 서로 이해할 수 있으며, 그리하여 거기에 신과 같이 아름답게 창조된 고귀한 세계를 가지고 있다.

그러나 그것뿐이 아니다. 우리들은 거기서 우리의 자손들이 그 이상 소유할 수 없는 것, 또는 그 중에서 그들이 비록 희미하지만 광휘가 나는 것을 그 스스로 가질 수 있는 것이다. 거기서 나는 언제나 정다운 그대의 모습을 옛조상들의 그림자 사이에서, 그리고 그 옛날 바람에 살랑거리던 나무가지 속에서 찾는다. 그러면 언제나 아름다운 젊고 명랑한 그대를 찾을 수 있다. 그대도 그런 장소에서 그 당시의 젊고 건강한 나의 모습을 발견할 수 있다.

어머니의 꽃밭에 피어 있었던 불타는 사랑과 프록크스꽃을 생각한다. 조부모님의 장농속에 들어 있었던 인도의 인형과 직물, 조부의 서재속에 있었던 백단으로 만든 작은 함의 그윽한 향기, 그리고 자욱하게 낀 담배 연기를 회상한다. 그리고

243

서로 고개를 끄덕거린다.

칼브의 교회탑이 우뚝 솟아있는 것을 쳐다보며 위의 회랑에서는 일요일날 아침의 종소리에 맞추어 도시의 악사들이 성가를 연주하고 있었다. 게르하르트, 테스테에겐 그리고 요한 세바스티안 바흐 등의 곡으로, 늘 들어서 귀에 익은 것들이었다. 음악을 들으며 그 아름다운 방에 들어간다.

성탄절날 밤이면 전나무와 색종이로 베들레헴의 모형과 장식을 꾸며 그 밤을 찬미하였던 방이었다. 그리고 피아노 건반 위에는 합창곡과 찬미가의 악보가 놓여 있었다. 질햐와 슈베르트의 곡이다. 언제 들어도 마음을 포근히 감싸주는 곡, 또 집에는 우리의 고트힐프 하인리히 슈베르트가 있으니 곧 그의 흉상이다. 현관 입구 선반 위에 있다.

《꿈의 상징에 대해서》와 《영혼의 역사》 등의 저서를 갖고 있는 그는 우리 집안과 친교가 있어 매우 가깝게 지내고 있었다. 많은 사람들의 소음 속에서 감싸여 지냈던 그 나날들. 커다란 붉은 사암의 타이르가 깔린 현관이나 넓은 홀의 많은 책 뒤에는 부활절의 달걀이 감추어져 있었다.

아름다운 계단 위에는 꽃과 그밖의 들에 피는 꽃, 작은 고사리로 엮은 아름다운 꽃다발이 꿀색과 갈색이 섞인 바탕 위에 덮여져 있는 것이 보였다. 이 모든 방에는 세상을 떠났지만 조부의 영혼이 어디나 가득 차 있는 것처럼 느껴졌다.

제Ⅲ부 짜라투스트라와의 대화

학교에서 휴가로 집에 돌아오면 언제나 조부를 생각하곤 하였다. 우리들은 조부를 무서워한 때도 있었다.

　그런데 이 인도의 현자이며 마술사인 이 사람은 얼마나 우리들에게 존경과 사랑을 받았나 모르겠다. 어느 날, 내가 조부에게 불안스러운 감정을 갖던 때, 조부에게 대해서 품고 있었던 나의 공포심을 얼마나 기분좋게 또 얼마나 감격적으로 빙그레 웃으면서 농담으로 날려 보냈던가!

　나는 그 때 열네살이었는데 대단히 나쁜 짓을 했다. 나는 학교에서, 저 마울 브론의 수도원에서 빠져 나왔다. 고향으로 돌아온 다음 날 나는 어쩔 수 없이 조부 앞에 나타나지 않으면 안되었다. 조부를 찾아뵙고 인사 말씀을 드린 후 내게 대한 조부의 책망과 처벌을 받지 않으면 안되었다. 나는 가슴을 두근거리면서 조부의 서재로 통하는 계단에 올라갔다. 문에 노크를 하고 방안으로 들어가서, 기분좋게 안락의자에 기대고 있는 덥석부리 노인에게 악수하려고 손을 내밀었다.

　그런데 내가 무섭다고 여겼던 그 노인은 내게 대해서 무어라고 말했는가. 그는 부드러운 눈초리를 나에게 던지더니 무서워서 새파랗게 질린 내 얼굴을 쳐다보며 마치 장난꾸러기처럼 농담을 섞어서 다음과 같이 말했다.

　「헤르만아, 네가 천재 여행을 했다지?」 조부의 학생 시대에는 학교를 사보타지하는 것을 천재 여행이라고 불렀다는 것이다. 조부는 그 일에 대해 그 이상 한 마디도 하지 않았다.

우리의 청춘은 아름답게, 우리의 그 후의 생애를 풍부하고 따뜻하고 정답게 해주었던 모든 광명은 모두 거기서부터 즉 조부와 양친에게서 비쳐왔다. 조부의 자애 깊은 지혜, 모친의 품어도 품어도 그치지 않는 공상과 사랑의 힘, 그리고 부친의 이겨내는 섬세한 힘, 민감한 양심, 그런 것이 우리들을 성장시키었다.

그리고 가령, 우리들이 결코 똑같은 인간적인 높이에 설 수는 없었다고 하지만 그래도 그들과 같은 인간, 그들의 전형에 따라서 교양을 받은 사람이 되었으며 거기서부터 또 이 암담하고 다정스럽지 못한 세계 속에 무엇인지 그들의 광휘를 가져왔다.

또 우리들 두 사람은 조상의 숭배를 거부한 일도 없이 조상을 추억하기 위해서 많은 사업과 많은 추억의 기록을 바쳤다. 가령, 우리들의 책이 차압당하여 절판되고, 태워지고, 근절된다고 하지만 그것은 결코 사라진 것이 아니다. 본질과 핵심이 없이 인공적으로 잔 재주를 부려서 만들어진 것은 너무나 허무하게 사라진다.

몇 천년 묵은 나라나 그밖에 교만한 형체를 가진것은 너무나 형편없이 허물어진다. 그러나 참으로 본질적이고 유기적이고 건전한 세계에 속하는 모든 것에는 영원한 생명이 주어져 있다.

그것은 만일 우리들이 청춘 시대의 회상을 전쟁과 독재자의 저 악마와 같은 시대의 회상과 비교해 보면 곧 알게 될 것이다.

단지 전쟁은 어두운 그림자로 거미줄같은 것에 불과하다. 허나 청춘의 회상은 생명 그 자체처럼 원만하고 구체적이며 다채로운 광채를 내고 있는 것이다.

만일 우리들이 우리의 연령이나 빈곤을 잠시나마 도외시해서 생각한다면 우리들은 전과 같이 부유하고 왕자처럼 행복하게 될 수 있다. 그 당시 나는 학교 방학 때면 시인과 화가로 행세하며 초대받았다. 아아, 그런 재미있는 일을 우리들은 언제나 즐길 수 있는 것이 아니다. 다만 운이 좋은 때에 가능할 뿐이다. 우리들의 일상 생활이란 역시 노인의, 체념한 사람의, 그것 밖엔 안된다. 더 오래 이런 생활이 계속되리라고는 꿈에도 생각지 않는다.

생각컨대, 독일에서는 죽음이라는 것을 그다지 무서워하지 않는 것 같다. 그렇다고 죽음 그 자체의 가치를 가볍게 평가하거나 멸시하지도 않는 모양이다. 이 점에 있어서 그대들은 많은 다른 점에 있어서와 마찬가지로 역시 우리들보다도 한걸음 앞서고 있는지도 모르겠다.

나는 때때로 이것저것 여러 가지 일에 대해 이야기할 수 있으면 얼마나 좋을까 하고 생각한다.

그것은 내가 현재 사람들이 보는 견해와는 아주 다른 견해를 가지고 있다는 사실이다. 나는 그대들 사이를 마치 불타오르는 촛불처럼 왕래하면서도 아무에게도 눈에 띄지 않았던 사람들을 생각하고 있다.

10여 마리의 발광하는 원숭이들이 위대한 인간처럼 연극하고 있는 한편 그런 사람들은 그대 눈앞에서만 살아 있었다. 더군다나 그들은 마치 살아 있지 않는 거나 마찬가지였다. 사람들은 그들을 본체만체 하였으며 그들 역시 아무 말없이 잠자코 있었다.

내가 사랑하는 후고발도 그런 사람 가운데 한 사람이었다. 그가 세상을 떠난 지 벌써 몇 해가 지난 오늘에 와서야 심심치않게 그의 작품이 발견되었다. 또 크리스토프 슈렘프도 그 중의 한 사람이었다. 친구들의 어떤 그룹만은 그가 어떤 사람인지 알고 있었다. 17권이나 되는 그의 작품은 세상에 알려지지 않은채 파묻혀 버렸다. 사람들은 다른 일로 분주하였으며 지금도 바쁘다. 그를 정당하게 비판하는 것은 미래의 숙제로 남기지 않으면 안된다. 사람들은 그의 아름다운 손에서 귀중한 글을 얻어 먹는 것보다는 차라리 추밀원의원 양반들의 손에서 빵이라도 얻으려고 사정하는 것이 낫다고 생각한다.

아아, 세계는 아직도 이렇게 풍족하며 얼마든지 낭비하고 있다. 나로서는 그라는 인간이나 그의 작품이, 저 악귀들이 날뛰던 잔인한 행동의 소용돌이 속에서 지켜진 모든 고귀한 행동과 모든 깨끗한 순교와 같이 결코 망하거나 수포로 돌아

가지 않는다고 믿고 있다. 만일 세계가 스스로 고치고 인간성이 자기 자신을 회복하며, 스스로 정화할 수 있는 그 무엇이 있었다고 하면, 세상은 절대로 굽히거나 매수당하지 않는 사람들, 그 인간성을 버리는 것보다는 차라리 생명을 내걸려는 사람들의 행동과 고난 이외에는 아무것도 없다.

슈렘프같은 경고자, 교시자는 그런 사람들 가운데 한 사람이었다. 그들 필생의 업적은 후세에 가서 비로소 그 위대한 전모가 밝혀질 것이다. 이 세상에는 진실한 것은 하나도 없고 진짜는 존재하지 않으며 인간성이나 인자, 그리고 진리도 없는 것처럼 느껴질 때가 종종 있다. 그러나 사실 그것은 엄연히 존재하고 있다. 그래서 우리들은 그것을 잊어버린 사람들에게 건네주려고 하지 않는가.

우리들이 어렸을 때, 저 축제일인 9월의 햇빛은 얼마나 아름다왔던가. 우리들은 오래 묵은 밤나무 밑에서 오얏이 들은 과자를 먹었다. 사내애들은 나무로 만든 독수리를 쏘는 장난을 하기도 했다. 고사리가 나고 빨간 지기다리스 꽃이 피어 있는 높은 전나무 숲속을 누비며 지나가던 길은 아름다왔다. 그러면 부친은 가끔 하얀 전나무 옆에 서서 나이프로 수지선을 째고 맑은 수지 방울이 흘러 나오면 작은 병에 모았다. 부친은 그것을 보관하였다가 가끔 상처에 바르기도 하고 때로는 그 냄새를 맡기도 했다.

부친은 공기와 향기, 산소와 오존에 관해서는 전문가, 도락가라고 할 수 있었다. 사실, 그는 그 밖에 두드러지게 이렇다 할만한 도락이나 부도덕도 없는 순수한 사람이었다. 옛날에는 그다지도 아름다웠던 코른탈의 묘지로 가서 부친 산소에 참배했으면 하고 생각한다. 그러나 우리들의 현재 입장으로는 이런 소원은 엄두도 내지 못한다.

전에 우리 모친이 쓴 것과 같은 그런 편지를 쓸 수 있었다면 그대는 우리들의 현재 생활에 대해서도 많이 알 수가 있을 것이다. 그러나 나는 그런 편지를 쓸 수가 없다. 경우에 따라 오늘과 같은 때는, 이야기하기를 대단히 좋아하던 모친도 입을 다물고 있는 것밖에는 다른 도리가 없었을는지도 모르겠다. 아니, 결국 모친은 무엇이든 극복했을 것이다. 그리하여 어떠한 생활의 혼란 속에서도 질서를 바로잡고 그것을 말할 수 있게 해 주었을 것이다.

그대에게 편지를 쓰고 있으려니까, 어느 사이에 오늘 하루도 다 저물었다. 그리고 새파랗게 창에 눈보라가 쳤다. 나는 벌써 불을 켰다. 그리고 노인이 언제나 그렇듯이, 나도 모르게 피곤해졌다. 소원같은 건 그렇게 고대하지 않도록 습관을 들이지 않으면 안된다. 그러나 나는 이 편지가 언젠가는 그대 손에 들어가도록 기원하지 않을 수 없다. 그리고 이것이 결코 당신에게 써보내는 마지막 편지가 되지 않기를 바라고 있다.

제Ⅳ부

고독한 영혼을 위하여

기도(祈禱)

주여, 저를 절망케 해 주소서.
당신에게서가 아니라, 제 자신에게
절망하게 하소서.
미친듯 모든 슬픔을 맛보게 하시고
온갖 고뇌의 불꽃을 핥게 하소서.
모든 치욕을 지탱하기를 돕지 마시고
제가 뻗어 나가는 것을 돕지 마소서.
하나, 저의 온 自我가 이지러질 때
그 때는 저에게 가르쳐 주소서.
당신이 그렇게 하셨다는 것을
당신이 불꽃과 고뇌를 보내셨다는 것을
기꺼이 열망하고
기꺼이 죽어가고 싶습니다.
저는 오직 당신 속에서만 죽을 수 있기 때문입니다.

어둠을 밝히는 신앙의 촛불

그 당시 당신이 그처럼 똑똑히 깨닫고
있었던 선(善)은 명백히 올바른 선은
아니었으며, 또 결코 파괴하지 못하는
영원한 선도 아니었다.

당신은 절망하고 있으며 무엇을 하면 좋을는지 또 무엇을 믿고 무슨 희망을 가지고 살아 나가면 좋을는지 모르겠다고 내게 대한 편지에 써 보냈다. 이 세상에 신이 있는가 없는가, 이 인생에 과연 뜻이 있는가 없는가, 조국이란 어떤 뜻을 가지고 있는가 없는가, 정신적인 보배를 지키려고 노력하는 것이 나은가 어떤가, 그렇지 않으면 그저 뱃속만 채우는 쪽이 낫지 않는가, 도무지 알 수 없다.

좌우간 이 세상은 모조리 악으로 충만된 것처럼 보인다. 당신의 편지에는 이상과 같이 씌어 있다.

나는 당신이 표명한 정신 상태는 철두철미 옳다고 생각한다. 당신은 신이 있는지 없는지 선과 악의 구별이 있는지 없는지 모른다고 하는데 똑똑히 아는 것보다도 차라리 훨씬 옳다고 생각한다. 5년 전에 아마도 당신은 상당히 똑똑하게 모든 것을 이해하고 있었는데 그것이 아직도 기억 속에 남아 있을 것이다. 그때 당신은 단 하나의 신이 존재하며 무엇이 선이며 무엇이 악인가를 똑똑히 알고 있었다.

물론 당신은 선이라고 믿는 행동을 실천에 옮겼으며 그리하여 전쟁에 나아갔다. 그때부터 5년이라는 오랜 기간, 당신의 청춘의 가장 아름다운 세월을 한결같이 착한 일을 계속해 왔다. 적을 쏘고 적진으로 돌격하고, 무위도식(無爲徒食)과 태만과 방종을 일삼으며 전우를 매장하고 또 전우에게 붕대를 감아주며 그럭저럭 시간을 보내는 동안 점점 그 착한 일이 의심스러워졌다.

그 당시 당신의 그 훌륭한 선행은 결국 악행이 아니었든가. 그렇지 않으면 우둔하고 말할 수 없이 불합리한 일이 아니었든가. 도무지 분간할 수 없을 정도로 의심스러운 일이었다.

아닌게 아니라 사실 그대로였다. 그 당시 당신이 그처럼 똑똑히 깨닫고 있었던 선은 명백히 올바른 선은 아니었으며 또 결코 파괴하지 못하는 영원한 선도 아니었다. 또 그 당시 당신이 믿고 있었던 신도 확실히 올바른 신은 아니었다.

생각컨대 그 신은 우리들 종교재판 위원이나 전쟁 시인이 모셨던 국가적인 신, 점잖게 대포 위에 타고 앉아서 기꺼이 흑

(黑), 백(白), 주(朱)의 삼색 깃발을 자랑으로 삼고 있었던 바로 그 신이었다.

그것은 틀림없이 신이었으며 참으로 강대하고 거대할 뿐더러 여호화보다도 더 장대했었다. 그 신 때문에 몇 십만이나 되는 아까운 목숨이 싸움터에서 피를 흘리고 희생이 되었으며 그 신의 제사를 지내기 위해서 몇 십만이 그 제물이 되어 배를 갈리고 몇 십만의 폐가 도려내졌다. 그것은 옛날의 어떤 귀신, 어떤 우상신보다도 피비린내 나고 야만적이며 잔인했다.

그 희생자들이 피를 흘리고 있는 동안 신에게 봉사하는 신부와 목사들, 그리고 우리들의 신학자들은 고향에서 신을 찬미하는 노래를 불렀다.

우리들의 빈약한 마음 속에 남아 있었던 끈끈한 신앙, 너무나 빈약하고 영혼조차 잃어버린 우리들의 교회 속에 남아 있었던 끈끈한 신앙은 완전히 자취를 감추고 말았다. 우리들의 신학자들은 5년 동안 계속된 전쟁을 통해서 자신의 신앙과 그들 자신의 기독교를 매장하려고 얼마나 골몰했던가. 과거에 그 누가 이 점을 걱정하고 의심한 사람이 있었던가. 그들은 인류애에 봉사하는 동시에 증오를 역설했다.

그들은 인도주의를 주장하면서 인도주의와 관청을 혼동했다. 그것은 관청에서 녹을 먹고 있었기 때문이다.

그들은 물론 전부라고는 할 수 없으나 적어도 그 헤게모니를 잡고 있었던 대변자들은 교활하게도 감언이설로 전쟁과 기독교와는 훌륭하게 조화될 수 있으며 숭고한 기독교도는 또 멋지게 적을 쏘고 또 무찌를 수 있다고 증언했다. 그러나 그런 일은 불가능했다.

만일 당시의 우리 나라 교회가 왕위와 군대에게 봉사하는 국가의 교회가 아니라 신에 봉사하는 교회였더라면 우리들은 전쟁 중에 그처럼 한심스럽게도 부족했던, 즉 인도주의에의 피난처, 외로운 고아로 전락된 영혼을 위한 신전(神殿)·절제·현명성·인간애·신에 대한 봉사의 한결같은 그런 것들이 부족했다는 것을 발견할 수 있었을 것이다.

내 말을 오해하지 말라. 내가 어떤 사람에게 비난을 한다고 생각하지 말라. 나는 사실을 지적할 따름이고 결코 사람을 고발하려는 것은 아니다. 대체로 우리들이 살고 있는 현대의 인간은 모든 다른 사람들과 마찬가지로 우리들 독일 사람도 자기네들 형편이 나빠지면 그 죄의 책임을 다른 사람들에게 전가하는 악독한 기술을 몸에 지니고 있다.

단지 이러한 기술에 대해서 반기를 든 신앙이 나타났으며 또 이 기술이 비난 공격의 대상이 되기도 한다.

우리들의 신앙은 너무나 약했으며 우리의 수호신으로서 옹립된 신은 너무나 피비린내 나는 신이었다. 우리들은 전쟁과 평화, 선과 악을 도무지 분간하지 못했다. 이 점에 있어서 우리들은 모조리 똑같이 유죄인 동시에 무죄다. 당신과 나, 황제나 승려, 우리들은 모두 전쟁의 공범자였다. 서로를 비난할 건더기도 없다.

만일 당신이, 지금 어디서 위안을 발견할 수 있을까. 보다 나은 신과 신앙을 발견할 수 있을까.

반성해 본다면 오늘날 고독과 절망의 도가니 속에 들어 있는 당신은 당장에 알게 될 것이라고 생각한다. 광명은 이미 외부에서, 공식적인 원천에서, 또는 성서, 연단, 국왕의 왕좌에서 비추어 오는 것은 아니다.

광명은 나에게로부터 나와서도 안 되며 그것은 당신 자신의 내부에서만 발견되지 않으면 안 된다. 거기에 신이 저 1914년의 애국적 신보다 더 숭고하고 더 시간을 초월한 신이 존재하고 있다. 모든 시대의 현자들은 언제나 신이 온다고 예언했다.

그러나 신은 책 속에서 우리들 앞에 나타나는 것이 아니라 신은 우리들 자신의 내심에 깃들어 있다.

또 우리들 자신의 마음의 눈을 뜨게 해 주지 않으면 안 된다. 그렇지 않으면 신에 대해서 무엇을 알고 있던지 간에 아무런 가치도 없다. 이 신은 또 당신의 마음 속에 있다. 신은 바로 당신 속에 당신과 같은 패배자, 절망한 사람의 마음 속에 깃들어 있다.

시대의 고난을 겪고, 퇴폐 때문에 고민하는 사람은 결코 미

어둠을 밝히는 신앙의 촛불

천한 사람이 아니다. 그리고 모두 신과 우상에게 이미 만족할 수 없는 사람이라고 해서 결코 악인은 아니다.

그러나 가령 당신이 어디로 도망치려고 하더라도, 당신의 탐구와 반성의 노력을 얻어 줄만한 예언자나 선생을 만나기는 힘들 것이다.

독일 국민 전체는 오늘날 당신과 같은 상태에 놓여있다. 우리들도 모두 마찬가지다. 과거의 우리 세계는 붕괴되고 우리 자랑은 꺾여지고 우리 돈이 날아가고 우리 친구들은 전사해 버렸다. 이렇게 우리들 거의 전부는 여전히 잘못된 방법을 모색하고 있다. 우리들은 이 모든 전쟁 범죄의 책임을 져야 하는 악질 분자를 색출하려고 한다.

우리들은 그것을 미국이라고도 하고 클레만소 또는 황제 빌헬름이라고도 부른다. 또는 항상 그와 같은 족속을 쳐들기가 일쑤다. 그리고 이런 고소를 가지고 빙빙 돌아다니다가 결국 목표에 도달하지 못한다.

그러나 단 한 시간이라도 좋으니 유치하고 비지성적인 전쟁 범죄의 문제를 지양하고, 그런 문제를 시험삼아 대신 다음과 같이 물어본다면 그것으로서 충분하다.

나 자신은 어떤가. 어느 정도까지 나도 공동 책임을 져야 하나. 어느 점에서 나는 큰소리를 쳤으며 왜 뻔뻔스러웠으며 또 너무나 경솔하게 다른 사람의 말을 곧이 듣고 공명심으로 떠벌리기를 좋아하지 않았던가. 저 나쁜 신문 보도가 저 퇴폐한 국가적 여호와 신에의 신앙이 또 허무하게 파멸해 버린 착오가 근거로 삼았던 것들이 대체 내 마음의 어디에 숨어 있었던가.

이런 질문을 하는 시간은 결코 즐겁지 않다. 마음도 약해지고 불쾌스러워지고 자기 존재가 한심스러워서 비굴한 기분에 사로잡히고 만다. 그렇다고 엉망진창으로 망가져 버리지는 않는다. 왜냐하면 약간 깨닫는 점이 있었기 때문이다. 도대체 범죄란 있을 수 없는 일이다.

황제나 클레만소가 나빴던 것도 아니다. 전쟁에 승리한 민주주의 연합 국민들이나 전쟁에 패한 야만적인 국민들이 옳은 것도 아니다. 유죄와 무죄, 정의와 부정이라는 것은 말을 간다히 생략한 데 불과하고, 말하자면 어린애에게 알리기 위한 개념이다. 그리고 새로운 신의 전당 속으로 발을 들여 놓으려는 첫걸음은 우선 이것을 인식하는 일이다.

그렇다고 해서 우리들은 그것으로 말미암아 앞으로 어떻게 하면 전쟁을 회피할 수 있을까, 또는 어떻게 하면 부유한 나라가 될 수 있는가, 그 방법을 배울수도 없다. 우리들은 다만 다음 한 가지 만을 배울 수 있다.

즉, 우리들의 생명에 관한 중대한 문제, 전쟁 범죄의 여러 가지 문제, 모든 우리들의 양심 문제같은 것은 결코 다시 과

거의 여호와 신에게 떠맡기거나 한 사람의 특무상사에게 책임을 전가하거나 신문사 편집부로 끌고 들어가서 결판을 내려고 생각해선 안 된다.

차라리 그것은 자기 자신의 가슴 속에서 결정해야 될 문제다. 우리들은 유치한 어린애의 상태를 벗어나서 어른이 되려고 결심하지 않으면 안 된다. 후세의 사람들은 아마도 우리의 함대, 기계, 금전의 손실을 다음과 같이 해석할 것이다.

즉 어린애는 가지고 있었던 장난감을 빼앗겨버리자 한없이 눈물을 흘리며 울부짖었다. 그런데 그 후에 얌전해져서 어른이 되었다. 우리들은 이 길을 걷지 않으면 안 되며 그밖에 다른 도리는 없다. 이 길을 내딛는 첫걸음은 누구나 자기 혼자서 마음속으로 작정하지 않으면 안 된다.

당신은 니체를 좋아하는 모양이니까 또 한 번 그의 저서 《비 시대적 고찰》의 마지막 페이지에 나오는 '역사의 장점과 단점'을 논하고 있는 장을 되풀이해서 읽어보라. 마치 파멸하는 것처럼 보이는 사이비 문화를 거세시키고 문화의 새 출발을 하지 않으면 안 되는 운명을 짊어진 청춘을 논한 말을 한마디 한 마디 빠뜨리지 말고 다시 읽어 보라.

이런 젊은이가 짊어진 운명은 얼마나 엄격하고 또 얼마나 비통한 것일까. 또 그것은 얼마나 위대하고 신성한 것일까. 이 청춘이 당신이고 또 여러분들이다.

제Ⅳ부 고독한 영혼을 위하여

오늘의 청춘이 오늘날 패전 독일의 청춘을 상징하고 있다. 이 무거운 짐이 여러분들의 어깨 위에 놓여있고 이 사명은 여러분들의 마음에 달려 있다.

그러나 결코 니체의 교훈에 머물러서는 안 되며 또 어떤 예언자나 충고자에게 집착할 필요도 없다. 당신을 가르치고 당신의 수고를 덜어주고 당신에게 갈 길을 가르치는 것이 우리들의 임무는 아니다. 우리들의 임무는 단지 다음 사실에 대해서 주의를 환기시키는데 있다. 신이 존재하며 그것도 단 하나의 신이 존재한다.

그리고 이 신은 당신의 마음 속에 내재하고 있다. 당신은 신을 그곳으로 방문하고 거기서 신과 이야기하지 않으면 안 된다는 것이다.

암흑 속에서 별빛을 기다리며

보이지 않는 천공(天空) 한 가운데
완벽한 어둠 속에서 맑고 부드럽고 아련한
별 하나가 아름다운 축복을 받으며
떠 있는 것을.

262

나의 이 고독한 성같은 방, 포물선을 이룬 조그마한 창문밑에 당신은 자주 앉아 있다. 이제는 고인이 된 다정한 사람들틈에 함께. 비록 언제나 함께 있지 않고, 손을 잡지 않아도 당신의 신비롭고 다정한 모습은 여전히 나와 함께 있다. 마치 별이진 뒤에도 한동안 빛을 발하고 있는 것과도 같이.

얼마나 수많은 날들을 《신생》(단테의 작품중의 하나.)의 하늘 아래시 헤메었는지 그것은 셈할 수도 없다. 다른 사람을 당신이 나타난 줄로 착각했다가 내가 얼마나 실망했었는지 일일이 말할 수도 없다.

아무리 감미로운 싯귀(詩句)도 당신의 아름다움과는 비길수 없다. 나는 가끔 당신이 바로 단테를 황홀하게 만들고 지나간 바로 그 여자가 아닐까, 동경(憧憬)에 가득찬 내 청춘의 그림자 속에서 단 한번 이 세상에 나타났던 여인이 아닐까 하는 생각이 들곤한다.

내가 당신을 탐욕스러운 눈으로 바라보았다는 것, 당신의 손이 내 손에 잡혀 있었다는 것, 그리고 당신의 가벼운 발걸음이 내 곁을 사뿐사뿐 걸어갔다는 것은 이 지상을 초월한 하나의 은총이 아닐까? 그것은 신성(神性)의 눈에서 발하는 빛이며, 내 이마 위에 닿는 축복의 손이며, 영원한 미(美)의 왕국을 내 앞에 열어주는 하나의 문이 아닐까?

꿈을 꾸면 자주 당신의 생생한 모습이 나타난다. 그랜드 피아노의 건반 위에 놓인 당신의 우아한 손과 섬세하고 흰 손가락이 선연히 떠오르곤 한다.

혹은 뉘엿뉘엿 해가 저물어 가는 황혼에 깊은 광채를 가득 담고 아름다운 경이의 지성이 넘치는 눈으로 서 있는 모습도 보인다. 그 눈은 내게 숱한 예술가의 꿈을 일깨워 주었다. 그 눈은 아마도 내 생애에 주어진 귀중한 보물인지도 모른다. 그 것은 아름다움과 진실의 성좌(星座)이며, 선(善)과 엄격함으로 가득차 있다.

그것은 진실된 심판자이며, 선도자이며, 보상자이며, 동시에 온갖 무가치한 것과 비본질적인 것과 우연성과 적(敵)과 복수를 초월한다. 또한 그 눈동자는 법칙이며, 시험하며, 심

암흑 속에서 별빛을 기다리며

판을 내리며, 무한한 행복으로 환희를 준다. 그 순수한 빛과 복된 광휘가 없다면 이득이니 명예니 남의 칭찬이니 하는 것들이 대체 무슨 뜻이 있을까!

낮은 시끄럽고 소름끼치기만 한다. 그것은 어린이나 병정들에게나 좋을까. 내게 있어서 낮생활은 불만에 가득차 있을 뿐이다. 어둑어둑해지는 황혼이야말로 귀향이며, 열려진 문이며, 영원을 들을 수 있는 순간이 아닐까?

그대 경이로운 여인이여, 당신은 내게 귀향길을 가르쳐 주었고, 내 귀에 영원의 소리를 들리게 해 주었다. 내가 당신 앞에서 날개를 쉴 수 있도록 마지막 문이 열렸을 때 당신은 나에게 이런 말을 했다.

「밤을 성스럽게 하세요. 밤의 고요를 당신의 방에서 몰아내지 마세요. 그리고 하늘의 별들도 잊지 마시고. 그들이야말로 영원에 이르는 가장 높은 상징이니까요.」

언젠가는 또 이런 말도 했었지.

「내가 당신의 것이 되더라도 언제나 여인들과 화목하게 지내세요. 왜냐하면 생의 비밀은 여인들 편에 서 있으니까요.」

그 이후로 나는 별들이나 여인들 말고는 누구와도 이런 무언(無言)의 대화를 나눈 적이 없었다.

우리들의 우정이 맺어지게 되었을 때 또 다른 존재가 우리에게 나타났다. 눈에 보이지도 않고, 손으로 잡을 수도 없는 그는 어쩌면 수호신이었을까? 그 존재는 눈에 보이지는 않았으나 축복을 내리는 몸짓으로 이런 말을 한 것 같다. 「이제는 당신의 행복을 위해 준비할 때요!」

그후로 그 존재는 항상 내 곁에 있었고, 내게 가르침을 베풀었다. 그는 자주 위안의 팔로서, 수수께끼의 해명자로서, 그리고 행복의 중재자로서 나의 손이 조급하게 뻗을 때면 그는 나를 제지시키곤 했다.

나는 아름다움을 보더라도 이따금 그냥 스쳐 지내보내기도 했고, 그러면 그는 나의 걸음을 멈추고 뒤돌아 보게 했다. 이따금 내가 행복의 푸른 나뭇가지를 꺾으려 할 때면 그 수호신은 이렇게 충고했다. 「좀 더 기다리시오!」

너그럽고 사랑스러우며 귀여운 음성과 위안의 의미를 가진 것, 희귀하고 고상하며 비길 데 없이 아름다운 것, 이런 것들은 그 이후로 내게는 확연한 면모를 갖추게 되었으며, 내 생각에 하나의 길을 제시해 주었다. 밤의 강물소리는 내게 더욱 또렷하게 이야기를 들려 주었고, 별들은 내가 모르게 뜨거나 지지는 않았다.

나의 위안자이며 보이지 않는 중재자인 그가 어느날은 대낮에 나를 찾아온 적이 있었다. 나의 가슴은 그만 박자를 잃고, 내 눈은 아무것도 보이지 않는 것 같았다.

그는 나의 이마를 쓰다듬어 주고, 잠시 내 옆에 기대앉아서 귀에다 뭐라고 소근거려 주었다. 그리고 내 손을 꼭 잡아주고 는 가버렸다. 그러나 당신은 으스러진 월계꽃밭에서 지극히 평화롭고 성스러운 모습으로 상냥하게, 그러나 웃음기 없는 표정으로 누워 있었다. 당신은 어느 누구의 손도 잡아주지 않고 누워 있는 희고 차가운 존재일 뿐이었다.

지금 이 시간은 끝을 알 수 없는 칠흙 같은 밤이다. 나는 짙은 어둠 속에 앉아 내가 어디에 있는지조차 모른다. 주위가 온통 불 꺼진 등불로 에워싸여 있는 것 같다. 나는 꼼짝 않고 서서 내 주위에 입을 벌리고 있는 나락(奈落)을 느꼈고, 포개 어진 내 손은 딱딱함과 차가움만을 느꼈다.

도대체 아침이 다시는 올 것 같지 않은 심정이다. 이때 바로 그 위안자가 내 곁에 나타나 단단한 팔로 나를 껴안고 내 고개를 뒤로 젖히는 것이었다.

그러자, 나는 보았습니다. 보이지 않는 천공(天空) 한가운데 완벽한 어둠 속에서 맑고 부드럽고 아련한 별 하나가 아름다운 축복을 받으며 떠 있는 것을. 그 별을 본 순간, 나는 당신과 숲속을 기닐던 느느 날의 황혼을 생각하지 않을 수 없었다. 그때 나는 당신을 껴안고 느닷없이 끌어당기며 당신의 얼굴에 재빨리 목마른 키스를 퍼부었지. 놀란 당신은 나를 밀어 젖히고 당황한 눈길로 나를 쳐다보며 말했다.

「그러지 마세요. 나는 포옹의 대상일 수는 없습니다. 당신의 손과 입술이 내게 닿지 못할 날이 곧 올 거예요. 그러나 그때 비로소 오늘이나 다른 어느 때보다도 내가 당신에게 가까워질 시간이 올 거예요.」

그런데 그 가까움이 갑자기 내게 덮쳐 온 것이 아닌가. 완벽한 눈맞춤처럼, 무한한 감미로움과 끝없는 입맞춤처럼. 그 이름붙일 수 없는 결합에 비하면 그밖의 온갖 다른 사랑의 행위가 무슨 뜻이 있겠는가!

우리들이 함께 있었던 곳을 거닐 때면 바로 그때와 같은 기쁨이 나를 감싼다. 당신이 죽고 난 후에도 오랫동안 그 기쁨은 찾아왔었다. 언젠가 남쪽 쉬바르쯔발트 산속의 울창한 숲 사이를 거닐고 있었을 때, 나는 당신의 맑은 자태가 천공(天空)에서 내려오는 것을 보았다.

당신은 그 전 같은 낯익은 손짓을 하며 산을 내려오다가 나를 만나자 이내 사라져버리는 것이었다. 그때 당신의 현신(現身)은 내 가슴 속에 깊고 달콤한 충만감을 주었다.

당신은 가끔 내 꿈속의 하늘에 나타난다. 암흑 속에 갇혀 어쩔 줄 몰랐던 그 시절의 따사로운 은총의 별, 축복의 아름다움으로 가득찬 별처럼 말이오.

음악과 시끄럽게 떠드는 소리가 정원길 제일 끝까지 흘러나오는 어느 날 황혼에 나는 당신이 거기서 서성거리고 있는 것을 보았다. 나는 당신의 팔짱을 끼고 함께 걸어갔다. 그때 당

암흑 속에서 별빛을 기다리며

신은 이렇게 말했다.

「내가 이곳에서 사라지고 당신 혼자 조용히 남게 되면, 아마도 이런 덧없는 저녁이나, 또는 이미 지나가버린 수많은 밤들도 당신에게는 자신의 손을 만지는 것보다도 훨씬 실감이 날거예요.

그렇게 되면 당신은 어디엔가 당신의 방에서 한밤중에 잠들지 못하고 앉아 있게 될거예요. 여기에서 훨씬 먼 어떤 곳에서 말예요. 당신의 창문 앞에 비치는 눈앞의 세계가 물러가고 당신은 이 길로 우리 두 사람이 걸어가는 모습을 본듯이 믿게 될거예요.」

바로 그런 저녁이 지금 내 앞에 놓여 있다. 멀리서 들리는 음악 소리에 우리들의 나지막한 음성이 섞여, 나는 그 옛날의 황혼이 현실인지 오늘 저녁이 현실인지 알 수가 없다. 그리고 지금 비치고 있는 달빛이 지상의 달빛인지조차도 알 수가 없다.

영혼(靈魂)이란 무엇인가

인간과 인간의 얼굴들 역시 그러하다.
내가 공포나 희망 욕구나 목적 또한 어떤 요구를 가지고
쳐다보는 인간이란 인간이 아니며 그는 다만
내 욕망의 불투명한 반영인 것이다.

욕망의 눈초리란 불손하고 비뚤어진 것이다. 우리가 아무 것도 갈구하지 않은 곳에서라야 비로소, 즉 우리의 관조(觀照)가 순수하게 될 때에야 사물의 영혼인 아름다움을 느끼게 되는 것이다.

내가 생각하고 소작(小作)하려 하며, 내가 벌목을 하고 거기서 사냥을 하려 하며 또한 저당권 설정을 해야 하는 산림을 바라본다면, 나는 산림을 바라보는 것이 아니라 나의 욕망과 나의 계획과 근심, 나의 돈주머니에 대한 관계만을 보게 된다. 그럴 경우의 산림은 나무로 뒤덮여 있기도 하고, 젊고 싱싱하거나 아니면 오래 묵어 병이 들어 있기도 하다.

그러나 내가 그 산림에서 아무것도 바라지 않는다면 나는

그저 아무런 생각없이 그 푸른 심연을 바라보게 된다. 그때에야 산림은 비로소, 산림이고 자연과 식물이며 또한 아름다움인 것이다.

인간과 인간의 얼굴들 역시 그러하다. 내가 공포나 희망, 욕구나 목적, 또한 어떤 요구를 가지고 쳐다보는 인간이란 인간이 아니며, 그는 다만 내 욕망의 불투명한 반영인 것이다. 의식적이든 무의식적이든 간에 나의 가슴을 죄며 순전히 기만적인 의문을 지닌 채 바라보게 된다.

즉 그에게 접근해 갈 수 있을까, 아니면 오만스런 사람일까? 그는 나를 좋게 생각하고 있을까? 그에게서 돈을 빌어 쓸 수 있을까? 그는 예술에 대해서 좀 이해할까?…

이와 같은 수많은 의문을 지닌 채 우리는 우리가 교제하는 대부분의 인간을 바라보는 것이다. 그리고 우리는 그들의 인품이나 그들의 모습과 거동에서 우리의 의도에 어울리는, 아니면 그에 모순되는 점을 해명해 내게 되면 스스로 세상 물정을 잘 아는 사람이니 심리학자이니 하고 여기게 된다.

그러나 이러한 견해란 아주 비천한 관점인 것이다. 이러한 종류의 심리학에 있어서는 농부나 거지, 또는 엉터리 변호사가 대부분의 정치가나 학자들보다 훨씬 더 우월하다.

욕망이 잠을 자고 관찰이, 즉 순수한 관조와 몰두의 경지가 피어나는 순간에는 모든 것이 달라진다. 인간은 이용가치

270

가 있다거나 위험스럽다는 것, 재미가 있다거나 지루하다는 것, 마음씨가 착하다거나 거칠다는 것, 강하다거나 연약하다는 것을 모두 중단하게 된다. 인간은 자연이 되며, 인간은 순수한 관찰을 받고 있는 모든 사물처럼 아름답고 진지해지게 된다. 왜냐하면, 관찰이란 연구나 비판이 아니기 때문이다. 관찰이란 바로 사랑인 것이다.

우리가 이러한 상태에 도달했다면 그것이 몇 분간이나 몇 시간 또는 며칠 동안이라 할지라도 행복하다(이러한 상태를 계속 유지한다는 것은 누구에게나 완전한 행복이다). 그때에도 인간이란 옛날과는 완전히 다르게 보이게 된다.

인간이란 더 이상 우리들 욕망의 반영이나 풍자상이 아니라 다시금 자연이 되는 것이다. 아름답고 추악한 것, 늙고 젊다는 것, 선하고 악하다는 것, 공개적이고 폐쇄적인 것, 딱딱하고 보드랍다는 것, 이들은 더 이상 상대적일 수도 없고 자로 잴 수도 없는 것이다.

모든 사람이 아름답고 모든 사람이 신기하다. 어느 한 사람도 더 이상 멸시를 당할 수 없고 증오를 당하거나 오해될 수도 없다.

면밀한 관찰을 한다는 관점에서 볼 때, 모든 자연이란 바로 영원히 생성하는 불멸적인 생명이 변화하여 나타나는 형상인 것처럼, 인간의 역할과 임무란 특히 영혼을 서술하는 것

영혼(靈魂)이란 무엇인가

이다. 영혼이란 것이 인간적인 그 무엇이냐, 아니면 동물과 식물에도 깃들어 있는 것이냐 하는 논쟁을 한다는 것은 어리석은 일이다. 물론 영혼이란 어디에나 존재한다. 어디에서나 가능하고 도처에 준비되어 있으며 어디에서고 예감되며 요구된다. 그러나 우리가 돌이 아닌 동물임으로 움직이고 있으며 표현으로 느끼고 있는 것처럼(돌 속에도 운동과 생명, 건설과 붕괴와 진동이 있다고 할지라도) 우리는 무엇보다도 인간에게서 영혼을 찾고 있다.

우리는 영혼이 가장 분명히 존재하고 괴로와하며 움직이는 가운데서 영혼을 찾고 있는 것이다. 그리고 인간이란 과거에 두 다리를 갖게 되었고, 동물의 가죽을 벗기며 도구를 만들어 내고 불을 창조해 내는 것이 그의 임무였던 것처럼 영혼을 발전시키는 것이 현재의 임무가 되어 있는 세계의 한 역할로, 즉 특별한 인간의 역할을 생각하는 것이다.

그러므로 전체적 인간세계란 영혼의 서술이 되는 것이다. 내가 산과 암벽에서 중앙의 근원적 힘을, 동물에서는 활동성과 추구하는 자유를 바라보고 사랑하는 것처럼(이 모든 것을 함께 나타내고 있는) 인간에게서는 무엇보다도 우리가 '영혼'이라고 부르는 생명의 형식과 표현 가능성을 보고 있으며, 이는 우리 인간을 수천 가지의 다른 광채 중 어느 한 임의적 생명의 빛일 뿐만 아니라 하나의 특별한 빛으로, 하나의 선택되고 극도로 발전된 광채로, 즉 최종의 목적으로 보이게 하는 것이다.

왜냐하면 우리가 유물론적이거나 이상주의적으로 혹은 그 어떤 다른식으로 생각하더라도 마찬가지며, '영혼'을 신적인 것이거나 타버리는 물질로 생각하더라도 결국 마찬가지기 때문이다―결국 우리는 모두가 영혼을 인식하고 높이 평가하고 있는 것이다.

영혼이 깃든 인간의 눈초리, 예술 그리고 영혼의 표현이란, 우리 모두에게 가장 높고 신선하며 가장 가치있는 단계인 동시에 모든 유기적 생명의 물결인 것이다.

그러므로 인간이 우리들 관찰의 가장 고귀하고 가장 가치있는 최고의 대상이 된다. 모든 사람이 이 자명한 가치의 평가를 자연스럽고 아무런 거리낌없이 행하는 것은 아니다―이 점을 나는 나 자신으로부터 알고 있다.

청년시절에 나는 인간 보다는 자연경치와 예술작품에 더욱 가깝고도 진정한 관계를 맺고 있었다. 심지어는 수년 동안 인간이 아니라 공기와 대지, 물과 나무, 산과 동물들만이 등장하는 문학작품에 대한 꿈을 꾸고 있었다.

나는 인간을 영혼의 궤도에서 완전히 벗어났고, 욕망에 완전히 지배 당하고 있으며, 거칠고도 야비하게 동물적으로 원숭이와도 같은 원시적인 목적이나 추구하고, 잡동사니와도 같은 보잘것 없는 것이나 열망하는 존재로 생각했다.

영혼(靈魂)이란 무엇인가

그래서 영혼으로 통하는 길로서의 인간은 이미 배척되어서 퇴보해 가고 있을 것이며, 이러한 원천은 다른 어느 곳, 즉 자연에서 그 길을 찾아야만 할 것이라는 굉장한 오류가 일시적이나마 나를 지배할 수 있었던 것이다.

우연하게도 방금 서로 알게 되었으며, 서로가 전혀 어떤 물질적인 것을 갈구하지 않는 현대의 보편적인 두 사람이 상호간 어떻게 행동하고 있는가 하는 것을 관찰해 본다면, 우리는 거의 육감적으로 두 인간이 각각 강요적인 분위기에, 엄호하는 껍데기와 방어하는 계층에 잔뜩 둘러싸여 있다는 것을 느끼게 된다. 즉 모든 사람이 본질적인 목적이 아닌 것을 겨냥하고 있으며, 그 인간을 다른 사람들로부터 갈라 놓는 영혼적인 것으로부터의 전향과 의도와 공포와 소원들로 만들어진 그물로 둘러싸여 있는 것이다.

그것은 마치 영혼이란 것은 언급조차 되어서도 안 되며, 높은 울타리로 즉, 공포와 수치의 울타리로 영혼을 완전히 둘러쳐 놓는 일이 필요한 것과도 같다. 소망이 없는 사랑만이 이 그물을 찢어버릴 수 있는 것이다. 그리고 이 그물이 찢어지는 곳이면 어디에서나 영혼은 우리를 바라보는 것이다.

전차 안에 앉아서 젊은 두 사람이 우연하게 만난 인연으로 서로 인사하는 것을 주의해 보라! 그들의 인사는 괴상하고도 이상스러우며 거의 비극(悲劇)과도 같다. 이 낯선 두 사람은 낯설고도 차가운 태고적 원방(遠方)으로부터, 즉 고독하게 얼음으로 뒤덮인 극(極)지방으로부터 인사를 나누는 것처럼 보인다―. 나는 물론 말레이 사람이나 중국 사람을 생각하는 것이 아니라 현대 유럽 사람을 생각하고 있다. 그들은 모두가 오만의, 그것도 무시무시한 오만의, 그리고 불신과 냉정의 성곽 속에 홀로 살아가는 것과도 같다.

그들이 지껄여대는 것은 완전히 넌센스다. 그것을 외면적으로 관찰해 본다면, 이는 영혼이 없는 세계에서 나온 석회질로 변해 버린 불가사의한 상형문자이며, 우리는 이 상형문자에서 끊임없이 생겨 나오고 이것에서부터 부서져 나온 얼음 조각들이 계속해서 우리에게 달라붙고 있다. 일상적인 이야기에 있어서 그들의 영혼이 표현되는 인간들은 정말로 드물다. 그러한 사람은 시인들보다도 더 위대하며 이미 거의 성인(聖人)이 된 것이다.

물론 '민족'도 영혼을 가지고 있다. 말레이 사람이나 흑인이 그러하며, 이들이 인사를 하고 말을 할 때는 우리 고장(유럽)의 보편적 인간에 있어서 보다 훨씬 더 많은 영혼이 나타난다. 그러나 그러한 영혼은 우리에게 사랑스럽고 친밀하기는 하지만 우리가 찾고 원하는 영혼은 아니다. 아직 아무런 소외감도 모르고 신(神)을 빼앗긴 기계화된 세계의 고뇌도 모르는 미개 민족의 영혼이란 집단적이고 소박하며 유치스러워서 약간 아

275

영혼(靈魂)이란 무엇인가

름답기도 하고 사랑스럽기도 하지만 우리의 목적은 아니다.

이제 전차 안에 앉아 있는 우리의 젊은 두 유럽인은 이미 보다 더 진전이 되어 있다. 그들은 영혼을 별로 나타내지 않거나 전혀 나타내지 않는다. 그들은 마치 조직화된 소망과 이해와 의도와 계획으로 구성되어 있는 것과도 같다.

그들은 돈과 기계와 불신의 세계 속에서 자신의 영혼을 잃어버렸던 것이다. 그들은 이 영혼을 다시 찾아야 하는 것이며, 만일 이 임무를 게을리하게 되면 병이 들고 괴로와하게 된다. 그러나 다음에 그들이 소유하게 될 것은 잃어버린 어린아이의 영혼이 아니라 훨씬 더 섬세하고 훨씬 더 개성적이며 보다 자유롭고 보다 책임능력이 있는 영혼이다.

우리는 어린아이로, 미개인으로 되돌아 가서는 안 되며, 계속 앞으로, 개성으로, 책임감으로 자유롭게 발전해 나가야 하는 것이다. 이러한 목적과 그 예감에 대해서 여기서는 아직 아무것도 감지할 수가 없다. 그 두 젊은 사나이는 미개하지도 않지만 성인도 되지 못했다.

그들은 일상의 언어를 이야기하고 있는 바, 이는 우리가 그저 천천히 수 백번씩 만져보면서 벗길 수 있는 고릴라 가죽과도 같이 영혼의 목적에는 별로 어울리지 않는 언어인 것이다.

이 원시적이고 조잡스럽고 더듬거리는 듯한 언어란 대략 이러하다.

제Ⅳ부 고독한 영혼을 위하여

「안녕하십니까?」 하고 한 사람이 말한다.

「안녕하십니까?」 하고 다른 사람이 말한다.

「앉아도 좋습니까?」 하고 한 사람이 말한다.

「앉으시지요.」 하고 다른 사람이 말한다.

이것으로 이야기 되어야만 할 것이 다 이야기 되었다. 이 말들은 의미가 없다. 이는 미개한 인간의 순수한 장식용 형식이며, 이 말의 목적과 가치란 흑인이 코에다 끼고 다니는 고리와 똑같다.

그러나 그 의식적인 말들이 이야기되는 음조(音調)는 극도로 이상스럽다. 그 말들은 정중함을 나타내는 말들이지만 그 음조는 기분 나쁜 말들을 표현하지 않으려 하여 이상스럽게도 짧고 간결하며 절제적이고 차갑다. 여기에는 다툴 만한 이유가 하나도 없으며, 그 반대로 두 사람 중 어느 누구도 나쁜 생각을 하지 않는다. 그러나 표정과 음조는 차가우며 형식적이고 무뚝뚝하며 거의 병이든 것 같다. 금발의 사나이는

「앉으시지요.」

하고 말을 할 때 멸시에 가까운 표정을 지으며 눈썹을 위로 치켜든다. 실제로 그렇게 느끼지는 않으면서. 그는 인간들 사이에 영혼이 없는 교제를 하는 수 십년 동안에 방어용 형식으로 교육해 놓은 예식을 행하는 것이다. 그는 자신의 내면(內面), 즉 자신의 영혼을 감추어야만 된다고 생각한다. 그는, 영혼이

영혼(靈魂)이란 무엇인가

란 나타내 보이고 헌신하는 데에서만 성장한다는 것을 모르고 있다. 그는 오만스럽다. 하나의 개성이며 천진난만한 야만인도 아니다. 그러나 그의 오만이란 비참하게도 불안정하다.

그는 보루를 쌓아야만 하고, 자기 주위에 방어와 냉정의 벽을 둘러쳐야만 한다. 이런 오만은 우리가 그의 미소를 얻어 내기만 하면 파멸될 것이다. '교양인들' 사이의 교제에서 나타나는 이 모든 냉담과 이 악의스럽고 신경질적이며 게다가 불안스런 음조는 병(病)을 시사해 주고 있는 바, 이는 폭력에 대해서 그런 징조 이외에는 달리 대항할 줄을 모르고 있는 필연적이고, 그러므로 희망에 가득 찬 영혼의 병인 것이다. 이러한 영혼이란 얼마나 수줍어 하고 또한 얼마나 연약한가…. 이 지상(地上)에서 이러한 영혼은 굉장히 어리고, 또 별로 알려지지도 않았다고 느낄 수 있는가!

이러한 영혼은 얼마나 자신을 감추고 있으며, 얼마나 두려움을 지니고 있단 말인가!

이제 두 사나이 중 어느 한 사람이 본래 자기가 바라고 느끼는 바대로 행동하게 된다면, 아마도 그는 상대방에게 손을 내밀어 악수를 청하거나 그의 어깨를 쓰다듬고는 이렇게 말할 것이다.

「감사하게도, 참 날씨 좋은 아침이군요. 모든 것이 금과도 같소. 나는 지금 휴가중이라오! 새로 산 내 넥타이가 멋지지요. 내 가방 속에 사과가 있는데 하나 드시겠소?」

그가 정말로 이렇게 말을 한다면 다른 사나이는 형언할 수 없을 정도의 기쁨과 감동 같은 것을, 웃음이나 흐느낌과 같은 그 무엇을 느낄 것이다. 왜냐하면 여기에는 그 사나이의 영혼이 이야기하고 있다는 점을 느낄 것이기 때문이다.

즉 여기에는 사과나 넥타이, 또는 다른 그 무엇이 문제되는 것이 아니라 하나의 또 다른 것이 이루어지고, 의사소통이 되는 것을 이유로 우리 모두가 그 점을 느끼고 있으며, 또 거기에 속하는 그 무엇이 드러나 있기 때문이다.

그러므로 그는 그 무엇을 느낄 것이나 그렇게 표명하지는 않을 것이다. 그는 기계적인 방어수단을 강구하고 아무런 의미도 없는 말 한 마디를, 즉 우리가 쓰는 수많은 대용품적인 언어 중 어느 한마디를 내뱉을 것이다. 그는 약간 떨리는 목소리로,

「네… 흠… 아주 좋군요.」

라고 하거나 그와 비슷한 말을 하고서는 완전히 모욕을 당하고 고문을 당한 듯한 인내심을 가지고 머리를 돌려 눈길을 멀리 할 것이다. 그는 자기 시계줄을 만지작거리거나 창문 밖을 뚫어져라 내다보거나, 혹은 그런 종류의 알 수 없는 많은 기호를 통해서 자기 내면의 기쁨을 결코 표현할 생각이 없으며, 또한 자기는 이 추근추근하게 구는 사나이에 대한 약간의 동정심 이외에는 아무것도 보여줄 수 없고 고백할 수도 없

영혼(靈魂)이란 무엇인가

다는 표정을 지을 것이다.

　그러는 동안에 이 모든 일이 다 끝난 것은 아니다. 그 검은 머리의 사나이는 정말 가방 속에 사과를 가지고 있고, 화창한 날씨와 자기 휴가에 대해, 자기의 넥타이와 노란 구두에 대해, 정말로 어린아이처럼 몹시 즐거워하고 있다. 그러나 이제 그 금발의 사나이가,

　「화폐 가치란 참 고약하거든.」

　하고 말을 시작한다면 그 검은 머리의 사나이는 자기 영혼이 원하는 대로 행동하지는 못할 것이다. 즉 그는,

　「아, 뭐라구요, 기분 좋게 지냅시다. 지금 화폐 가치가 우리에게 무슨 상관 있습니까!」

　하고 외치지는 못하고, 근심에 가득 찬 표정을 짓고 한숨을 쉬면서

　「쳇, 그거 참 더럽군!」

　하고 내뱉을 것이다.

　그것을 관찰해 보면 참으로 이상스럽다. 즉 그 두 사나이는 우리 모두와 같이 그렇게 행동을 하고 자신에게 그다지도 무시무시한 강요를 자행하는 데 아무런 힘도 들이지 않는 것 같다. 그들은 웃는 마음으로 한숨을 쉴 수 있고, 의사소통을 하고자 하는 영혼을 지닌 채 냉정과 거절의 속임수를 쓸 수 있는 것이다.

제Ⅳ부　고독한 영혼을 위하여

그러나 계속해서 관찰해 보자. 영혼이 말 속에도 없고, 표정에도 없으며, 목소리의 음조에도 깃들어 있지 않다 하더라도 그 어느 곳에든 존재하고 있을 것이다. 또 계속 주시해 보자.

이제 그 금발의 사나이는 자신을 잊어버리고 감시를 받고 있지 않다고 느낀다. 그가 차창 밖으로 멀리 산들을 바라볼 때, 그의 눈초리는 자유롭고 진실 그대로이며, 청춘과 동경 그리고 소박하고 뜨거운 꿈으로 가득 차 있다. 그의 모습은 완전히 다르게 보이는데, 즉 보다 젊고 소박하고 천진난만하며 아름답게 보인다.

그러나 마찬가지로 비난할 데 없고 접근할 수 없는 신사인 다른 사나이는 자리에서 일어나 머리 위의 선반에 얹혀 있는 가방을 손으로 받쳐본다. 가방의 상태를 살펴 보고 떨어지지 않도록 하려는 것 같다. 그러나 그 가방은 아주 안전하게 얹혀 있으며 그런 걱정은 필요치 않았다. 그 젊은 사나이도 가방을 꼭 잡으려 하지는 않았고 한번 만져보고 확인하고 또 애정있는 마음으로 건드려 보고 싶을 뿐이다.

왜냐하면 흠잡을 데 없이 튼튼한 그 가죽가방 속에는 사과와 속옷들 이외의 무언가 신성하리만큼 중요한 것이, 즉 고향에 있는 애인에게 줄 선물 같은 것이 들어 있기 때문이다. 그 것이 아름다운 백자(白瓷)가 들어있는 상자나 케이크로 만든 성당이든 마찬가지이다. 아무튼 이 젊은 사나이가 현재 마음

영혼(靈魂)이란 무엇인가

을 쓰고 있는 그 무엇이란 그의 꿈들을 사랑하고 신성시하고 있고 그가 기꺼이 계속 손에 쥐고 만지작거리며 쓰다듬어 주고 싶어하는 것이다.

한 시간이나 전차가 달리는 동안 당신은 이 두 젊은이를, 그것도 어느 정도 교양이 있는 오늘날의 보편적 사나이들을 관찰해 보았다. 그들은 이야기를 했고 인사를 나누고 의견을 교환하고 머리를 끄덕이기도 하고 가로젓기도 하였다.

그들은 여러가지 잡다한 이야기를 나누기도 했지만 그 어느 곳에도 그들의 영혼은 깃들어 있지 않았다. 말에도 영혼은 없었고 눈초리에도 없었다. 모든 것은 가면이었고 기계였다. 또 창문 밖으로 푸르스름한 먼 곳의 산림을 바라보던 멍청한 눈초리를 제외하고는 모두가 그러했다.

이제 당신은 생각할 것이다.

오, 너의 수줍은 영혼들이여! 언제쯤 너희들은 수줍음을 박차고 앞으로 나올 것인가? 구원적인 체험 속에서, 약혼녀와의 결합에서, 하나의 믿음을 위한 투쟁에서, 행위와 희생 속에서 나타난다면 그 영혼은 아마도 아름답고 친절할 것이다 ㅡ. 폭력을 당하고 음흉스럽고 어둠으로 뒤덮인 마음의 욕구로 인해서 일어나는 성급한 행위 속에서, 몸부림치는 비탄에서, 범죄와 잔학한 행위 속에서 나타난다면 이는 아마도 절망적일 것이다.

제Ⅳ부 고독한 영혼을 위하여

그리고 나와 우리들 모두는 생각하리라. 어떻게 우리는 우리의 영혼을 이 세상을 통해 이끌어 갈 것인가? 우리는 영혼을 제대로 잘 도와서 우리의 몸짓과 우리의 말에 투입되도록 하는 데 성공할 것인가? 우리는 체념을 할 것인가? 우리는 수많은 군중과 게으름을 뒤쫓아가고, 계속해서 새를 조롱에 가둬 놓고 자꾸만 우리의 코에 고리를 끼울 것인가? 하고.

그리고 당신은 느끼리라.

코걸이와 고릴라 가죽이 내동댕이쳐지는 곳이면 어디에나 영혼이 작용을 할 것이다 라고.

영혼이 제지를 당하지 않는다면 우리는 서로 괴테의 인간들처럼 이야기를 할 것이고, 하나하나의 숨결을 노랫소리처럼 느낄 것이다. 가련하고도 훌륭한 영혼이여, 그대가 있는 곳에는 혁명이 있고 영락한 자와의 대화가 있으며, 새로운 삶이 있고, 신(神)이 있을 것이다. 영혼은 사랑이고 또한 미래이다. 그 외의 다른 모든 것은 우리의 신적인 힘을 형식화하고 분쇄하는 사물이요, 소재요, 방해일 따름이다.

계속해서 생각을 해보자.

그런데 우리는 새로운 것이 소리 높이 예고를 하고 있고 인류의 유래가 마구 진동하고 있으며 무서울 정도로 폭력이 행해지고 죽음이 광분하며 절망이 절규하는 시대에 살고 있지 않은가? 그러나 이 모든 사건들 뒤에도 영혼이 깃들어 있지

283

않은가?

당신의 영혼에게 물어보라. 미래를 의미하고 사랑이라고 불리우는 영혼에게 물어보라! 그러나 당신의 이성(理性)에게 묻지는 말아라! 세계의 역사를 과거로 되돌아 찾지는 말아라. 당신의 영혼은 당신을 비난하지는 않았으리라. 당신은 정치에 별로 신경을 쓰지 않았고 한 일도 거의 없으며, 적을 별로 증오하지도 않았고 경계선을 견고히 하지도 않았다.

그러나 영혼은 당신이 너무도 자주 그의 요구에 대해 공포심으로 도망질을 했다고 불평할 것이다. 당신은 가장 어리고 가장 예쁜 자식인 이 영혼과 교제를 하고 함께 놀고 그 노랫소리를 들을 시간이 결코 없었으며, 때로는 이 영혼을 돈을 받고 팔기도 하고 유리한 잇점을 위해 배반도 했다.

그리고 수백 만의 인간들도 마찬가지이다. 눈길을 어디로 돌리든 사람들은 노심초사하고 괴로와하며 악의에 찬 얼굴들을 하고 있었으며, 가장 무가치한 일이나 돈주머니, 그리고 요양소에 관계된 것 이외에는 하등의 여유도 없다.

그리고 이 추악한 상태란 바로 경고해 주는 고통으로서 핏속의 경고자이다―당신의 영혼은 이렇게 말하고 있다. ―만일 당신이 나를 게을리한다면 당신은 노심초사해지고 생활에 있어서 적대감을 느낄 것이다. 그리고 당신이 완전히 새로운 사랑과 주의력을 가지고 내게 몸을 돌리지 않는다면 당신은 영원히 그러할 것이며 결국 그로 인해 몰락할 것이다 라고. 또한 시대(時代)로 인해 병이 들고 행복에 대한 능력을 상실하는 자들도 결코 연약한 인간이나 가치 없는 인간은 아니다. 오히려 그들은 선량한 사람들이며 미래의 맹아(萌芽)들이다. 그들의 영혼은 만족하지를 못하고 그저 수줍음에서 그릇된 세계질서에 대한 싸움을 기피하고 있기는 하지만 내일 쯤은 진지하게 행할는지도 모르는 사람들인 것이다.

이러한 점에서 관찰해 볼 때, 유럽이란 공포의 꿈을 꾸며 자기 주위를 두들겨 때려서 자기 자신을 상처 입히고 있는 잠자는 사람과도 같다.

그래, 당신은 어느 한 교수님이 언젠가 이와 비슷한 이야기, 즉 세상은 물질주의와 지성주의(知性主義)로 괴로와하고 있다는 말을 기억하고 있다. 그분의 말은 옳다. 그러나 그는 자기 자신의 의사가 될 수 없는 것처럼 당신의 의사가 될 수도 없다. 그에게 있어서는 지성이란 것이 자기 파멸을 초래할 때까지 계속 이야기를 하고 있다. 그는 몰락한 것이다.

세상의 형세는 제멋대로 진행되어 가도 좋다. 그러나 의사의 협조자인 하나의 미래와 새로운 충동을 당신은 언제나 당신 자신의 내면에서, 즉 학대받고 유연하면서도 파괴할 수 없는 불쌍한 영혼 속에서만 발견하게 될 것이다. 이 영혼 속에는 아무런 지식도 없고 판단도 계획도 없다. 영혼에는 그저

영혼(靈魂)이란 무엇인가

충동과 미래와 감정만이 존재할 따름이다.

위대한 성인이나 설교자, 영웅이나 인내자들이 이 영혼을 따랐고, 위대한 장군이나 정복자, 위대한 마술사나 예술가들도 그를 따랐다. 이 모든 사람들의 길은 일상생활에서 시작하여 성스럽게 드높은 곳에서 끝났다. 수백 만 인간의 길은 서로 다른 길로서 그 길은 요양소에서 끝난다.

전쟁이란 개미들도 하고 있고, 국가란 꿀벌들도 가지고 있으며 재산이란 생쥐들도 모으고 있다. 당신의 영혼은 다른 길을 모색하고 있다. 그런데 그 영혼이 실패하는 경우나 당신이 그 영혼을 희생해서 성공하는 경우에는 여하한 행복도 피어나지 못한다. 왜냐하면 '행복'이란 오로지 영혼만이 느낄 따름이며, 이성이나 위장, 머리나 돈주머니가 느끼는 것이 아니기 때문이다.

여하튼 간에 우리는 이에 대해 오랫동안 생각하고 이야기할 수가 없다. 그래서 이러한 사상을 이미 오래 전에 한없이 생각하고 이야기했던 격언이 생겨났던 것이다. 이는 이미 오래전에 이야기된 것으로 시간을 초월하여 영원히 새로운, 몇 개 안되는 인간의 격언에 속하는 것이다.

「그대가 온 세상을 얻었다 할지라도 그대 영혼에 해(害)가 된다면 그 무슨 소용이 있겠는가!」

고독한 영혼의 신앙

나는 종교를 지니지 않고
산 일은 없다. 종교없이 단 하루도
살 수 없으리라. 하지만 나는 교회를
지니지 않고 살아왔다.

나는 그 동안 기회가 있을 때마다 평론(評論)의 형식으로 신앙고백(信仰告白)을 해왔을 뿐만 아니라, 벌써 10년 이상이나 전에 나의 신앙을 책의 형식을 빌어 기록해 본 일이 있다.

이 책은 《싯달타》라는 제목이었고, 그 신앙의 내용은 인도(印度)의 학생이나 일본(日本)의 승려(僧侶)들에 의해 자주 검토되고 논의되었으나, 그리스도교의 동료들에 의해서는 한번도 행해진 바가 없었다.

나의 신앙이 이 책에서 인도의 이름과 얼굴을 지니고 있는 것은 결코 우연은 아니다.

나는 두 가지 형태로 종교를 체험했다. 결국 신앙이 두터운 성실한 프로테스탄트의 자식으로서, 그리고 인도의 셰시(啓示)

의 독자(讀者)로서.

이 중에서는 우파샤도(秘傳의 書)나 바가봐도 기이타(神의 노래)나 불타(佛陀)의 설교를 나는 상위(上位)로 꼽는다.

내 자신 참된, 살아 있는 그리스도교 신앙의 한 가운데에서 자라나면서 자신의 종교성(宗敎性)의 최초의 자극을 인도의 형태로 체험한 것도 실상 우연이 아니었다.

나의 부친도, 모친도, 외조부도 평생을 인도에 있어서의 그리스도교의 포교(布敎)에 종사하고 있었던 것이다.

그러나 나의 사촌형제의 한 사람과 나에게 있어서 종교의 서열(序列)이라는 것은 존재하지 않는다는 점을 인식하게 되었고, 부모와 조부에게 있어서도 인도의 신앙과 형식에 상당한 수준의 근본적인 지식이 있었을 뿐만 아니라, 절반 밖에 표백(表白)되지 않았다고 하더라도 이 인도의 형태에 대해 아무튼 공감이 나타내어져 있었다.

나는 정신적으로는 인도라는 것을 그리스도교와 똑같이 어렸을 때부터 들이마시며 더불어 체험해 왔다.

이에 비해 나는 그리스도교를 일회적(一回的)이며, 고정된, 나의 생활에 파고 드는 형식으로 몸에 지녔다. 그러나 그것은 오늘날에 와서는 이미 시대에 뒤 떨어진 것이 되어, 거의 사라져 버렸다. 약한, 덧없는 형태였다. 결국 경건주의(敬虔主義)의 색채를 지닌 신교(新敎)로서 그리스도교를 몸에 지녔던 것이다. 그 체험은 깊고 강했다. 나의 부모와의 생활은 그야말로 신의 나라에 의해 규정되고, 그것에 바쳐져 있었기 때문이다.

인간이 그 생명을 신에게서 받은 것으로 간주하고, 이기주의적인 충동에 있어서가 아니라, 신에 대한 봉사와 희생으로 살려고 노력한다는 것, 그것은 내가 어린이로서 이어받고 체험한 최대의 것으로서 나의 일생을 강하게 감화시켰다.

나는 「세상」과 세상 사람들을 한 번도 충분히 진지하게 대한 일이 없었다. 나이를 먹게 됨에 따라 더한층 진지하게 대하지 않게 되었다.

그러나 나의 부모와 이 그리스도교는 살아 있는 생활로서, 봉사와 희생으로서, 공동체와 과제(課題)로서, 매우 크고 고귀했다고 할지라도—내가 어렸을 때 친숙하게 대한 그리스도교의 종파적(宗派的)인, 부분적으로는 분파적(分派的)인 형태는 내게 있어서 이미 옛날부터 의심스럽게 여겨졌고, 부분적으로는 그야말로 견딜 수 없을 정도였다.

여러 가지 말이 외워졌고, 시(詩)가 노래되었거니와, 그것은 나 자신 가운데에 머물러 있던 시심(詩心)을 일찍부터 상처나게 만들었다.

어린시절의 초기가 끝났을 무렵, 나는 부모나 조부같은 사람이 카톨릭 교도처럼 고정된 신앙고백과 도그머를 지니지 않았고, 참된 실재(實在)의 교회를 지니지 않았던 까닭에 그 얼마나 고민하고 괴로와 하고 있었는가를 환히 할고 있었다.

소위 프로테스탄트의 교회가 존재치 않는 사실, 오히려 다수의 작은 여러 교회로 분열되어 있었다는 것, 그 교회와 그 수장(首長)과의 역사는 비방되고 무시된 교황(敎皇)의 교회의 역사보다 조금도 고귀하지 않다는 사실, 나아가서 거의 모든 실재의 그리스도교, 신의 나라에 대한 실재의 헌신(獻身)은 이 지루한 작은 교회에서 행해지고 있는 것이 아니라, 윤곽이 뚜렷하지 않는 덧없는 형태의 더 작지만 그 대신 열렬한 집회에서 행해지고 있었다는 사실—그런 것은 모두가 내게 있어서는 소년시절의 상당히 일찍부터 아무런 비밀도 아니었다.

하기는 부친의 집안에서는 각방(各邦)의 교회나 그 습관적인 형태에 대해서 오직 존경의 마음으로 이야기되고 있었다(그 존경을 나는 완전히 진정한 것으로는 느끼지 못했고, 일찍부터 의심스럽게 생각하고 있었다).

실제로 나는 그리스도교 신자였던 소년시절을 통해서 교회로부터 아무런 종교적 체험도 느끼지 못했다.

가정적인, 개인적인 예배와 기도, 부모와의 생활, 왕자(王者) 같은 가난함, 불행한 것에 대한 섭섭함, 그리스도교 신자인 동료에 대한 형제애, 이교도(異敎徒)를 위한 마음씨, 그리스도교

신자로서의 생활의 감격에 뛰어난 고결함 따위는 분명히 성서(聖書)를 읽는 것으로 그 양식을 받고 있었지만, 교회로부터는 받지 않았다.

일요일마다의 예배, 성서강독(聖書講讀), 어린이를 위한 교의문답(敎義問答) 따위는 아무런 체험도 내게 가져다 주지 않았다.

몹시 답답하고 편협스러운 이 그리스도교에 비하면, 약간 달콤한 시구(詩句)나 대개는 매우 지루한 목사의 설교에 비하면 인도의 종교와 문학세계는 훨씬 유혹적이었다.

그곳에서는 몸 가까이에 있는 것 때문에 괴롭힘을 당하는 일이 없었다. 잿빛으로 칠해진 멋대가리없는 설교단(設敎壇)의 냄새도, 경건주의적인 또는 성서적인 냄새도 나지 않았다. 오히려 나의 공상을 작용시킬만한 여지가 있었다. 인도의 세계에서 낳은 최초의 복음을 저항없이 받아들일 수가 있었다. 그것은 내게 평생의 감화를 주었다.

훗날 나의 개인적인 종교는 거듭 형태를 바꾸었으나, 그것이 개종(改宗) 같은 뜻에서 갑자기 행해진 일은 한 번도 없이 점차적으로 서서히 성장과 발전이라는 뜻에서 행해졌다.

나의 《싯달타》가 인식이 아니고, 사랑을 상위(上位)에 놓은 것, 교의(敎義)를 거부하고 통일의 체험을 중심에 놓은 것은 그리스도교에 대한 반전(反轉)이라고, 아니, 완전히 신교적(新敎的)인 경향이라고 느낄는지도 모른다.

나는 인도의 정신계(精神界)보다 뒤늦게 중국(中國)의 정신계를 가까스로 알았다. 그리고 새로운 발전이 행해졌다.

공자(孔子)와 소크라테스를 형제로 생각하게 만드는 고전적(古典的)인 중국의 도덕적 관념과 신비적인 탄력을 지닌 노자(老子)의 은미(隱微)한 영지(英知)는 나의 마음을 사뭇 강하게 뒤흔들었다.

또한 고도의 정신을 지닌 몇 명의 카톨릭 신자, 특히 친구인 후고 바르와의 사귐에 의해 그리스도교회 감화의 물결이 겹쳐져 찾아들었다. 바르의 통렬한 종교개혁 비판을 나는 시인할 수가 있었지만, 그러나 카톨릭 신자는 되지 않았다.

당시 내게도 카톨릭 신자들의 책모(策謀)나 정략(政略)이 어느 정도 엿보이고 있었다. 후고 바르처럼 순수하고 뛰어난 성격의 사람이 그 교회나 정신적, 정치적 대표자들에 의해 그때 그 때의 상황에 따라 그 얼마나 선전적(宣傳的)으로 이용되거나, 버림받거나, 부정되거나 했는가를 나는 보았다.

분명히 카톨릭 교회도 종교를 위한 이상적인 곳은 못 되었다. 그곳에도 분명히 야심과 존대(尊大)함, 싸움을 연상케 하는 논쟁, 거치른 권력의지(權力意志)가 작용하고 있었다. 그 곳에서도 그리스도교적인 생활은 분명히 개인적인 마음 깊이로

움츠러들기 마련이었다.

이와같이 나의 종교생활에 있어 그리스도교는 분명히 유일(唯一)은 아니나 지배적인 역할을 하고 있다. 하기는 교회적인 그리스도교보다 신비적인 그리스도교이다.

그것은 충돌이 없는 셈은 아니지만, 싸움을 동반하지 않고 살아 있다. 그리고 통일의 사상을 유일한 교의로 삼는 인도적, 아시아적 색채가 짙은 신심(信心)과 양립하고 있다.

나는 종교를 지니지 않고 산 일은 없다. 종교없이 단 하루도 살 수는 없으리라. 하지만 나는 교회를 지니지 않고 살아 왔다.

신교의 여러 종파가 초종교적(超宗敎的)인 통일을 실현할 수 없다는 것은 나로 하여금 언제나 독일인이 통일을 실현하는 능력이 없음을 나타내는 탄핵적 상징(彈劾的象徵)으로 여겨졌다. 이런 식으로 생각하면, 전에는 나는 그래도 약간의 존경과 부러움으로 로마 카톨릭 교회를 바라 보았었다.

고정된 형식과 전통과 정신의 현현(顯現)을 구하는 신교도로서의 나의 동경은 오늘날 역시 서양 최대의 문화적 조직에 대한 존경을 유지시키고 있다. 하지만 이 찬란한 카톨릭 교회도 거리(距離)를 두고 보는 경우에만 존경할 만한 것이지, 다 가서면 곧 온갖 인간의 형성물이 그렇듯이 카톨릭 교회도 피와 권력정치의 비천한 냄새가 강해진다.

그렇기는 하지만, 나는 줄곧 카톨릭 신자를 부럽게 생각한다. 이따금 매우 좁은 소실(小室) 속에서가 아니라 제단(祭壇) 앞에서 기도를 외울 수 있다는 점에서. 또한 참회를 노상 고독한 자기비판의 비꼬임으로 드러내는 대신에 참회석 구멍속에다 말할 수 있다는 점에서.

294

제Ⅳ부 고독한 영혼을 위하여

예술은 신과 악마의 합작품인가

어린천사의 죽음에

인생을 조금도 맛보지 못한 채,
아이야, 너는 이제 떠나고 없다.
우리들 늙은 것이 아직도
시든 기억 속에 얽매여 있음에도.

이승의 바람과 빛을 맛보기 위해서는
한 번의 숨결과 눈길만으로도
너에겐 흡족하고 남음이 있었다.
더는 눈뜨지 않으려 잠든 아이야.

어쩌면 그 한 번의 숨결과 눈길 속에
이승의 온갖 유희와 모습이
너에게 비치어서
너는 그만 주춤하곤 돌아가 버렸는가.

우리들의 눈빛이 언젠가 꺼질 때 아아
그 때에는 어쩌면 우리들이 알리라.
너의 눈이 본 것 이상으로는
우리들이 아는 것이 없다는 것을!

예술가의 이중성과 그 갈등

예술가는 일반 시민들 틈에 섞여
생활하지만 이 세계의 한복판에서
그는 정신적으로 한 사람의
방랑자이다.

대부분의 예술가들은 두개의 영혼과 두 가지의 기질을 함께 가지고 있다.

즉 그들에게는 신적인 면과 악마적인 면, 모성적인 피와 부성적인 피, 행복을 수용하는 힘과 불행을 수용할 수 있는 힘이 서로 대립하고 있거나 한 곳에 혼합되어 있다.

그런 이유로 예술가들은 대개 안정되지 못한 생활을 하는 것이 보통이다. 드문 일이기는 하지만 행복해질 때가 있으면 말로 표현하기 어려울 만큼 깊이 이를 체험하기도 한다. 또한 그런 찰라적인 행복이 엄청난 생의 고통을 덮어 씌워 사람을 매혹해버리기도 한다.

고통의 대해(大海)에서 일어나는 순간적인 행복의 물거품이 바로 모든 예술 작품을 탄생시킨다. 그 작품 속에서 고통을 지니고 살아가는 사람은 잠시나마 자신의 운명을 초월할 수 있는 것이다. 그의 행복은 별처럼 빛나고, 보는 사람들의 눈에는 영원성을 지닌 것, 자아의 실현인 것처럼 느껴진다.

예술가의 경우에는 그들의 일과 작품이 어떤 평을 받게 되든 그들 자신의 실제 생활과는 무관한 것이 된다.

그들의 생활은 현실성이 없으며 일정한 틀도 없으므로, 판사, 의사, 구두수리공, 교사라고 불리우는 다른 누군가도 직업이라는 의미에서는 영웅도 사상가도 아닌 것이다. 그들의 생활은 영원히 고통으로 싸인 소용돌이같은 것이며, 바위에 부딪쳐 부서지는 파도에 지나지 않는다.

우리가 그런 어지러운 생활 위에 비치는 희한한 체험과 일과 사상과 작품의 의미를 이해하려 들지 않는다면 그들의 생활이란 불행으로 가득찬 엉터리 같은 것으로 보일 것이다.

인간의 삶은 온통 혼동의 세계이며, 인간은 인류의 어머니인 신이 잘못 낳은 광폭한 자식이고, 자연의 난폭한 습작품에 지나지 않는다는 위험한 사상은 이런 예술가들 사이에서 생겨난 것이다. 하지만 또한 이들을 통해, 인간은 반이성적 동물인 동시에 신의 자녀이며 불멸의 숙명을 지니고 있는 것이라는 사상도 생겨난 것이다.

높은 수준으로 발전한 개성은 자아를 반역하고 자신을 파괴하려는 경향이 있다. 예술가는 성인이나 방탕아에게 미혹되긴 하지만 나약한 품성과 습관적인 나태 때문에 자유로이 거친 세계에 뛰어들 수도 없고 언제까지나 시민 생활이라는 대지에 묶여 있기 마련이다. 대부분의 지식인과 예술가들은 이런 유형에 속한다. 그들 중에서도 가장 강한 사람들만이 시민세계를 탈출하여 우주를 자유로이 날아다니는 것이다.

다른 사람들은 모두 체념과 적당한 타협으로 시민사회를 경멸하면서도 역시 그런 생활에 파묻혀 더욱 견고하게 시민 생활을 예찬하고 있다. 살아가기 위해서는 이런 종류의 시민성을 긍정하지 않을 수가 없기 때문이다.

많은 예술가들에게 있어서 이런 현상은 불행으로, 그들이 가진 천부적인 능력은 파괴되고 그 속에서 고생을 겪으며 단련되고 풍족해질 뿐이다. 자유를 얻은 소수의 사람들만이 절대의 경지로 돌입하여 철저하게 파멸해 버리고 만다. 이들만이 비극적인 인물이지만 그 수는 얼마 되지 않는다.

그와 같은 자유의 경지에 이르지 못했다 해도, 시민 세계의 인간들로부터 그 재능에 대해 존경을 받고 있는 사람들에게는 제 3의 세계가 열려 있다. 이 세계는 공상적인 것이긴 하지만 독립적이고 유머 감각이 있는 세계인 것이다.

언제나 무거운 고뇌로 가득 차서 평화를 얻지 못하는 예술가들은 별의 세계로 뛰어들 힘도 없고 절대적 사명을 자각하면서도 그것에 몸을 바치지 못한다. 하지만 그들의 정신이 고통으로 단련되고 탄력성을 지닐 때, 유머라는 부드러운 출구가 그들 앞에 마련되는 것이다.

유머는 철저히 통속적인 인간에게는 이해가 안되지만 역시 시민적인 것임에는 틀림없다. 유머라는 지극히 환상적인 기초 위에서 예술가들의 복잡한 이상이 모두 실현되는 것이다. 이 세계에서는 성인과 타락자를 동시에 긍정하여 양 극단을 한데 묶을 수 있을 뿐만 아니라 시민의 개념 자체도 긍정할 수 있는 것이다.

성인에게는 범죄자를 포용하는 일이 불가능하지 않다. 범죄자가 성인을 받아들이는 것도 마찬가지이다. 그러나 성인일지라도 타락자에게나, 다른 극단적인 사람들에게 있어서는 저 미온적인 시민성을 긍정하기란 무척 어려운 일이다.

오직 유머만이 이 불가능한 일을 해낼 수 있다. 가장 위대한 일로 가는 사명이 단절되었을 때 불행한 천재들이 발명해낸 인류의 독창적인 산물이 바로 이 유머인 것이다.

현실에 살면서도 현실과 떨어져 살고, 법률을 지키면서도 그것을 초월하고, 소유하면서도 소유하지 않으며, 체념하면서도 체념하지 않고 있는 것처럼 사는 효과적인 처세술을 실현할 수 있는 것, 그것은 오직 유머뿐이다.

그러므로 예술가는 단순히 두개의 본성으로 이루어진 것이 아니라 수백, 수천의 본성으로 이루어진 것이다. 다른 모든 사람들의 생활과 마찬가지로 그의 생활은 그저 두개의 극, 이를테면 본능과 정신, 성인과 타락자 사이를 왕래하고 있을 뿐만 아니라 수천의 무수한 양극 사이를 진동하고 잇는 것이다.

시민측에서 본다면 예술가의 생활은 한번 고립될 때마다 규범적인 것, 허용된 것, 건강한 것으로부터 분리되어 때때로 멀어져 가는 것이다. 예술가는 시민들 틈에 섞여 생활하지만 이 세계의 한복판에서 그는 정신적으로 한 사람의 방랑자이다. 종교, 고향, 가정, 정치는 가치를 잃어, 이미 그와는 아무런 상관이 없게 된다.

'시민'이라고 불리는 사람들은 마음 내키지 않을 때도 남을 방문하고 이야기를 나누고 약속을 지킨다. 무엇이든 강요당한 것처럼, 기계적으로, 싫은데도 억지로 하고 있다. 기계에게 시켜도 마찬가지일 것이며 안해도 그만인 것이다.

자신의 생활에 대한 엄밀한 비판을 막고 자기의 어리석음과 천박함을 우리를 향해 으르렁거리는 인생의 애매성, 절망적인 비애를 깨닫고 느끼는데 방해가 되는 것이 바로 기계적인 일상의 반복이다.

위대한 예술가 중 괴테의 예를 생각해보자. 괴테는 다른 위대한 사상가와 마찬가지로 인간 삶의 불확실성과 절망을 명백하게 인정하고 느꼈다. 순간적인 영광과 비참한 쇠퇴기와 감정의 고양에 대한 댓가로 지불되는 감옥같은 일상 생활, 영혼의 세계에 대한 타오르는 강한 동경과, 필연적인 싸움을 영원히 하고 있는 순수자연에 대한 열정, 공허와 불안 사이의 무서운 방황 등 인간 삶의 무상함과 무궤도성과 심각한 절망 모두를 괴테는 인정하고 고백도 하였다.

그런데도 괴테는 그의 실생활을 통해 그 반대의 상태를 표현하고 있다. 그는 신앙심과 낙천주의를 표명하고 자신에게나 다른 사람에게나 우리들의 정신적인 노력과 그 의의를 나타내 보이고 있는 것이다.

그는 자신의 마음에 대해, 또한 클라이스트나 베토벤에 대해서도 심층고백, 절망한 진리의 소리를 거부하며 억눌러 왔다. 괴테는 몇 십년 동안이나 지식과 수집물의 누적과 편지 수집 등 그가 바이마르에서 가진 긴 노년 생활 전체가 마치 순간을 영구화하는 길인 것 같은 태도를 보였다. 그러나 사실, 그 기간은 소멸된 것이다.

그는 자연을 신성하고 영적인 것으로 표현했지만 실제로는 자연을 일정한 틀에 박아 놓았을 뿐이다. 이것이 바로 괴테에 대해 비난하고 있는 불성실한 측면의 핵심이다.

현실에서 탈출하는 예술가

예술가의 비극은 자신을 너무
정확히 파악하고 있다는 점에 있다.
그것은 그 자신에게 있어서 지옥과 같은
고뇌와 치욕의 원인이 된다.

모든 힘과 행위가 어디에나 있다고 하는 것은 고대 인도 사람들에게도 잘 알려진 사실이다. 라디오의 기술은 지극히 단순한 수신기와 송신기를 조립하여 '편재'라는 현상의 일부를 일반에게 인식시켰음에 지나지 않는다.

오래 전부터 내려오는 지식의 핵심인, '시간은 실재하지 않는다'라는 명제도 오늘날까지의 기술에 의해 인정되고 있지는 않지만 이것도 결국은 '발견'되어 기술자의 손에 맡겨지게 될 것이다. 가까운 미래에, 지금 파리나 베를린에서 연주되는 음악을 프랑크푸르트나 쮜리히에서도 들을 수 있는 것과 같은 찰라의 현상, 영상이 나타날 것이다.

모든 과거사가 그와 함께 재연되어, 선이나 잡음이 전혀 없는, 언젠가는 솔로몬왕이나 발터 폰 데어 포겔바이데의 소리가 들리게 될 것이다. 이 모든 것이 초기의 라디오와 마찬가지이다. 그저 인간을 그 본래의 목적과 자아로부터 유리시켜 쓸데없는 오락과 가치없는 그물을 더욱 더 인간 주위에 넓게 둘러치는 일 이외에는 어떤 역할도 하지 못할 것이라는 점이 점차로 사람들에게 알려질 것이다.

예술가의 비극은 자신을 너무나 정확히 파악하고 있다는 점에 있다. 그것은 그 자신에게 있어서 지옥과 같은 고뇌와 치욕의 원인이 된다. 그는 자신이 거미줄에 걸린 파리와 같이 될 것을 뻔히 알면서도 마지막 운명을 향해 발버둥 치는 자신의 비참한 모습을 보고 있다.

줄에 엉겨붙어 탈진된 상태로 거미가 자신을 먹이로 삼키려는 것을 바라보고만 있어야 하는 처지, 결국 구원의 손길이 나타나는 것 따위를 모두 알고 있는 것이다.

그는 자신의 고통, 마음의 질병, 얽매인 모습, 신경증에 대해 가장 통찰력 있는 견해를 밝힐 수도 있을 것이다. 하지만 참으로 그에게 중요한 것은 알고 있다는 사실 자체가 아니다. 정말 필요한 것은 체험이며 결정이다. 그리고 행동으로 이끄는 추진력과 충격이다.

보통 사람들에게는 예사스러운 일이라고 해도 예술가는 무엇이든 배워야 한다. 식사에서 느끼는 즐거움도 익혀야만 하는 것이다. 오리고기의 다리살, 그 투명한 살점을 뼈에서 도려내는 것이 훌륭한 향연이 되는 것이다. 마치 사랑의 행위를 준비하는 청년이 처음으로 처녀가 속옷 벗는 것을 도와주는 것과도 같이, 감사의 마음으로 마음을 긴장시키고, 욕망으로 가득찬 기분으로 식사를 대해야 하는 것이다.

그러나 예술가는 일반적인 행복에 만족하지 못한다. 예술가는 태어날 때부터 행복을 받아들이지 못하는 성격이다. 그가 바라고 있는 불행 역시 일반적인 의미의 불행은 아니다. 그가 기꺼이 고통받고 기꺼이 몸바쳐 죽을 수 있는 그런 불행, 독특한 의미에서는 행복이기도 한 그 불행을 갈망하고 있는 것이 바로 예술가다.

일반적으로 이성에게서 느끼는 행복이 예술가의 경우에는 존재하지 않는 것은 아니다. 그것은 역시 예술가에게도 만족을 주며 장마철의 갠 날씨처럼 아름답다.

하지만 그는 그것이 결코 오래 지속되지 못하리라는 것을 잘 알고 있는 것이다. 이성에게서 얻은 만족은 예술가를 배부르게 하고 잠을 재워 주기도 한다. 그렇지만 그것을 위해 기꺼이 죽을 수 있는 종류의 행복은 아닌 것이다.

예술가는 항상 위대한 것, 영구적인 것을 탐구하고 추구하고 있으므로 조그마한 것이나 깔끔한 것으로는 만족하지 못한다. 그러나 실제의 생활이 그를 잠에서 깨워 자신을 사색의

현실에서 탈출하는 예술가

대상으로 삼게 했을 때, 그의 고통은 커져가는 것이다. 여태까지 그가 아름답고 신성한 것으로 여겨 사랑하고 존경해 온 일체의 것도, 인간의 위대한 사명에 대한 그의 신념도 그를 우울과 절망에 빠뜨릴 뿐, 결코 그를 구원해 주지 못한다.

그의 신념은 숨도 쉴 수 없게 되어 버린다. 그 질식의 결과는 고통스러운 죽음이다. 그것이 바로 예술가의 운명이리라.

이런 식으로 예술가는 몰락할 수밖에 없는 것이다. 단순하고 값싼 것으로 만족하고 있는 세계에 대해 그는 너무나 많은 불만과 욕구를 지니고 있기 때문이다. 세계는 그를 수용하지 못하고 결국은 토해내고 만다. 당대에 있어서 그는 너무나 비중이 큰 사람이기 때문이다. 조잡한 음악보다는 좋은 음악, 향락 대신 진정한 기쁨을, 돈 대신 영혼을, 영리추구 대신 참된 일을, 유희 대신 열정을 희구하는 사람에게는 현재의 이런 화려한 세계가 결코 고향일 수 없는 것이다.

예술가는 세계와 시대와 금전과 권력을 통속적이고 평범한 사람들의 전유물로 간주한다. 이것들은 진정한 사람이 가질 수 있는 것이 못된다. 명성이라는 것도 학교 교육을 위해서만 필요한 것이다. '영원'이라는 개념은 결코 명성에 관련된 이야기가 아니다. 예술가들처럼 그리움의 부피가 큰 사람들은 이 세계 외부의 공기를 호흡해야만, 즉 '영원'이라는 것이 존재해야만 살아갈 수 있는 것이다. 그 영원한 곳만이 참된 사람이 살 수 있는 나라이기 때문이다.

그러므로 예술가란 일반인들이 생각하듯이 넘치는 감흥에서 가끔 예술작품을 뽑아내는 호쾌한 신사가 아니라 대개는 먹고 살기가 힘들어 질식할 듯하므로 뭔가를 토해내지 않을 수 없는 불행한 인간들이다. 행복한 예술가란 존재할 수 없다. 그런 말은 통속적인 사람들의 잠꼬대에 불과하다.

유쾌하고 밝았던 모짜르트는 샴페인으로 원기를 북돋우는 대신, 먹을 것이 없어 고생하였다.

베토벤이 왜 젊었을 때 자살하지 않고 그렇게 대작을 남길 수 있었는가는 아무도 모르는 것이다. 위대한 예술가는 생활 면에서 언제나 불행했다. 배가 고파서 자신의 주머니를 열어 보면 주머니 안에는 언제나 진주뿐이다.

모든 위대한 예술가의 영혼에 깃들어 있는 한가지 비밀 그것은 내면의 고독과 정신적인 자학의 심연이다. 그 속에서 바로 위대한 창조가 이루어지고, 세계를 시시각각 새로운 감각으로 포옹하고 정복하는, 싫증을 모르는 충동이 예술가에게서 솟아나오는 것이다. 또한 그 안에서 거장의 예술품에 서린 이해하기 어려운 비애도 나타난다.

유쾌한 즐거움에 도달하는 것이 나에게나 다른 많은 사람들, 특히 예술가들에게는 가장 높고 귀중한 목표인 것이다. 이런 쾌활함은 희롱도 자기 만족도 아니고, 최고의 인식이고

현실에서 탈출하는 예술가

사랑인 동시에 온갖 현실에 대한 긍정적 태도이다. 심연의 언저리에 서 있으면서도 자각을 갖는 것이다.

이것은 성인과 기사의 덕택이다. 함부로 혼란을 일으킬 수도 없는 것이며, 나이 들고 죽음에 접근함에 따라서 더욱더 맑은 빛을 더하게 된다. 이것이야말로 미덕의 비밀이며 모든 예술의 본질이다.

인생의 화려함과 두려움을 시의 주제로 찬양하는 시인이나 그것을 순수한 현실로 들려주는 음악가는, 처음에는 눈물과 고통의 세계로 우리를 이끌어 주는 것 같지만 본질적으로는 지상의 기쁨과 유쾌함을 우리 영혼에 뿌려주는 것이다. 이런 경우의 시는 우리 마음을 도취시키지만, 시인은 결국 고독한 존재이다. 음악가는 우울한 몽상가일지 몰라도, 그 작품은 모든 신과 별의 명랑함에서 영향받은 바가 크다.

예술가들이 우리에게 주는 것은, 그의 어두움과 불안이 아니고, 순수한 빛, 영원한 즐거움의 한 방울이다.

모든 민족과 언어가 신화와 우주와 종교로써 세계의 심오한 면을 탐지해 내려고 애쓰는 경우에도, 도달하려는 최고의 목표는 바로 이 유쾌한 즐거움인 것이다. 이런 쾌활함이라는 것은 무엇보다도 세상의 두려움이나 화염의 한 가운데를 뚫고 당당하게 걸어가며 미소지을 수 있고, 가치있는 것을 위해 즐겁게 희생을 바칠 수 있는 용기를 말한다.

제 V 부 예술은 신과 악마의 합작품인가

강하고 섬세한 감각을 소유한 사람, 영감을 얻는 사람, 몽상을 하는 사람, 시를 쓰는 사람, 연애에 열중하는 사람들은 지적인 사람들보다 대부분 우월하다고 볼 수 있다.

정신적이고 이성적인 것으로 채워진 인간은 다른 사람들을 지배하고 이끌어 가는 것으로 보일지도 모르지만 충실히 살고 있다기보다는 메마른 생활을 하고 있다.

충실한 생활과 즙이 흐르는 과일, 사랑의 화원, 아름다운 예술의 나라는 그와 다르다. 그 나라의 고향은 대지이지만, 지적(知的) 인간들의 고향은 관념이다. 대지의 인간이 지니는 위험은 감각의 세계에 빠지는 것이지만, 관념의 인간이 지니는 위험은 진공의 공간에서 질식하는 것이다.

그러므로 예술가는 자연을 가능한 한 진지하게 받아들여야 한다. 예술가는 자연의 형제이며 친구가 될 수 있다. 자연과 함께 노닐며 자신을 창조해 갈 수 있다. 보통의 예술가는 자연을 모방하는데 그친다. 이런 진정한 예술가는 백년에 한 사람 나올까 말까 하다

사람은 언제라도 자신의 한계를 극복하고 뛰쳐나갈 수 있다. 쇠사슬을 끊어버릴 수가 있는 것이다. 하지만 그렇게 하기 위해서는 비장한 각오를 해야만 한다. 거기에 따르는 엄청난 희생을 염두에 두지 않으면 안된다. 그러므로 그 일을 생각하지 않는 것이 상책이지만 예술가는 종종 그런 것을 기도한다.

현실에서 탈출하는 예술가

좋은 시와 나쁜 시

시는 오직 시인을 향해 말하고 있을 뿐이다.
시는 폭발, 외침, 탄식, 자각의 몸부림이다.
이 본질적인 기능의 면을 생각한다면
어떤 시에도 비평은 불가능하다.

　내 나이가 열 살쯤 되었을 때라고 생각한다. 어느 날 우리들은 학교에서 시 한 편을 공부하게 되었다. '베이컨을 굽는 소년'이라는 제목의 시였다. 한 용감하고 작은 소년이 전투에 참가해서 위험을 무릅쓰고 어른들을 위해 총알을 주워 모아 영웅이 되었다는 이야기가 그 시의 내용이었다.

　우리들 모두는 이 시에 반해버렸다. 선생님이 나중에 「이것이 좋은 시라고 생각하는가?」를 물으셨을 때, 우리들은 입을 모아 「그렇습니다.」라고 대답했다. 하지만 선생님은 미소를 지으며 고개를 가로저으셨다. 「그렇지 않아. 이건 좋지 못한 시란다.」

　선생님의 말씀도 옳았다. 그 시는 우리 시대의 규범이나 취향을 고려할 때, 결국 우수하지도 아름답지도 않았다. 그것은 퍽 조잡한 시였다. 그렇지만 그 시가 어린 시절 우리들의 마음을 엄청난 흥분과 감격으로 채워준 것은 부인할 수 없는 사실이었다.

세월이 흘러 내가 스무 살쯤 되었을 때, 나는 어떤 시든 한 번만 읽어보면 그것이 훌륭한 시인가 그렇지 못한 시인가를 단정지을 수 있었다. 잠깐 눈으로 훑어보고 두 행쯤 소리내어 읽어보면 충분했다.

그 후 다시 10년이라는 세월이 흘렀다. 그리고 그동안에 무수히 많은 시가 내 손을 스치고 지나갔다. 이제 나는, 내게 어떤 시가 발견되거나 제시되었을 때 그 시를 좋다고 할 것인가 나쁘다고 말할 것인가를 결코 판단할 수가 없다.

요즈음 나는 자주 시를 보아 달라는 부탁을 받게 되었다. 대부분의 경우, 그것은 그 시에 대한 평론을 첨부하여 출판인을 구하려는 젊은이들의 시이다.

나는 본의 아니게 이 젊은 시인들을 당혹스럽게 만들거나 실망시키곤 한다. 그들은 분명 나를 시에 대해 풍부한 경험이 있는 선배라고 생각하지만, 실제로 나를 만나보면 내 태도에 실망하고 마는 것이다. 나는 그저 고개를 갸우뚱하고 원고를 이리저리 넘겨보다간 결국 그 가치에 대해 별로 이야기를 들려주지 못하기 때문이다.

좋은 시와 나쁜 시

내 나이 스물에는 단 2분 동안에 완벽한 자신감을 가지고 해낸 그 일이 이제는 매우 어렵게 된 것이다. 아니, 곤란하게 되었다기보다는 거의 불가능하게 된 것이다.

경험이라고 말하면, 누구든 젊을 때는 스스로 얻을 수 있는 것처럼 생각하기 쉽지만 경험이란 결코 손쉽게 얻어지는 것이 아니다. 태어날 때부터 경험을 갖는 재능을 지닌 사람이 있는 것이다. 그런 사람들의 경험이란 어머니 뱃속에 있을 때 이미 형성된 것인지도 모른다. 그렇지만 나뿐만 아니라 대부분의 다른 사람들은 40세가 되고 60세가 되고, 백발이 넘어도 '경험'이라는 것이 진실로 어떤 것인지를 잘 모르는 채로 죽어가는 것이다.

스무 살 때 내가 소유하고 있던, 시를 판단하는 자신감은 아마도 다음과 같은 이유에서였을 것이다. 그 무렵, 나는 특정한 몇몇의 시와 시인을 열정을 가지고, 또 거의 전적으로 좋아했다. 그래서 어떤 책이나 시라도 곧 그들의 것과 나란히 비교의 저울에 올려놓았던 것이다.

내가 좋아하는 시인의 작품이거나 비슷한 시의 유형이면 그것은 좋은 것이었다. 그렇지 않으면 그 시는 전혀 가치를 인정 받지 못하기가 일쑤였다.

지금까지는 내게는, 사랑하는 몇 사람의 시인이 있다. 그들 중 몇몇은 20세 무렵의 시인과 같기도 하다. 그러나 현재의 나는 그 음조가, 시인 중 꼭 누군가를 연상케 하는 시야말로 가장 불신하게 되었다.

지금 나는 시인과 시에 대한 일반론을 펼치고 있는 건 아니다. 단지 좋지 못한 시, 즉 작자 자신을 제외하고는 대부분의 사람들이 너무 평범하고 가치 없다고 평가하는 시에 대해서 이야기 하고 싶은 것이다.

나는 지금까지 그런 시를 수백 편이나 읽었다. 아마도 젊었를 때는 그런 시가 왜 좋지 않은가 하는 것도 잘 알고 있었던 것같다. 하지만 지금 내게 있어서는 그런 판단이 대단히 위태로운 것으로 여겨진다. 이전의 자신감, 지식의 축적이 이젠 모든 습관이나 지식이 그렇듯이 어느새 의심스러운 것으로 변하고 말았다. 그런 판단이 갑자기 지루하고 무미건조하고 불확실한 것으로 변해버렸다. 내 마음 속에서 그것이 반역을 일으켜 금이 가고 만 것이다.

차츰 일체의 지식이나 판단도 사라져가고 있다. 남아 있는 것은 다만 내가 과거에 보고 읽은 것의 찌꺼기일 뿐이다. 그것은 이미 지나가버린 것으로, 그것에 대해 이전에 부여해두었던 가치가 정말 있는지 없는지 그것은 이제 영원히 알 수 없게 되고 말았다.

지금도 시를 읽으면 종종 그런 일이 일어난다. 가치를 부여하기 어려운 나쁜 시에 흥미를 느끼고, 그것을 인정하고 찬양하는 일, 그리고 그 반대로, 좋은 시, 최신의 시들이 의심스럽게 느껴지는 것이다. 이것은 우리들이 가끔 엉터리 교수나 장관 정신병자들에게서 지니게 되는 감정과 같은 종류의 생각이다. 이 관료들이 나무랄데 없는 시민이며 신의 피조물이며 훌륭한 국민의 일원이며, 경탄할 만한 인류의 한 사람이라는 사실을 인정하면서도, 혹은 미친 사람을 불쌍한 친구, 불행한 병자로서 그 존재를 관용하고 연민을 느끼면서도 그 가치를 인정할 수 없다는 것이 우리의 확신이다.

하지만 갑자기 그 반대가 진실인 것처럼 보이는 날이 있다. 또는 적어도 그런 순간이 있다. 그럴 때 우리의 눈에는, 미친 사람은 침착하고 만족할 줄 아는 인간, 자기 외부에서 일어나는 일에 구애받지 않고 자신의 신념에 안주할 수 있는 현인(賢人)으로 보인다.

그렇지만 교수나 장관은 있으나 없으나 마찬가지인 인간, 나약하고 쓸모 없는 인간들처럼 여겨지는 것이다.

그와 비슷한 일이 좋지 못한 시를 접했을 경우에도 일어난다. 갑자기 그것이 전혀 나쁘게 보이지 않는다. 문득 포근하고 부드러운 향기를 내뿜게 된다. 그 나쁘게 느껴졌던 부분, 뚜렷한 결함이 오히려 감동을 준다. 독창적이고 사랑한 만한 매력을 발산하는 것이다. 여기에 비교하면 이제까지 찬양하던 가장 아름다운 시도 다소 퇴색되어 지나치게 틀에 박힌 듯한 느낌을 줄 때가 있다.

그와 함께 현재 가장 젊은 층의 시인들에게서 이와 흡사한 일이 이루어지는 것을 볼 수 있다. 그들은 이미 형식적인 '좋은 시'는 더 이상 만들어내지 않는 것이다. 그들 중 아직도 구시대의 냄새를 풍기고 있는 시인은 사람들의 눈에 이상하게 비친다.

이런 식의 탈선을 할 수 없는 최연소의 시인들은 이렇게 생각한다. '좋은 시는 이제 충분하다. 우리는 이 기초 위에 더욱 매력있는 귀절을 지어 얹거나 옛날부터 이어져 온 수수께끼의 그림놀이를 계속하기 위해 세상에 태어난 것은 아니다.'

그들이 그런 식으로 생각하는 것도 타당한 일이다. 그런 젊은 시인들의 시에는, 전에는 '나쁜 시'에서만 찾아볼 수 없었던 깊은 감동적 여운이 깃들어 있는 일이 종종 있다.

그 이유는 보기 쉽다는 점이다. 시의 성립은 간단한 것이다. 시는 폭발, 외침, 탄식, 자각의 몸부림이다. 이 본질적인 기능의 면을 생각한다면 어떤 시에도 비평은 불가능하다.

시는 오직 시인을 향해 말하고 있을 뿐이다. 인간이 밤에 꾸는 꿈을 그 심리적 가치 기준에 따라 비평하려는 사람이 있을까. 또 우리들의 몸짓, 걸음걸이들을 그 유용성의 기준에서 비평하려는 사람이 있겠는가.

손가락을 물고 있는 아기는 펜촉을 입에 넣고 있는 작가와 같은 행위를 하고 있는 것이다. 꼬리를 펼치는 공작도 마찬가지다. 누구의 행위라도 좋고 나쁨을 평가하기는 어렵다. 누구의 행위에도 동일한 정당성이 있다.

가끔은 시가 작가 자신에게 위안을 주는 동시에 다른 사람들에게도 기쁨과 감동을 준다. 그러나 그 시가 '아름답게 이루어져 있다'는 것은 이치에 맞지 않는다. 그 시가 표현하고 있는 소재가 많은 사람에게 공통적인 것이기 때문에 감동적인 것은 아니기 때문이다.

여기서 위험한 순환논법이 시작된다. '아름다운 시'는 시인을 인기인으로 만들기 때문에, 시의 근원적이고 순수한 기능에는 신경쓰지 않고 아름답게만 꾸미려는 시가 다량으로 쏟아져 나오는 것이다.

이런 시는 이미 영혼의 꿈도 외침도 되지 않는다. 이런 시는 고뇌와 환희의 폭발도 아니고 입 속에서 중얼거리는 마음의 소원도, 소망이 이루어지길 비는 주문도 아니고, 성인의 성스러운 얼굴도, 광인의 불안한 얼굴도 아니다.

그것은 다만 대중을 위한 사탕발림일 뿐이다. 그저 보고 즐기도록 시장에 내다 싼 값에 파는 기분전환용 물건과 다를 바 없는 것이다. 결국 찬사를 얻는 것은 이런 종류의 시다.

이런 시는 읽는 사람들이 어렵게 파고 들어갈 필요가 없다. 그 시에 대해 어떤 고뇌나 영감도 느끼지 않는다. 다만 그 시에 포함된 아름다고 절도 있는 감동을 쉽게 나눌 수 있는 것일 뿐이다.

그런 '아름다운 시'는 앞의 비유를 되살려 본다면 교수들이며 장관들이다. 반면에 '나쁜 시'는 광인들 쪽에 해당된다.

사람은 가끔 정상적인 세계에 회오를 느끼게 될 때, 등불을 모두 깨뜨리고 대성당에 불을 지르고 싶은 기분이 된다. 그런날에 보는 '아름다운 시'는 성스러운 고전 시인에 이르기까지 모두 너무도 온화하고 개성이 없는 것으로, 검열에서 공인된 표지를 달고 있는 듯이 보인다.

그때 읽는 사람은 '나쁜 시'쪽으로 시선을 돌린다. 그렇게 되면 이미 어찌해 볼 수 없다고 말할 만한 시는 사라진다.

그렇지만 여기에서도 새로운 혐오감과 환멸이 일어날 수 있다. 나쁜 시를 읽는 것은 극히 짧은 기간의 즐거움이다. 그 즐거움을 연장하기란 어렵다. 그러나 타인의 시를 읽는 것만이 전부는 아니다.

누구라도 스스로 원하면 '나쁜 시'를 창작할 수는 있다. 타인의 가장 훌륭한 시를 읽는 것보다는 사실 나쁜 시를 스스로 짓는 것이 훨씬 큰 행복을 줄 수 있는 것이다.

좋은 음악이 우리에게 선사하는 것

종소리처럼 순수로 조화된
상쾌한 화음은 그것만으로도
우리의 마음을 유쾌하게
만들어 준다.

지구상에 음악이 존재한다는 것과 인간이 음악에 의해 때때로 리듬과 하모니로 가득 채워지고 희열을 느낀다는 것은 나에게 언제나 깊은 위로였다. 그 음악으로 인해 생활의 모든 의미를 긍정적으로 받아들일 수도 있었다.

하나의 멜로디가 마음 속에 떠오르면 소리 없이 마음으로 그 멜로디를 따라가며 노래를 부른다. 몸과 마음은 어느 새 그 멜로디에 젖고 몸의 긴장이 풀어진다.

음악이 마음 속에 살아 있는 동안은 마음 속의 모든 나쁜 것 거친 것, 슬픈 것, 우발적인 것들을 제거할 수 있으며, 세계가 함께 울리며, 무거운 것은 가벼워지고 마비되어 있던 것을 날아오를 수 있게 한다.

민요의 멜로디의 한 가락이 이 모든 것을 할 수 있다. 종소리처럼 순수로 조화된 상쾌한 화음은 그것만으로 우리의 마음을 유쾌하게 만들어주며, 소리가 더 울릴 때마다 마음도 고조되고, 가끔은 마음 속에서 불길이 일어나, 다른 어떤 종류의 쾌락과도 비교될 수 없을 만큼 환희에 떨게 된다.

많은 나라의 국민이나 시인들이 꿈꾸어 온 순수한 행복 중에서도 가장 고귀한 것은 천체의 운행에 따른 하모니를 듣게 되는 것이라고 생각된다. 나는 언젠가 한 번, 심장이 한 번 고동치는 순간에 우주의 구조와 나의 삶 전체가 그 본래의 화음 속에서 울려나오는 것을 들은 적이 있다.

인생이란 얼마나 허위로 가득차 있으며, 조화롭지 못한 것인지. 인간들 사이에 가득 차 있는 거짓과 악과 증오와 질투의 엄청난 분량. 이런 불행에 대해 음악은, 아무리 작은 노래라도, 아무리 겸허한 음률이라도, 맑게 조화된 순수의 공명과 하모니의 정다운 유희가 천국의 문을 열어주고 있음을 분명하게 설명하고 있다.

모든 문화의 발생기에 대한 기록이나 동화, 전설은 음악에 모든 영혼과 민족을 지배할 수 있는 능력을 부여하고 있는 것이다. 그 뿐 아니라 음악을 인간이나 국가의 나타나지 않는 지배자로 설정하고 있다.

태고의 중국에서 희랍의 전설에 이르기까지 음악의 출현은

좋은 음악이 우리에게 선사하는 것

곧 인간의 이상적인 생활의 시작을 의미하게 되어 있었다.

중국에서는 음악이 국가의 각 계층과 왕궁의 생활에까지 선도적인 역할을 하였다고 기록되어 있다. 음악의 발전은 문화나 도덕의 번영, 나아가서는 국가의 번영과 동일시되었다.

악장(樂長)은 옛 음조를 고수하고 원형대로 보존하기 위해 엄격하게 주의를 기울여야만 했다. 음악의 쇠퇴는 곧 정부와 국가의 퇴조를 의미했다. 하늘의 뜻을 거스르는 악마적인 음조, 예를 들면 정나라의 노래와 같은 망국의 노래에 대한 무서운 전설이 전해오고 있다.

궁전에서 이런 소리가 불리어지면 곧 하늘이 흐려지고 성벽이 무너지고 군주와 국가가 망하고 말았다는 것이다.

옛 작가들의 수많은 언급(言及) 중에서 여불위(呂不韋)의 《춘추》에 실린 귀절을 인용해 보자.

「음악의 기원은 아득하다. 그것은 우주의 근본에서 비롯된다. 우주의 근본은 천지 음양을 낳고 천지는 음향을 낳는다.」

「천하가 평정되어 있으면 세상사가 평화롭고 지상의 모든 일이 도를 따라 이루어지면 음악이 완성된다. 욕망이 그릇된 길로 흐르지 않으면 음악이 온전히 이루어지는 것이다. 음악이 완성되려면 동기가 있어야 하는데 이 동기는 심리적 균형에서 생긴다. 균형은 공평에서 생기고 공평한 것은 천하의 도에서 비롯된다. 그러므로 도를 깨달은 사람들만이 음악에 대해 이야기 할 수 있는 것이다.」

「음악은 천지의 조화와 음양의 일치에서 생긴다.」

「무너지는 나라나 망하는 사람에게도 음악이 없는 것은 아니다. 그러나 그 음악은 결코 즐겁지 못하다. 음악이 음란할수록 백성은 근심에 잠기게 되며, 군주는 천박해진다. 이렇게 해서 음악이 그 본질과 정수를 잃어버리게 되는 것이다.」

「위대하고 고결한 군주들이 모두 음악을 숭상한 것은 그 음악이 자신에게나, 백성들에게나 즐거움을 주기 때문이다. 하(夏)나라의 걸(桀)임금이나 은(殷)나라의 주(紂)임금같은 폭군은 음란한 음악을 만들어냈다. 그들은 신기하고 새로운 소리를 찾아내려고 애쓰며 들어본 일이 없는 기이한 소리를 찾았다. 그들은 과(過)한 것을 구했기 때문에 결국 도를 벗어나 넘치게 되었던 것이다.」

이 중국의 문장들은 모든 음악의 기원과 대부분이 잊고 있는 음악 본연의 의미를 명확하게 지적하고 있다. 무용이나 다른 예술 분야와 마찬가지로, 음악도 선사시대에는 주술적인 수단의 하나였다.

음악은 리듬에서 비롯되어 많은 사람들로 하여금 같은 종류의 기분과 정조를 띠게 하며, 호흡과 박동을 일치시킨다. 그러므로 음악은 신성한 힘에 호소하여 많은 사람들을 경쟁과 전쟁, 또는 신성한 제식행위로 이끌어내는 강력하고 확실한 수단이 되었던 것이다.

이 근본적이고 순수한 본질, 즉 주술적인 본질은 다른 어떤 예술보다도 가장 오래 전부터 음악에 보존되어 왔다.

현대에 와서도 우리는 고전음악을 우리 문화의 정수와 총체로 간주한다. 이 음악이 바로 우리 문화를 가장 명확하게 표상하고 있기 때문이다.

이 음악 내부에는 고대나 그리스도교의 유산과 쾌활하고 용감한 신앙의 정신, 고귀한 기사도의 도덕이 포함되어 있다. 고전적인 문화 형식은 결국 인간의 모든 행동을 규범화한 도덕을 의미하기 때문이다.

서기 1천 5백 년에서 1천 8백 년 사이에 여러 가지 종류의 음악이 작곡되어 갖가지 표현방식이 층을 이루고 있지만, 내포된 도덕은 어떤 경우에도 같다. 고전음악에 나타나 있는 변함없는 인간적 태도는 언제나 같은 종류의 인식에 따라 우연을 초탈하려고 애썼다. 다시 말하면 고전음악의 태도는 인간의 유한성과 비극성을 깨닫고 그 운명을 긍정하면서 용감하고 쾌활하게 앞으로 나아가는 것을 의미한다.

그것이 헨델의 미뉴에트처럼 우아한 것이든, 모짜르트에서 나타나는 승화된 고통이든, 바흐에서 볼 수 있는 고요하고 정화된 죽음의 각오이든, 그 안에는 늘 죽음을 두려워하지 않는 용기와 저항정신, 기사도, 그리고 초인적인 미소와 불멸의 즐거움이 울려 나오고 있다.

음악도 역시 여러가지 인간적인 요소들을 지니고 있긴 하지만 거기에서 우리는 언제나 피안(彼岸)을 느낄 수 있다.

어디선가 연주되고 있는 음악을 엉터리같은 조작을 통해 어떤 연관이나 관계도 없는 공간에 퍼부어 놓는 라디오도 음악의 근본 정신을 파괴하지는 못한다. 오히려 그 훌륭한 음악에 의해 기술의 부족함을 표현할 수 밖에 없다.

라디오가 훌륭한 음악을, 선별 없이 아무 곳에나 내던진다고 해도, 음악 자체의 아름다움을 완전히 파괴하거나 더럽힐 수는 없다. 우리의 인생도 마찬가지이다. 현실도 역시 멋진 가상의 유희를 주위에 뿌리고 있다.

헨델의 음악이 연주되는 프로 다음에 중소기업 청산표 허식법에 관한 방송 강연을 하여 아름다운 오케스트라의 음률을 지저분한 헛기침 소리로 만들어 버리는 것이다. 그 기술의 헛수고와 추한 허영심의 표현이 우리에게 밀어닥치는 것이다.

인생이란 항상 그런 식이다. 우리는 있는 그대로를 보고 인정해야만 한다. 그와 동시에 웃기까지 하는 것이다.

좋은 음악이 우리에게 선사하는 것

헤르만 헤세/작가 연보

1877년 7월 2일 뷔르템베르크주의 소도시 칼브에서 요하네스 헤세
  (1847~1916)와 그의 부인 마리 군데르드가(1842~1902) 사
  이에 장남으로 태어남.

1886~89년 고향 칼브로 돌아와 신학교에 다님.

1891~92년 마울브론 신학교에 입학했으나, 7개월 후에 도망쳐 나옴.

1892년 바트 볼에 있는 블룸하르트 목사의 병원에서 치료받음.
  6월에 짝사랑으로 인한 자살 기도. 스테덴 정신병원에
  체재.

1892~93 칸스타트 김나지움에 다님. 중등학교 자격 시험을 치른
  후 학업 중단.

1895~98년 튀빙겐의 헤켄하우어 서점에서 점원 및 서적 분류 조수
  로 일함.

1899년 처녀 시집 「낭만의 노래」와 산문집 「한밤중 후의 한 시
  간」 발표.

1901년 첫번째 이탈리아 여행(플로렌스, 제노바, 피사, 베니스 등).
  「헤르만 라우셔의 유작과 시」 발표.

1902년 어머니에게 헌납한 「시집」 발표. 그러나 출간 직전에 어
  머니 사망.

1904년   「페터 카멘찬트」 발표. 마리아 베르눌리와 결혼하여 보
         텐 호수 근방의 가이엔호펜으로 이주. 자유 작가로 생
         활하며 여러가지 신문과 잡지에도 협력함. 전기적 연구
         서 「보카치오」와 「프란츠 폰 아싸시」 출간.
1906년   장편 「수레바퀴 밑에서」 발표.
1907년   단편집 「이편에서」 발표.
1908년   단편집 「이웃 사람들」 발표.
1910년   장편 「게르트루트」 발표.
1911년   시집 「도중에서」 발표.
1912년   단편집 「우회로」 발표. 독일을 떠나 스위스의 베른으로
         이주.
1913년   여행기 「인도에서」 발표.
1914년   장편소설 「로스할데」 발표. 전쟁이 시작되자 자원 입대
         하려 했으나 군무 불능의 판정을 받음. 베른의 독일 포
         로 후생 사업소에서 근무.
1914~19년 독일, 스위스, 오스트리아 신문과 잡지에 수많은 정치
         기사와 논문 및 공개 서한을 발표.
1915년   단편집 「길가에서」와 소설 「크눌프」 발표. 시집 「고독자
         의 음악」 발표.
1916년   단편 「청춘은 아름다워라」 발표. 아버지 사망. 부인과
         아들 마르틴의 발병. 정신 질환으로 인해 루체른 근방
         의 손마트에서 C.G. 융의 제자 J.B. 랑 박사에게 정신
         의학적인 치료를 받음.

1919년	장편 「데미안」을 에밀 싱클레어라는 익명으로 발표. 「데미안」으로 폰타네 문학상을 수상하게 되지만 그 상이 초보자를 위한 것이므로 자기 이름을 폭로한 후 되돌려 줌. 동시에 「동화집」, 단편집 「작은 정원」, 정치적 팜플렛 「짜라투스트라의 복귀」 발표.
1920년	「화가의 시」, 3편의 단편을 모은 「클링소르의 마지막 여름」 그리고 여행 소설 「방랑」 발표.
1921년	「혼돈 속으로의 조망」 발표. 「시선집」 「테씬에서의 수채화 11편」 발표. 취리히 근방의 퀴스나타트에서 C.G. 융으로부터 심리 분석을 받음.
1922년	〈인도의 시〉란 부제가 붙은 「싣달타」 발표.
1924년	스위스 국적을 다시 취득함. 스위스 여류 작가 리사 벵거의 딸인 루트 벵거와 재혼.
1925년	「요양객」 발표.
1926년	「그림책」 발표. 프러시아 예술 아카데미의 예술 분야 회원으로 선출됨.
1927년	「뉘른베르크 여행」과 장편 소설 「황야의 늑대」 발표. 50회 탄생을 기념하여 후고 발 저(著) 「헤세 전기」가 출판됨. 두번째 부인의 소원에 따라 법적 이혼.
1928년	수상집 「관찰」과 시집 「위기」 발표.
1929년	시집 「밤의 위안」과 산문 「세계 문학의 도서 목록」 발표.
1930년	소설 「나르치스와 골드문트」 발표. 단편집 「이편에서」의 증보판 출간. 프러시아 예술 아카데미에서 탈퇴.

작가연보

1931년	체르노비츠의 아우슬랜더가(家)출신 니논 돌빈과 결혼. 그녀와 함께 보드머가 지어 제공해 준 몬타뇰라의 집으로 이주. 「싯달타」「어린이의 영혼」「클라인과 바그너」 그리고 「클링소르의 마지막 여름」을 한 데 엮은 소설집 「내면으로의 길」 출간. 「유리알 유희」를 최초로 집필하기 시작함.
1932년	「동방 순례」 발표.
1933년	단편집 「작은 세계」 발표. 나치주의와 유태인 박해에 반발.
1934년	시선집(詩選集) 「생명의 나무에서」 출간. 페터 슈르캄프가 피셔 출판사와 「디 노이에 룬트샤우」지(誌) 인수.
1935년	「우화집」 발표.
1936년	전원 시집 「정원에서의 시간」 발표. 고트프리트 켈러상(賞) 수상.
1937년	「회고기」와 「신시집」 그리고 시구로 씌어진 회상기 「불구소년」 발표.
1939~45년	헤세의 작품은 독일에서 〈원치 않는 문학〉이 됨. 나치 관청은 그의 책을 위한 출판을 허락치 않음. 슈르캄프와의 합의하에 단행본으로 된 〈헤세 전집〉이 취리히에서 계속 출간됨.
1942년	최초의 시전집(詩全集)인 「시집」 출간.
1943년	만년의 대작 「유리알 유희」를 그림으로 발표.
1945년	시선집 「꽃가지」와 장편 프라그멘트인 「베르톨트」 그리

327

고 새로운 단편과 동화를 모은 「꿈의 발자취」 발표.

1946년   이때부터 다시 헤세 작품이 독일의 슈르캄프 출판사에
          서 간행됨. 전쟁과 정치에 관한 수상집 「전쟁과 평화」 출
          간. 프랑크푸르트시의 괴테상 수상·노벨 문학상 수상.

1947년   베른 대학의 철학부에서 명예박사 학위를 받음. 고향인
          칼브시(市)의 명예시민이 됨.

1951년   「후기 산문집」과 「서간집」 발표.

1954년   「헤세—롤랑 서신 교환집」 출간.

1957년   80회 탄생일에 마르틴 부버가 스투트가르트에서 「헤르
          만 헤세의 정신에의 봉사」란 축사를 함. 「헤세 전집」이
          7권으로 증보 출간됨.

1961년   시선집 「단계」 출간.

1962년   8월 9일 뇌출혈로 몬타뇰라에서 별세. 이틀 후에 S아
          본디오 묘지에 안치됨. 그의 사망 이후 「작은 기쁨」, 단
          편 소설 전집 「유년 시절」 「약혼」 「내면과 외면」 등 수많
          은 작품이 출간되었다.